L'ADIEU AU RIVAGE

MANUELA PIEMONTE

L'ADIEU AU RIVAGE

Roman

Traduit de l'italien par Lise Caillat

Robert Laffont

Titre original : LE AMAZZONI

Publié avec l'accord de Laura Ceccacci Agency et de 2 Seas Literary Agency
Traduction française : Éditions Robert Laffont, S.A.S., Paris, 2022

ISBN 978-2-221-24821-8
(édition originale : ISBN 978-88-17-15477-2, Rizzoli da Mondadori Libri S.p.A., Milano)
Dépôt légal : mars 2022
Éditions Robert Laffont – 92, avenue de France 75013 Paris

« C'est pourquoi, lorsqu'on parle aujourd'hui
de l'histoire antique des Amazones,
on croit entendre des contes forgés à plaisir. »

Diodore de Sicile, *Bibliothèque historique*

C'était le jour le plus chaud de tout l'été. Le soleil brûlait, figé dans le ciel ; au milieu de la cour, le buste en marbre les observait sévèrement. Un triple coup de trompette donna le départ du défilé.

Ils marchaient en lignes de vingt, à un pas exactement les uns des autres, les filles à gauche, les garçons à droite. Une étendue de bras et de jambes en uniforme. Habitués, après des mois d'entraînement, à cette chorégraphie.

Identiques à perte de vue, comme un unique corps ils se prosternaient, comme un unique corps ils se courbaient, comme un unique corps ils se divisaient et se rassemblaient pour ensuite s'enrouler en spirale. Assis par terre, jambes repliées, la tête cachée le plus possible entre les coudes. Une masse de petits points qui, vus de haut, changeaient de forme et de position pour dessiner les symboles du pouvoir.

Des filles et des garçons à qui on avait confisqué le nom de baptême et de famille. Les plus petits et les plus étourdis peinaient déjà à s'en souvenir, comme s'ils vivaient dans ces camps de vacances depuis la nuit des temps, comme si c'étaient le buste en marbre, la terre et le néant qui les avaient engendrés.

Depuis toujours ils étaient les « organisés ».

Ils le seraient pour l'éternité.

En leur rasant les cheveux, on avait effacé la ressemblance avec les parents, les oncles, les tantes et les cousins dont seuls les plus chanceux conservaient encore, sous leur oreiller, une photographie. L'uniforme obligatoire avait balayé le contact avec les mains des mères et des grands-mères qui avaient cousu les vêtements d'avant, larges et misérables. Un pan de la maison qu'ils avaient quittée un matin, pour traverser la mer et se retrouver dans un défilé sous le soleil du jour le plus chaud de tout l'été, était perdu.

La bouche fermée et le regard absent, les épaules droites et le ventre rentré, après les notes de trompette signalant la fin de la chorégraphie, les enfants se levèrent et se dispersèrent. Là, face à une mer lisse de canicule, trois sœurs avançaient, un pied après l'autre sur la grève, dans les yeux une discrète étincelle, en imaginant le jour où elles ne devraient plus être semblables aux autres, le jour où elles pourraient s'enfuir, sur la croupe d'un cheval, comme les amazones.

Ainsi fera l'enseignant durant les brefs moments de repos, entre deux exercices, à travers des exemples pertinents, et à l'aide d'anecdotes tirées principalement des épisodes les plus saillants, par leur valeur d'abnégation, de la vie actuelle de l'Italie. Il dira comment le DUCE fait tout pour que les enfants qui demain seront les hommes, les soldats et les travailleurs de la grande Italie fasciste grandissent courageux et robustes, et comment à cette fin il rassemble dans des milliers de camps des milliers d'enfants.

Parti national fasciste, Jeunesse italienne du Licteur (GIL)[1], Commandement général, *Règlement des colonies estivales*, 1938

1. L'Œuvre nationale Balilla, remplacée en 1937 par la Jeunesse italienne du Licteur (GIL), est l'organisation de jeunesse mise en place sous le régime fasciste italien de Benito Mussolini. En font notamment partie les Enfants de la Louve (filles et garçons de 6 à 8 ans), les Petites Italiennes (filles de 8 à 14 ans), les Jeunes Italiennes (filles de 14 à 18 ans), les Balilla (garçons de 8 à 14 ans) et les Avant-Gardistes (garçons de 14 à 18 ans). (*Toutes les notes sont de la traductrice.*)

AVANT, 1940

1.

Là où se mélangeaient *ramla* et *gazza*, le sable du désert et celui du littoral, apparaissaient les tortues à la fin du mois de mai. Peu avant l'aube, tapies derrière une dune, trois sœurs attendaient de les voir éclore.

Leurs yeux ensommeillés observaient les goélands prêts à planer sur la grève et sur l'eau, effleurant l'écume des vagues, pour ensuite remonter.

Angela, Sara et Margherita se serrèrent l'une contre l'autre : elles auraient dû prendre un châle. Sara aurait dû y penser. Elle avait toujours les meilleures idées.

Elles n'étaient jamais allées sur la plage la nuit. Jamais jusqu'à ce jour, où, selon leurs calculs répétés, devraient naître les tortues vertes qu'on pouvait voir depuis les bateaux, déjà grandes et capables de nager, là où c'était profond et où on n'avait pas pied. Les goélands avaient probablement fait les mêmes calculs, car ils n'étaient jamais aussi nombreux et affamés, sur le rivage, le reste de l'année.

Le vent soufflait ferme et même le sable était hérissé de vagues. À gauche d'Angela, Margherita se protégea les yeux de ses mains. Sa robe en coton, taillée dans les vieux vêtements de ses sœurs, se gonfla comme une voile sans bateau.

À droite il y avait Sara, fine et élancée. Elle les dépassait largement : leur mère semblait lui avoir donné tous ses centimètres. Elle plissait les paupières en scrutant vers la maison pour vérifier si le bruissement des épis de blé était le pas de leur mère qui venait les chercher, mais la pénombre ne permettait pas de distinguer grand-chose, à cette distance. Angela, elle, fixait la grève le souffle coupé par l'émotion, en remuant les pieds, les mains enfouies dans les poches de sa blouse en lin. Sa main gauche serrait un mouchoir rempli de cailloux et de coquillages.

Les pêcheurs racontaient que le bon moment pour voir les tortues était le soleil couchant, mais le vieux maître d'école, paix à son âme, disait qu'il les avait vues à l'aube et qu'il ne comprenait pas comment, enfermées dans leurs œufs sous le sable, elles pouvaient sortir à la même heure chaque année. Il valait assurément mieux se fier à lui qu'aux pêcheurs : à chaque sourire son visage se lézardait de rides, il avait une force rassurante dans la voix et connaissait le quatrième rivage comme personne. Il était arrivé à Tripoli jeune, juste après la guerre italo-turque, mais si en lisant le manuel il devait prononcer le mot « empire », il était pris d'une quinte de toux et passait au mot suivant. Un vendredi matin il avait consacré une heure entière à expliquer comment c'était, là, avant les Italiens, en incluant des épisodes qu'on ne trouvait pas dans les livres et encore moins dans le ciné-journal Luce, et il avait promis de raconter ensuite toutes les étapes de la conquête, qu'il préférait appeler occupation. Cependant trois jours après, à la fin de la messe, il avait subi une insolation et en une semaine un mal obscur l'avait emporté. Les discours sur l'occupation étaient morts avec lui, définitivement prisonniers d'un cercueil.

L'histoire des œufs sur la plage, en revanche, impossible de l'oublier. C'était Sara qui, en comptant combien de jours les séparaient de la fin du mois de mai, avait proposé d'y aller. Leur père était parti de nuit avec la charrette, pour rejoindre Souk Al-Juma, le marché du vendredi. Quand il n'était pas là, leur mère avait l'habitude de se lever tôt pour cuisiner avant d'aller travailler aux champs ; elle n'aurait pas le temps de remarquer leur absence.

Ainsi au petit matin elles s'étaient coulées par la fenêtre de la ferme. Dans la salle à manger leur mère préparait la bassine pour se laver, le bourdonnement d'une chanson sans paroles accroché aux lèvres. Angela était descendue la première ; sur la pointe des pieds elle avait attrapé Margherita au sommet du tonneau à vin branlant, puis Sara avait suivi. Alors elles avaient couru le long des épis très hauts, en effleurant la terre, jusqu'à ce que le champ de blé s'arrête et que le sentier continue à serpenter sur le sable mou où leurs pieds enfonçaient à chaque pas. Comme si elles marchaient dans la farine. Leur mère répétait toujours que le blé du désert était plus nourrissant, du coup le pain était plus dur à mâcher. Bien sûr, le ciné-journal montrait les colons au labeur, aidés par quelques Arabes, avec une machine très moderne qui pouvait moissonner et battre en même temps. Mais ce tracteur, que le podestat promettait de mois en mois, n'arrivait pas. L'obligation de donner une partie de leur récolte arrivait toujours, en revanche, ponctuelle. Ainsi ils tiraient encore une charrue avec deux bœufs : leur mère aussi, en plus de la cuisine et du ménage, tandis que Sara et Angela, avant et après l'école, faisaient le foin. Puis le travail avait augmenté et elles avaient cessé d'aller à l'école.

Lorsqu'elles s'étaient postées à l'affût, il devait être à peine cinq heures. Entre-temps le ciel avait changé, les étoiles avaient disparu, sauf une au-dessus de l'horizon, qui scintillait, lointaine.

« Là, c'est l'Italie ? dit Angela.

— Non, on ne la voit pas d'ici, elle est… là-bas », répondit Sara en indiquant le nord, ou ce qu'elle croyait être le nord.

Le vent s'immisça dans leurs paroles, il balaya la grève nue à perte de vue et les laissa muettes.

« Où sont les tortues ? » demanda Margherita en tirant le bras de Sara, qui sourit, la serra contre elle et murmura, comme si elle craignait que les goélands ne l'entendent :

« Tu sais qu'au large il existe des tortues géantes, plus grandes que notre maison, plus grandes que la maison du parti fasciste, et que si elles te voient elles t'avalent toute crue ?

— Ne l'écoute pas, intervint Angela. Ces tortues n'existent pas. »

Margherita répondit par un long bâillement et se blottit contre Sara, Angela serra les dents et s'aplatit derrière la dune, en essayant de ne pas faire de bruit. Un parfum d'abysse et de désert imprégnait ses narines, tandis qu'autour les goélands criaient de concert avec le fracas des vagues. Quand elle se leva et fit un pas en avant, sa sœur aînée la retint par l'ourlet de sa blouse.

« Doucement, sinon elles ne vont pas sortir, siffla Sara, son bras droit autour du corps de Margherita, comme si le sable menaçait de l'engloutir.

— Je regardais juste », grogna Angela en se mettant à genoux. Elle s'était salie et elle entendait déjà les imprécations de sa mère, dans ce dialecte qu'elle s'obstinait à ne pas leur apprendre.

À l'horizon la couleur du ciel se transformait en dessinant des cercles concentriques, jaune rougeoyant au centre, puis orangé et enfin mauve, lilas ; derrière, c'était encore la nuit noire. Alors, guidés par une petite voix, ou simplement poussés par l'envie de nager, les bébés tortues apparurent un par un, deux par deux, trois, cinq, dix, en une poignée de secondes il devint impossible de les compter.

Pas de temps à perdre : Angela répartit les cailloux et les coquillages au creux des mains de ses sœurs, et ensemble elles visèrent les goélands. Plus elles les touchaient, plus ils revenaient vers les bestioles, féroces et déterminés, au point qu'Angela se leva en hurlant : « Allez, partez ! »

Elle criait et tirait. Elle criait et tirait. Aucune d'elles n'avait pensé au risque d'atteindre aussi les tortues. Quelques-unes furent écrasées, et quand

Sara les vit immobiles son bras se bloqua, un caillou entre ses doigts.

À ce moment précis elles entendirent dans leur dos une série de vociférations perçantes, leurs prénoms se fondaient en une seule voyelle furieuse et troublée, l'incomparable voix de leur mère.

2.

Après un coup d'œil réprobateur qui sembla transpercer Sara, leur mère les traîna jusqu'à la maison. En silence, elles marchaient sur le bord du petit canal. L'eau arrivait là parce qu'ils avaient tiré des kilomètres de tuyaux et creusé pendant des mois. L'eau était une créature sacrée et qui la contaminait finirait en enfer, avec les pires damnés.

Les trois sœurs suivaient leur maman en marchant dans ses pas pour ne pas trébucher. En tête, Margherita cherchait d'une main les doigts de son guide et se grattait l'œil de l'autre. Sara était un demi-pas derrière, la tresse oscillante et le front crispé, à côté d'Angela qui tirait sur ses boucles et se retournait sans cesse. Elle pensait qu'en coupant droit dans le champ de blé, si avec un peu de chance elle ne croisait pas de serpent, elle regagnerait vite la dune. Elle voulait toutes les compter, les tortues, et s'en aller uniquement après avoir vu la dernière carapace plonger.

Sur l'aire, elle secoua sa blouse pour enlever les grains de sable incrustés dans la toile, car le sol de la maison était aussi sacré que l'eau. Il était interdit de le salir et, si on le salissait, on devait le nettoyer de ses propres mains. La seule qui échappait encore à cette corvée était Margherita, qui avait du mal à tenir le balai, mais dès qu'elle prendrait des forces, elle serait logée à la même enseigne.

De retour à la maison, leur mère attrapa le panier en osier, elle déposa un tas de linge sur la table et, avant de partir aux champs, elle ordonna : « Ces vêtements devront avoir été reprisés quand je reviendrai. Tous, du premier au dernier. Et cet après-midi il y aura le linge à rincer. Attention à Margherita, ne la laissez pas sortir toute seule. »

Puis elle ferma la porte ; la maison fut soudain immense et muette. Obéissante, Angela était déjà assise, munie de la boîte en fer rouge et or ; sur le couvercle l'inscription CAFFÈ MORETTO, à l'intérieur des aiguilles et du fil.

« Qu'est-ce que tu fais ? lança Sara, les doigts dans la bassine pour se débarrasser de la poussière des cailloux. On retourne à la plage, non ?

— Oui, je sais mais… maman a dit de tout finir. »

La sœur aînée s'essuya les mains dans un torchon, elle s'approcha et soupesa le tas de linge avec des grimaces ridicules : un soupir bouche ouverte pour les chaussettes râpées et décolorées, les yeux plissés pour les grandes culottes blanches, le nez pincé pour les débardeurs jaunes de sueur, même s'ils sentaient le propre.

« Allons-y, fit-elle en indiquant la porte et en s'emparant de la boîte à couture. On a encore le temps. »

Margherita en profita pour se hisser sur la chaise, puis sur la table où elle s'assit en balançant ses jambes dans le vide. Angela tenta de protester, mais elle ne parvint qu'à aligner quelques syllabes privées de sens. Cela suffit à arrêter sa grande sœur qui, la main sur la poignée, se mit à réfléchir. Trois semaines plus tôt, Angela n'avait rien dit, même si c'était Sara qui avait grimpé sur le figuier pour voler des fruits. Leur père avait pesté contre les voleurs nocturnes et finalement, devinant la vérité, il les avait obligées à nettoyer l'étable seules. Pire que l'année précédente, quand elles avaient rapporté de mauvais bulletins : pour leur père ça n'était pas un problème, faire étudier deux filles ne servait à rien, mais faire sécher quelques figues de plus était une bénédiction. Leur mère, en revanche, s'était fâchée. Surtout contre Sara. Elle disait que l'aînée devait montrer l'exemple et elle l'avait menacée de l'envoyer travailler comme servante dans une famille riche de Tripoli. Un discours d'un autre temps, quand les parents pensaient pouvoir s'en sortir sans les filles.

Un regard échangé suffit pour se rappeler qu'elles en avaient assez des punitions.

Sara souffla, regagna la table et y posa la boîte bruyamment. Angela l'ouvrit et la désigna d'un signe de tête :

« Dépêche-toi.

— J'ai pas envie.

— Moi non plus. Mais je le fais. »

Sara s'affala sur le sol. Allongée, elle fixa le monde renversé, les pieds de Margherita et sa bouche, son nez à l'envers, et les sabots d'Angela qui battaient la mesure d'une chanson imaginaire tandis que le fil s'échappait du chas de l'aiguille.

« Fais un nœud au bout, sinon il glisse, dit Sara.

— Il a glissé par l'autre bout.
— Prends un fil plus long, pour retenir l'aiguille.
— C'est facile à dire. » Angela fit pivoter sa chaise pour lui tourner le dos.

Au-delà des champs de blé et d'orge, au-delà des palmeraies et des routes qui fendaient le désert, à une matinée de charrette, le long de la côte se trouvait Tripoli. Éblouissante de jaune et de blanc, avec ses maisons à un seul étage où se reflétaient le soleil et la mer, très sombre dans ses ruelles étroites qui, au-delà des arcades, menaient au souk, aux étals des orfèvres, des marchands de chéchias, de parfums et d'onguents. Sara et Angela ne les avaient vus qu'une fois et, désormais, elles croyaient avoir rêvé. En effet, leur quotidien se limitait aux frontières du village, aux discours des grands et aux quelques informations transmises par le ciné-journal, qu'on regardait dans la salle de la mairie les rares jours de pluie, et sur la façade extérieure de la maison du parti les autres jours. À la différence des histoires du vieux maître d'école, les films Luce racontaient que quand les Italiens n'avaient pas encore conquis ces territoires, là tout n'était que coutumes barbares, arriération et pauvreté. En général, on les croyait.

Un dimanche après la projection justement, deux semaines plus tôt, les enfants du village avaient reçu en cadeau un album des *Trois Petits Cochons*. Le premier et l'unique livre illustré qu'elles aient jamais eu. Angela et Sara l'avaient déjà lu trois fois, le soir surtout, quand leur maman dormait et que leur papa ronflait. Elles espéraient qu'il rapporterait un autre livre de Tripoli, mais à son retour il ne sortit de sa besace qu'un régime de bananes. Leur mère le déposa sur la table en bois, qui semblait être là depuis des dizaines d'années et non depuis quelques mois. Elle éplucha un fruit avec soin, elle le mit dans une assiette et le coupa en cinq morceaux. Ils en mangèrent un chacun et Margherita, la bouche encore pleine, commença à répéter « nanana », en écorchant le mot délibérément et en riant aux éclats de sa pitrerie.

Puis Sara et Angela allèrent chercher le linge que leur mère avait laissé tremper le matin. Elles sortirent les vêtements de la laveuse et elles les essorèrent un par un. D'habitude elles s'amusaient à s'éclabousser et à tirer de toutes leurs forces pour se faire tomber, comme des lutteuses, mais ce jour-là, à la première tentative Angela se bloqua.

« Qu'est-ce que tu as ? demanda Sara.

— Laisse-moi. Je suis fatiguée.

— Une Fille de la Louve n'est jamais fatiguée.

— Tu parles. »

Sara sourit et se redressa en bombant le torse avec une fierté d'aînée. Des fossettes apparurent de part et d'autre de sa bouche et Angela s'écria :

« Tu es comme moi. Quand tu dis des bêtises, tes joues se creusent ici.

— Je ne suis pas comme toi.

— On est sœurs, on est pareilles.

— On n'est pas pareilles, je suis plus grande. »

Pour la chambrer, Angela retourna une caisse en bois que leur père avait mise à sécher au soleil, elle monta dessus et ouvrit les bras.

« Maintenant c'est moi la plus grande.

— Dépêche-toi, sinon... »

Elles continuèrent laborieusement à mettre le linge mouillé dans le panier, et tour à tour elles sautaient sur la caisse comme si c'était une estrade et elles improvisaient. L'une faisait de grands gestes et des grimaces, tandis que l'autre inventait des sous-titres de cinéma muet.

Un bras sur le front : « Elle n'en pouvait plus de la chaleur africaine. »

Les mains sur les joues : « Elle n'avait aucun souvenir de ses origines glorieuses. »

Un bond de surprise : « Un prince fascinant surgit du champ de blé. »

En réalité rien ne surgit du champ de blé sinon un froissement d'épis secoués par une brise chargée de poussière. Sara en éprouva la consistance dans la paume de sa main.

« Voilà le *ghibli* », dit-elle en soupirant : le vent du désert apportait la chaleur et aussi le sable contre lequel leur mère luttait à coups de tiges de sorgho pour éviter qu'il entre dans la maison. Giflées par le souffle encore timide, Angela et Sara empilèrent les derniers vêtements et se dirigèrent d'un bon pas vers le centre du village.

Le lavoir public, avec son long bassin en pierre et son toit en cuivre vert, était une effervescence de femmes qui rinçaient et essoraient, battaient et brassaient dans un clapotement de flux.

Elles étaient toutes grandes, comme leur maman, avec un tablier et un foulard sur la tête qui retenait les cheveux et la sueur. C'était fatigant, même à l'ombre. En voyant les fillettes à l'entrée, les femmes se tournèrent pour les fixer un court instant, puis elles reprirent leurs bavardages serrés, en les aspirant dans un tourbillon rassurant de dialectes.

Une dame très maigre, toute en muscles, s'approcha. Sara la reconnut : c'était la mère d'une camarade de classe. Elle parlait toujours vite, en mangeant ses mots, et elle s'appelait Maddalena.

« Là, le blanc », dit-elle en indiquant la moitié droite du bassin ; puis, en indiquant la moitié gauche : « Là, les couleurs. »

Les fillettes trièrent leur linge tandis que l'odeur des corps à l'ouvrage saturait l'air comme les bavardages. Maddalena les observa jusqu'à ce qu'elles aient terminé, en ajoutant une consigne muette sur la manière de se laver les doigts avec un chiffon doux avant de se mettre au travail.

« Elle a bien fait, votre maman, dit-elle ensuite, de ne plus vous envoyer à l'école. Pas comme nous. Enfin, c'est le dernier jour.

— Le dernier ? » demanda Sara en remarquant que le caquetage avait baissé d'un ton et que plusieurs lavandières faisaient une pause – qui ajustant son tablier, qui buvant à la fontaine – sans détacher les yeux d'elle et de sa sœur.

« Et j'aimerais qu'on me dise ce qu'on va en faire, de nos gamins, tout le mois de juin. Ici, c'est pas comme chez nous. Y a pas ma mère, ni ma bellemère. Mon fils est trop fragile pour travailler, s'il faut l'occuper jusqu'au samedi…

— Mon neveu est déjà fatigué au bout de trois jours, lança en s'approchant à grands pas la sœur du cordonnier, avec une voix de crécelle, les yeux à demi fermés et la peau brunie par le soleil. On l'a pris à la boutique.

— Mais qui lui a dit, à ta maman, que l'école finissait plus tôt ? » continua Maddalena en écartant les bras. Son regard était si froid et vide, soudain, que Sara eut la chair de poule. Les femmes semblaient plus proches, l'air était suffocant.

La sœur du cordonnier plongea une main dans leur linge, elle en brandit un pan et le relâcha, impétueuse. Elle parlait aux fillettes mais elle regardait les autres :

« Personne le savait au village, sauf elle. Elle fricoterait pas avec le podestat par hasard ? Non, le podestat est un homme distingué, il ne s'intéresse pas aux femmes comme elle, à moins que ce soient des indigènes. Peut-être qu'elle fricote avec le garçon de ferme…

— C'est toi qui fricotes avec le garçon de ferme ! » répliqua Sara.

Alors Maddalena laissa de côté un pantalon en boule pour la gifler, mais la main d'une femme plus âgée, avec des seins énormes qui remplissaient toute sa chemise, l'arrêta. Maddalena se remit à battre son pantalon avant de le rincer à nouveau.

La femme à forte poitrine poussa son panier pour faire de la place aux fillettes, qui la remercièrent et prirent une chemise dans leur tas de linge blanc.

« Ne l'écoutez pas, chuchota-t-elle, c'est elle qui voudrait fricoter avec tout le monde. »

Sara plongea le vêtement dans l'eau, Angela attrapa une de leurs chemises de nuit et frotta sa peau brûlée par les vapeurs et la lessive.

« Je l'ai prévenue, votre mère, continua la femme plus âgée, qu'elle risquait d'avoir des ennuis. Mon fils a fait trois jours de prison parce qu'il envoyait ses enfants vendre des artichauts au marché. Trois jours. Mais pas ici ; chez nous.

— Chez nous ? demanda Angela.

— En Italie ! siffla Sara en lui donnant un coup de coude.

— Mais c'est ici chez... », bredouilla Angela, et un autre coup de coude l'interrompit.

La femme à forte poitrine battit une dernière fois, puissamment, un ballot jaune contre la pierre, et en le défaisant pour lui redonner sa forme de nappe elle scruta la rangée de corps penchés sur la vasque, les têtes ornées de foulards colorés. Elle se rengorgea encore et dit d'une voix imposante :

« Vous avez vu le nouveau maître d'école ?

— Bel homme.

— Mais qu'est-ce qu'il transpire !

— Peut-être qu'il est marié et qu'il ne porte pas d'alliance.

— Peut-être qu'il cherche une femme ?

— Il la trouvera à Tripoli. Ici, au village, y a pas de femmes à marier. Ou alors il doit attendre que nos filles grandissent.

— Moi, je lui donne volontiers ma fille, un enseignant gagne plutôt bien sa vie...

— Y a mieux.

— On m'a dit qu'il était célibataire parce qu'il préfère…

— Franchino l'a vu un soir sur la plage, avec une indigène. »

Sara et Angela se concentraient sur leur panier, dans un coin où on ne les regardait plus. L'une trempait le linge, l'autre le battait contre la pierre, sur leurs mains se dessinaient des stries capricieuses comme des racines. Elles passèrent l'après-midi entier à rincer et à essorer, en fredonnant les chansons entonnées par les lavandières.

Venues à bout de la dernière pièce, quand elles soulevèrent leur panier et s'en allèrent après avoir esquissé un salut, une femme au menton pointu et au pas leste abandonna le bassin, courut jusqu'à Sara et la tira par l'épaule en lui susurrant à l'oreille : « Dis à ton papa que Concettina lui passe le bonjour. Mais dis-lui quand ta maman n'est pas là, pas avec vous. »

Elle susurra assez fort pour qu'Angela l'entende aussi. Sur le chemin de la maison, Sara était contrariée et elle resta silencieuse même lorsqu'elles passèrent devant le mur avec les affiches pour les célébrations du Noël de Rome. Le podestat, originaire des Abruzzes, avait saisi l'occasion pour projeter *Cabiria.*

« Pourquoi… Concettina… ?

— Je sais pas », trancha Sara, rétablissant le silence. Un peu avant de prendre le sentier qui menait à leur ferme, la sœur aînée fit signe de poser le panier et, en se massant les poignets, elle murmura : « Tu imagines si Cabiria était restée toujours petite ?

— Eh bien… alors… son papa l'aurait retrouvée tout de suite. Pas besoin de la bague pour la reconnaître. Par contre, y aurait pas eu de film », dit Angela.

Elle eut pour seule réponse un soupir.

Quand elles arrivèrent et que leur mère alla étendre le linge sur les fils derrière la maison, Sara ne parla pas de Concettina à son père, mais elle l'assaillit de questions sur son voyage. Angela écouta en se laissant porter par la voix de son papa, comme toujours lorsqu'il racontait des histoires, de son enfance en Sicile le plus souvent, où les coups manigancés avec ses frères se mêlaient aux légendes. Quelques semaines auparavant, après avoir donné du foin aux bœufs, il l'avait fait s'asseoir à l'ombre de la ferme et il lui avait parlé des géants qui n'avaient qu'un œil, jurant en avoir vu un en chair et en os, à l'âge de cinq ans, entre Catenanuova et Aci Castello sur la charrette de son arrière-grand-père.

Il y avait toujours à faire et ce soir-là aussi son papa, avec ses boucles noires luisantes de sueur, ses bras et ses mains brunis par le travail, tressait un panier en parlant.

Tripoli oasis. Tripoli ville. L'arc sinueux de la côte, jusqu'au port. Les colonnades très blanches le long des façades des immeubles, de la mosquée, de la synagogue, des entrepôts. Des gens partout. Un amas de visages jeunes et vieux, gracieux et repoussants, des strates d'histoire romaine et ottomane entrelacées sur la bouche d'un marchand, d'un artisan, d'une mère réprimandant ses enfants dissipés, le trot des charrettes et les apparitions radieuses des automobiles, les plateaux en argent avec un chameau et un palmier en bas relief vendus au marché couvert, les tours des minarets surplombant les rues et les places.

La fable continua au crépuscule, jusqu'à ce que les trois sœurs se couchent, ainsi que leurs parents. Mais après une poignée de rêves, Angela ouvrit les yeux et chercha le plafond dans le noir. Dès qu'elle comprit qu'elle n'arriverait pas à se rendormir, elle se leva, s'enveloppa dans son châle et monta sur le toit ; une main pour tenir une bougie et *Les Trois Petits Cochons*, l'autre pour garder l'équilibre entre le mur et l'escalier. Sara la rattrapa.

« Chut », fit-elle tout doucement, puis elles grimpèrent tels des petits crabes vers la nuit bleue.

3.

Elles avaient pris l'habitude de monter sur le toit pour voir la lune. D'abord Sara, quand elle n'arrivait pas à dormir, puis toutes les deux, les yeux écarquillés, allongées l'une contre l'autre pour se réchauffer, emmitouflées dans le même châle, immense, qu'elles avaient regretté en allant guetter les tortues. La lune illuminait leurs rêves, promettant que bientôt elles seraient grandes, qu'elles trouveraient un sac rempli de pièces d'or, fini la charrue, fini l'école, place aux jeux en liberté, avec des boutons et des cailloux aux formes spéciales. Elles pourraient bavarder toute la nuit, et leur mère ne les obligerait plus à nettoyer, à ranger, à aider.

Depuis qu'elles avaient reçu *Les Trois Petits Cochons*, elles allaient sur le toit la nuit pour lire. « Alors les trois petits cochons suivirent le chemin qui s'enfonçait au cœur de la forêt », chuchotait Sara, quand au loin retentit un battement régulier, comme celui d'un cœur humain. Elles joignirent instinctivement leurs mains autour de la bougie, afin que personne ne puisse les voir à distance. Elles desserrèrent le châle, elles s'assirent et plissèrent les yeux pour percer l'obscurité et découvrir l'origine du bruit.

La lune était une boule de feu dans le ciel noir. Des grognements grinçants, sifflants, stridents paraissaient répondre à cette pulsation mystérieuse. Elles imaginèrent des fauves affamés arriver du désert et s'arrêter là, aveuglés par les torches allumées le long des sentiers.

Angela glissa une mèche de cheveux derrière son oreille, pour mieux écouter, et dit tout bas :

« Qu'est-ce que c'est ? Un lion ?

— Mais non. Les lions n'ont pas de sabots. Ça, c'est un bruit de... »

Sur la route, au galop, une cavalière à l'allure libre et fière traversait le village sans se retourner, comme si autour d'elle s'étendaient encore les paysages qu'avaient connus ses ancêtres : une oasis avec une rivière, les palmiers, les chameaux au repos et les maisons basses et blanches projetées par les architectes de l'Empire romain.

Elle était enveloppée dans un drap sur lequel alternaient des bandes larges et fines, pourpres et blanches, elle avait un médaillon sur le front qui de temps en temps émettait un reflet, déviant presque les rayons de lune vers les yeux des deux sœurs. Elle filait comme une flèche, au point de sembler poussée par des ailes invisibles, prête à prendre son envol. Les fillettes la suivirent du regard jusqu'à ce qu'elle s'évanouisse dans le noir, tandis que les derniers claquements de sabots se taisaient eux aussi, engloutis par le silence de la nuit.

L'aventure des trois petits cochons ne comptait plus.

Sara posa la bougie sur le sol. Elle frotta ses mains pour les réchauffer, oubliant le châle à ses pieds.

« Mais où… ? balbutia Angela, les mots coincés dans la gorge.

— On aurait dit une espèce de… comme si elle venait de… comme si elle descendait de la lune, enchaîna Sara avec les yeux qui ricochaient entre la terre sombre et le ciel, jusqu'à la tache rougeâtre, frémissante, qui éclairait le monde en leur révélant – elles n'avaient qu'à se tourner – les toits des autres fermes et le blanc lacté du centre du village.

— C'était comme si elle venait des profondeurs de la Terre, murmura Angela, comme un démon.

— Les démons sont entourés de feu et de flammes.

— C'est pour ça que la lune brûle, répliqua Angela en frissonnant de peur et en se blottissant dans le châle.

— C'était une femme. Juste une femme. Tu l'as vue comme moi. Une femme en chair et en os. Les démons ne sont pas beaux. Un ange, à la limite. C'est pour ça qu'elle allait si vite. Les anges peuvent voler.

— Les démons aussi », rétorqua Angela les lèvres tremblantes.

Elles restèrent serrées l'une contre l'autre dans le cocon du châle, et Sara insista en disant que la cavalière était probablement une créature divine, et qu'en y réfléchissant, les anges ne montent pas à cheval parce qu'ils ont des ailes, et les démons aussi. Donc elle ne pouvait être ni l'un ni l'autre. Il *devait* s'agir d'une personne qui pour quelque étrange raison voyageait de nuit, et qui pour une autre raison étrange s'habillait de cette façon, plus colorée et embijoutée que les riches Arabes de Tripoli.

« Elle allait peut-être voir son amoureux, émit Sara quand enfin la main de sa sœur cessa de trembler et que sa respiration redevint régulière. Tu as sommeil ?

— Non, restons encore un peu. »

Elles se recroquevillèrent dans leur coin de toit et fredonnèrent du bout des lèvres la berceuse préférée de leur maman. La nuit les enveloppa et les cajola. Elles devaient s'être endormies depuis peu quand retentit à nouveau le bruit des sabots sur la route. Un piétinement plus léger. Angela ouvrit grands les yeux, elle secoua Sara en montrant une silhouette lointaine : c'était le cheval avec son étoile blanche sur le flanc. Il perçait la nuit noire en effleurant le village, il arrivait de la mer.

Sans la femme au médaillon.

Angela voulut descendre sur la route, aller le caresser, le tirer par la bride, même si à cette distance elle ne voyait pas de bride. Arrivèrent alors deux chemises noires. Qui sait depuis combien de temps ils faisaient leur ronde, qui sait si eux aussi avaient vu la femme passer. Ils tentèrent d'approcher le cheval, l'un par la droite et l'autre par la gauche, après avoir planté dans le sol une sorte de lance pour accrocher leur flambeau qui éclairait l'obscurité.

Le cheval était pétrifié. Il semblait les attendre.

L'homme à droite fit un autre pas. La flamme se débattait contre le *ghibli* chargé de sable. L'ombre de l'homme en chemise noire et l'ombre de l'animal se poursuivaient sur le sol. Le cheval figé et stoïque.

L'homme toujours plus près. L'ombre de son bras s'allongea, essayant de l'attraper.

Un petit cri jaillit des lèvres d'Angela. Sara lui mit tout de suite une main sur la bouche, mais la peur s'était déjà chargée d'étouffer le son.

Le cheval partit, une flèche.

Les hommes en chemise noire se tournèrent en direction de leur maison. À cette distance ils ne pouvaient pas les voir, l'obscurité était dense et la lueur de la torche s'arrêtait plus bas, contre la langue d'herbe gracile du pâturage ; cependant les deux sœurs s'aplatirent le plus possible sur le toit. Elles restèrent là, tremblantes, jusqu'à ce que le courage de descendre à l'étage inférieur prenne le dessus.

Elles se glissèrent sous le drap en retenant leur souffle, à côté de Margherita ; en leur absence, la cadette avait écarté les jambes et les bras en étoile, occupant la place d'Angela qui la poussa doucement, centimètre par centimètre, avant de s'abandonner à l'oubli.

4.

Trois jours après, c'était le samedi fasciste et ils venaient d'arriver sur la place. Angela donnait la main à sa mère, qui portait Margherita dans ses bras, et Sara se tenait à côté de son père quand, à plusieurs mètres de distance, retentit le fracas d'une automobile. Le grognement sévère du moteur à gazogène alarma tout le monde.

Un grincement de freins. Le long nez du véhicule pointa derrière la maison du parti, avec sa carrosserie luisante couleur lie-de-vin et son toit noir. À cette vue, la mère saisit les mains de ses filles. Son corps fit un léger écart puis il reprit sa place, tandis qu'Angela déchiffrait du bout des lèvres l'inscription figurant sur la tôle : « Ba-lil-la ».

Toute la place se tourna pour regarder. Fini les rires et les bavardages. L'automobile s'arrêta et les yeux trouvèrent le temps de compter les galons sur les uniformes. Des carabiniers de ce grade, on n'en voyait jamais au village agricole.

Ceux qui le pouvaient s'entassèrent sous les arcades, à l'angle de la mairie, pour se protéger de la canicule, et de là, ils continuèrent à observer la scène.

Le capitaine éteignit le moteur, qui tressauta dans une ultime pétarade de charbon incontrôlée. Il descendit, fit le tour du véhicule et ouvrit la portière au commandant, côté passager.

Les fillettes et leurs parents ne savaient pas où s'abriter, dégoulinant sous le cagnard. La maman berçait Margherita, Sara se serrait contre son papa : elle était toujours collée à lui, comme si à la naissance de ses sœurs elle avait cessé d'avoir besoin d'une mère.

Le commandant était tout petit et il avait la démarche des hiérarques qui imitaient le Duce, son pas solennel. Le podestat alla à sa rencontre et, après les civilités d'usage, il l'invita à monter sur l'estrade dressée pour le salut habituel du samedi. Il remercia les présents, imposa le silence absolu et céda la parole à son hôte.

Le Commandement des carabiniers de Tripoli avait émis un mandat d'arrêt contre une femme berbère d'environ vingt ans, coupable d'un délit très grave. Sur le délit, il n'en dit pas plus. Mais c'était *très grave*, ça oui, il ne cessait de le répéter, pour que ce soit bien clair et pour que cet adjectif alimente l'imaginaire de chacun, en évoquant une femme souillée de sang, une forcenée, une tueuse insatiable ou une rebelle qui entendait susciter une des révoltes auxquelles on faisait souvent allusion, uniquement à demi-mot, sans jamais dire pourquoi quelqu'un pouvait avoir envie de se rebeller sur les terres impériales italiques.

Serait arrêté également quiconque offrirait l'hospitalité à la personne recherchée, quiconque lui viendrait en aide, quiconque dissimulerait des informations précieuses pour sa capture. Au terme de son discours, le commandant sortit de sa poche une feuille qu'il déplia, révélant un portrait élaboré – expliqua-t-il – par un éminent artiste tripolitain. Le dessin serait affiché à l'entrée de la mairie et tous devraient l'étudier attentivement, afin d'être capables de reconnaître la fugitive. Les habitants du village avaient l'ordre d'aller voir ce portrait sur-le-champ.

On les fit se ranger en file indienne devant la mairie, toujours sous un soleil à implorer un verre d'eau. En attendant leur tour, quelques femmes s'évanouirent et furent évacuées, mais les autres continuèrent à souffrir et bientôt un tourbillon de commérages se leva : chacun avait son mot à dire sur la cavalière.

Le plus convaincant fut le nouveau maître d'école, qui passa de famille en famille pour saluer. On ne savait pas, cependant, si en approfondissant la conversation il cherchait à rassurer ou à interroger. Il tendit la main à leur père et lui annonça que tout était réglé, que ses filles passeraient dans la classe supérieure, comme convenu.

Angela observa l'expression satisfaite de ses parents, mais elle n'eut pas le temps de déchiffrer cette réaction, la voix de l'instituteur l'emmena tout de suite ailleurs. L'homme expliqua qu'il n'y avait aucun doute sur l'identité de la fugitive : il s'agissait d'une femme guerrière.

Une amazone.

Il cita de mémoire des phrases en grec ancien de Diodore de Sicile, le grand historien qui avait largement décrit le peuple des Amazones, après Homère et Hérodote bien sûr, transmettant la légende de ces guerrières qui étaient passées, autrefois, précisément sur le quatrième rivage.

« Une amazone, murmura Sara.

— Oui, c'est ça. Les matrones du désert, poursuivit le maître en essuyant hâtivement la sueur sur son front et son cou, tournant et retournant son mouchoir pour y trouver un coin sec. Elles adoraient une déesse appelée Grande Mère, dans l'Antiquité, au temps de Carthage. Elles célébraient le culte de nombreuses autres femmes légendaires, dont on ne trouve plus trace aujourd'hui même dans la littérature antique : des guerrières, des alchimistes, des prêtresses. Et puis, évidemment, des souveraines. Leur lignée a rapidement cédé la place aux armées d'hommes, par nature plus forts et puissants. Enfin, on sait que le corps des femmes a été destiné par Notre-Seigneur à des activités plus statiques : leurs bras ont une conformation adaptée pour bercer un enfant, certainement pas pour porter un lourd bouclier. En tout cas, d'après la description, il pourrait s'agir d'une de leurs descendantes. Les gens du désert sont sans scrupules : lors des pillages ils ne se limitent pas à emporter le butin, ils ôtent également la vie aux malheureux qui se trouvent sur leur passage. »

À ces mots, certaines femmes, dont Maddalena, un mètre plus loin dans la file, se signèrent et récitèrent un *Ave Maria* suivi d'un *Notre Père*.

« N'ayez crainte, aujourd'hui ces gens sont domptés. Notre Duce… »

Tandis que l'instituteur continuait à étaler un de ces discours tous semblables sur la gloire de l'Empire, Sara et Angela échangèrent un geste. La première fit mine de monter à cheval, la seconde tira la veste du maître et demanda :

« Pourquoi dans *Cabiria* on ne voit pas d'amazones ?

— Oh, eh bien... voilà... c'est... une histoire qu'on raconte, tu sais, une invention. Les amazones aussi. Elles n'ont jamais combattu. Même au temps des barbares, quand ici régnaient l'ignorance et la sauvagerie. Ce sont les divagations de vieux historiens grecs. Parfois ils enjolivaient un peu les faits. »

Angela aurait voulu poser d'autres questions, mais les yeux sévères de son papa et la main de sa maman qui se posa sur son épaule, caressa son cou et remonta sur son menton, prête à couvrir sa bouche, l'incitèrent à se retenir. Elle se contenta d'écouter la voix du maître d'école, qui s'éloignait pour saluer la famille suivante, et la suivante encore : il répétait l'histoire des amazones, dont la partie la plus captivante restait celle des guerrières et des reines. Sara sourit, elle forma avec son pouce et son index un cercle qu'elle approcha de son front. Deux fossettes apparurent sur ses joues et Angela comprit qu'une fois de temps en temps elles partageaient les mêmes pensées.

« Une reine ? » lança-t-elle et sa sœur acquiesça d'une manière presque imperceptible. Autour d'elles les bavardages et les commérages étaient désormais incontrôlables.

« Les amazones, dit alors en s'écartant de la file un homme maigre que leur mère reconnut comme l'écrivain public, errent dans le désert avec des chiens à la queue retroussée qui gardent les troupeaux et aboient devant les Italiens. Elles parlent une langue spéciale, différente de l'arabe. Elles sont vêtues de lainages pourpres ou bleus et se déplacent à dos de cheval ou de chameau. Elles suivent des routes ancestrales d'un bout à l'autre du désert, sans tenir compte – par choix ou par ignorance – des frontières tracées et modifiées au gré de nos traités de paix.

— Eh bien, comment en savez-vous autant ? demanda cinq rangs derrière l'huissier municipal. Pourquoi connaissez-vous si bien ces sauvages ?

— J'ai grandi ici, répliqua l'écrivain, contrairement à vous qui connaissez à peine le quatrième...

— Il n'y a rien à connaître ici, à part la soif », dit l'huissier.

Pendant ce temps la file avançait, droit vers le portrait, et les villageois confondaient la vérité avec la légende dans un mélange indissoluble. Il en restait peu, des amazones : bientôt elles seraient toutes sous leur contrôle et elles disparaîtraient. Plusieurs promirent d'écrire au Duce, en demandant qu'on envoie quelqu'un pour filmer et photographier. Le vitrier proposa même à l'encadreur de s'associer, de capturer deux amazones et de les exposer dans une cage, comme les tigres ou les lions, pour montrer aux gens les créatures sauvages du quatrième rivage. Ce serait un moyen rapide de devenir riche. La mère d'Angela et Sara leur recommanda de ne pas s'approcher, si d'aventure elles en croisaient une : selon d'autres rumeurs, des rumeurs sûres provenant de la Cyrénaïque, les amazones enlevaient les Filles de la Louve et les Petites Italiennes pour en faire des guerrières.

La famille se retrouva devant le portrait. Angela ferma les yeux et s'efforça de repenser à la femme qu'elle avait vue. Une flèche, magnifique : rien à voir avec la créature dangereuse décrite par le carabinier. Pourtant elle était là, dans une représentation très infidèle. On avait déformé son visage et rendu ses yeux cruels. Sara posa un doigt sur ses lèvres pour lui dire de ne révéler leur secret à personne. Angela acquiesça, elle fixa encore un instant le portrait et demanda à sa mère quand est-ce qu'ils rentraient déjeuner, parce qu'elle avait faim.

Alors qu'ils sortaient de la mairie, l'huissier municipal les rattrapa et les invita à le suivre au premier étage. Face au regard incertain de l'homme, leur mère indiqua le banc en bois contre le mur, sous une fenêtre avec un léger rideau mauve. Les sœurs attendirent là, les parents furent engloutis dans une pièce.

Angela brûlait d'envie de parler de l'amazone, mais les chemises noires et les carabiniers allaient et venaient sans cesse, n'importe qui aurait pu l'entendre, n'importe qui aurait pu découvrir leur secret. Margherita suivait une fissure dans le banc avec son index, en chuchotant qu'une figue était restée coincée là quand on avait coupé le bois. Sara fixait la porte fermée, sans bouger, sans parler. Elle ne bougea pas non plus lorsque Angela compara son genou avec le sien, plus gros et sans écorchures, et dit :

« On va retourner à l'école ?

— Je ne sais pas. »

Cinq minutes plus tard les parents sortirent, le visage très triste. C'était une journée riche en nouvelles et annonces, et la recherche de la fugitive passa rapidement au second plan. À mi-voix, en alternant des moitiés de phrases et quelques « saints anges gardiens et Marie auxiliatrice qui nous regardez de là-haut », leur mère s'affala sur une chaise et tamponna la sueur sur son front. Puis l'huissier apparut dans l'encadrement de la porte, il regarda les fillettes et lança :

« Alors, contentes de partir en vacances ?

— Quelles vacances ? s'étonna aussitôt Sara.

— Vous allez partir trois mois en Italie. Tout l'été, expliqua l'homme en souriant.

— Pourquoi trois mois ? demanda Angela en se tournant vers ses parents.

— Le Duce l'a décidé.

— Chouette ! » murmura Sara à l'oreille de sa sœur, avec ses fossettes aux coins de la bouche.

Angela la fixa attentivement et, presque sans réfléchir, elle objecta :

« Mais comment on va faire sans maman ? »

L'huissier vit arriver dans l'escalier la famille du lot numéro 2. Il sourit, il les invita à entrer tous, même le garçon âgé de treize ans, et il claqua la porte, laissant les filles et leurs parents dans le couloir avec les chaises dépareillées le long des murs laiteux et les portraits du roi et du Duce au-dessus de l'entrée des toilettes.

« Le départ est pour… demain matin, dit leur père.

— Où on va ? Pourquoi on est obligées de partir ? » s'inquiéta Angela, en s'appuyant contre le mur à côté de sa maman qui la prit dans ses bras et lui imprima un baiser sur le front. Angela trouva cela encore plus étrange : leur mère économisait tout, même les baisers et les caresses.

« Tu vas te faire plein de nouvelles amies à la colonie. Présente-toi toujours comme une petite fille bien élevée : "Je m'appelle Angela et j'ai sept ans." Sois gentille et respectueuse. Surtout avec le personnel. Par contre, si on te manque de respect, alors tu peux arrêter d'être gentille.

— Je m'appelle Angela et j'ai sept ans.

— Vous allez passer de très belles vacances », conclut sa maman les yeux brillants. Elle lui donna un deuxième baiser sur le front, en l'enveloppant d'un parfum de savon et de sueur qu'Angela huma profondément, elle lui caressa les cheveux puis, se levant d'un bond, elle dit qu'il fallait se dépêcher de rentrer, elle devait chercher dans leurs malles un grand sac en toile pour le voyage.

5.

Ils se levèrent au milieu de la nuit. Une fuite plus qu'un départ. Leur père avec les rênes de la charrette perdues entre ses gros doigts tels des fils minuscules, le souffle chaud des bœufs rythmant l'attente. Margherita ne voulait pas se réveiller, sa maman la prit dans ses bras. Angela, qui n'avait pas fermé l'œil, serrait contre elle l'album des *Trois Petits Cochons*, elle était sûre qu'elle en aurait besoin. Sara, enveloppée dans leur châle préféré, sauta sur la charrette et, à la sortie du village, commença à regarder autour d'elle.

Ils n'avaient jamais parcouru autant de chemin dans l'obscurité, pour aller aussi loin. Ils se promenaient parfois le soir jusqu'à la bifurcation vers le lot numéro 9, et là où la nuit s'étendait très noire et impénétrable ils s'arrêtaient. Au seuil d'un monde où les habitants du village ne devaient pas s'aventurer après le coucher du soleil. Sur la charrette Angela aussi regardait dans toutes les directions, la cherchant encore : l'amazone pourrait les sauver, les ramener à la maison et leur éviter, à elle et à Margherita, de passer trois mois sans leur maman. Sara, comme elle y tenait, partirait quand même.

Ils se trouvaient exactement à l'endroit où elles l'avaient vue filer telle une flèche. Les flammes des torches allumées vibraient, petites langues rouges diaboliques : après une secousse des roues, Angela nota le scintillement d'un objet sur le sol. Sara le remarqua aussi et, avec un gloussement hystérique, elle sauta hors de la charrette. Leur mère pesta en dialecte contre les saints et la Madone puis elle cria à leur père de s'arrêter. Margherita dormait toujours. Sara se pencha, elle agita la main en l'air en lançant un sourire radieux à sa sœur avant que sa mère furieuse la pousse avec force vers l'attelage.

« File !

— Sinon ?

— J'ai dit file ! Qu'est-ce que c'est que ça ? »

Sara ouvrit puis referma ses doigts autour du précieux cercle d'or.

« C'est le bijou de l'amazone !

— Jésus Marie ! Tu l'as vue ?

— Angela aussi !

— Tu te défausses sur ta sœur maintenant ? Remercie le Duce de pouvoir partir…

— Elle n'est pas méchante, ce sont des mensonges.

— S'ils découvrent que tu n'as pas voulu parler, tête de mule… »

Leur père protesta : ils allaient être en retard, le bateau ne les attendrait pas. Angela ne comprit pas la réponse de sa mère en dialecte, puis son père siffla pour appeler sa fille aînée qui se hissa à côté de lui. Serrée dans le châle, Sara garda les yeux fermés jusqu'à l'arrivée. Angela pensa qu'elle faisait semblant de dormir.

Avant, 1940

Ils furent à Tripoli avant l'aube. Le palais du Banco di Roma paré de ses lumières de fête, le drapeau de l'Empire tel un énorme nœud papillon au cou de la façade. Au sommet de la tourelle centrale l'inscription répétée quatre fois pour être visible de partout : DUCE.

Un vent tiède soufflait de la côte et les silhouettes des palmiers dodelinaient, serrées dans leurs pots, sur les balcons entre le premier et le deuxième étage.

Certains arrivaient en charrette, d'autres à pied ou à vélo ; on n'eut pas le temps de s'ennuyer : la nuit se transforma, passant du noir au bleu, et quand le soleil pointa il y avait déjà des enfants dans tous les coins. Les plus petits voulaient se mettre devant, carrément sur le bord du trottoir, pour mieux voir le défilé ; après leur longue marche plusieurs tentèrent de s'asseoir pour reprendre des forces ; sachant ce qui les attendait, sachant qu'après le défilé et les discours elles partiraient, Angela et Sara restèrent silencieuses, l'une ravalant son désespoir, l'autre son excitation, cherchant la complicité de leurs voisins. Comme Angela, beaucoup avaient un air égaré.

« Tu as vu ? murmura Sara à l'oreille de sa sœur. Que des poules mouillées. Comme toi.

— Je ne suis pas une poule mouillée ! s'écria Angela en essayant de lui tirer la tresse, mais leur maman intervint pour les séparer.

— Ça suffit ! Ce n'est pas le moment !

— C'est elle qui a commencé ! » se défendit Angela mais Sara ne l'écoutait plus, fascinée par les paquebots amarrés aux quais, l'effervescence des préparatifs à bord, le frémissement des corps rassemblés sur la terre ferme.

À six heures à peine ils mangèrent du pain et du fromage assis sur leur charrette puis, après une longue discussion, les parents choisirent un endroit où se poster dans le port : sur une plate-bande, à côté d'une colonne de marbre. Margherita était dans les bras de sa maman, Angela et Sara donnaient la main à leur papa. De temps en temps les gens derrière eux poussaient, par vagues, et leur père les serrait contre lui. Chaque sursaut de la foule s'accompagnait de bouffées de palabres qui décrivaient d'autres maisons, d'autres ménages, et, mêlés aux grains de sable soulevés par le vent, les relents de sueur chatouillaient les narines.

À sept heures précises, le défilé commença : les soldats coloniaux sur leurs dromadaires, les *zaptié* et les *savari* à cheval avec leur *tachia* rouge sur la tête, les troupes à pied ; puis la voix caverneuse, dans les haut-parleurs, vibra. En regardant autour d'elle, Angela comprit que la voix venait d'un balcon où se tenait un groupe de hiérarques qui à cette distance paraissaient minuscules et tous identiques dans leur uniforme, certains plus maigres, d'autres plus gros ; le bourdonnement de la foule s'atténua jusqu'à disparaître.

Ils devaient être orgueilleux et fiers, sans regretter leur glorieux sacrifice : grâce au Duce leurs enfants allaient renouer avec le sol italique, beaucoup le verraient pour la première fois et puis, renforcés dans le corps et dans l'esprit, ennoblis au contact de la Jeunesse du Licteur qui les attendait dans leur patrie, au bout de trois mois ils seraient de retour.

Sans s'en rendre compte, poussée par ces paroles, Angela détacha sa main de celle de son père pour serrer un pan de la jupe maternelle.

Au moment du rassemblement une sœur souriante s'approcha, elle prit la main de Sara, elle lui ordonna de prendre celle d'Angela et elle entraîna difficilement Margherita, tandis que leur maman courait derrière en répétant leurs prénoms.

« La petite c'est Margherita comme la sainte, elle est née le 22 février, on l'a appelée comme la sainte, et elle, c'est Sara, l'aînée. Sara, un prénom qui porte malheur, on n'y a pas pensé quand elle est née et maintenant… Elle, c'est Angela, celle du milieu, elle parle peu mais elle est très intelligente. »

En les regardant toutes ensemble, l'expression courroucée de leur mère s'adoucit. Elle déposa un baiser sur le front de Margherita, sur la joue d'Angela, et elle étreignit Sara avec force.

« Tu as compris ? Tu dois être sage. Ne fais confiance à personne et protège toujours tes sœurs.

— Tu penses qu'à elles, répondit Sara. Moi, je ne rentrerai pas. »

Sa mère la serrait encore quand la sœur leur demanda de se dépêcher pour ne pas ralentir la file. Une dernière distribution de baisers et d'étreintes, à toutes sauf à Sara qui se déroba, et la religieuse dit de ne pas s'inquiéter, les petites reviendraient aguerries physiquement et moralement, et en martelant ce mot inconnu, *aguerries, bien aguerries,* elle les poussa sur la passerelle en bois qui oscillait et les menait à bord.

En un instant leur mère avait disparu. Il ne subsistait d'elle que le parfum dans les narines, la voix dans les oreilles. Angela et Margherita se donnèrent la main et obéirent quand la religieuse leur demanda de rester entre les canots de sauvetage et le garde-corps en métal blanc. Avant de leur tourner le dos, elle les rassura : « Je vais m'occuper de vous, tout ira bien. » La même phrase, avec les mêmes mots et le même ton, accueillit les autres enfants. Le sourire répété, au bout de vingt ou trente fois, devenait une vilaine grimace.

Sara transgressa tout de suite l'ordre, elle leva la tête pour observer les panaches de fumée du paquebot et lança :

« Je vais faire un tour ! »

Margherita tenta de la retenir en tirant sur sa manche, mais elle se libéra d'un geste brusque.

« Laisse-la, dit Angela, elle ne comprend pas. »

Tenant encore sa petite sœur par la main, tandis qu'une brise légère lui caressait le nez, Angela s'appuya au bastingage et aperçut enfin la silhouette de sa maman qui, depuis la rive, immobile à côté d'un groupe de chemises noires, agitait les bras pour dire au revoir. Comme les autres mères. Les enfants saluaient en retour, certains heureux et enjoués, d'autres hésitants, prêts – davantage prêts qu'Angela – à quitter les champs et les bancs de l'école pour voguer vers la promesse d'un merveilleux été.

6.

On les fit descendre : sous le pont, dans les escaliers, vers les cabines. Leurs corps collés aux autres corps, leur peau contre la peau de camarades inconnus. Certains avaient déjà les cheveux rasés, leurs parents avaient suivi les consignes à la lettre avant le départ, mais beaucoup avaient gardé leurs crinières lisses ou bouclées, blondes rousses brunes. C'était à qui pleurait en silence, qui se lamentait en demandant à retourner au port, l'Italie ne les intéressait pas, ils voulaient leur maman ; d'autres souriaient en échangeant des regards complices : marche après marche, ils tissaient de nouvelles alliances.

Entourée de pleurs, Sara cessa durant quelques minutes de chanter les louanges de leur villégiature. Angela lui prit une main, Margherita l'autre, et elles descendirent ensemble, les cadettes aux côtés de l'aînée telles des ailes repliées. Les têtes se dévidaient devant elles et disparaissaient dans les coursives latérales, suivant les indications d'une dame vêtue de blanc : les garçons à gauche, les filles à droite.

Angela se retourna. La lumière du soleil s'estompait à chaque pas tandis que le ventre du navire les accueillait, les aspirait, les avalait.

Le tumulte confus des enfants s'accordait au roulis de la sortie du port, aux vibrations du paquebot qui se stabilisait et prenait le large. Posant sa main sur une des parois métalliques blanches, Angela sentit le tremblement courir le long de ses doigts, jusqu'à son épaule. Margherita s'apprêtait à faire la même chose, quand une demoiselle petite et ronde surgit de l'ombre, renifla et, en la toisant avec des yeux comme des olives, lui donna une tape sur le poignet : « Allez, on avance ! »

Alors Sara serra ses sœurs contre elle et les entraîna là où le couloir tournait à droite. Au-dessus de leurs têtes se déployait un entrelacs de tuyaux gargouillants et grésillants, mais elles n'avaient pas le temps de l'observer. Elles entrèrent dans une petite salle sombre, une jeune femme se tenait dans un coin. Elle avait des cheveux bruns, noués sur la nuque, et elle portait une sorte d'uniforme : un tablier blanc, une chemise cendrée, des chaussures noires et basses à talons. Elle était immobile près d'un tas de sacs à dos gris avec des bretelles en cuir. Ils ressemblaient à ceux de l'armée. La demoiselle posa ses yeux éteints sur les fillettes. Elle leur demanda leur nom et leur âge, elle reporta toutes les informations sur une feuille pleine de tableaux et de chiffres, puis dit : « L'organisation est la même pour les Filles de la Louve et les Petites Italiennes. Onze organisées forment une escouade, trois escouades forment un manipule et trois manipules forment une centurie. Donc pour vous..., continua-t-elle en leur fichant dans les bras un sac à dos : Sara, matricule 12-16-40, 12e manipule. Angela, matricule 32-80-19, 10e manipule. Margherita, matricule 71-10-22, 1er manipule. Rappelez-vous bien ces numéros. Continuez le long du couloir et rejoignez chacune votre cabine. »

En passant la porte Margherita glissa à nouveau ses doigts entre ceux de Sara et elle les serra le plus possible. De la salle voisine sortit une autre jeune femme, en silence et par surprise.

« 1er manipule, avec moi ! »

Margherita lâcha son sac à dos et se blottit derrière les jambes de sa sœur.

« Organisée, fais ce que dit la surveillante et mets-toi en rang ! ordonna la demoiselle petite et ronde.

— Marghe, elle a raison, intervint Sara, tu as compris ? Sois gentille. Allez, tu vas bien t'amuser. »

La fillette acquiesça. Sous le regard de la surveillante, elle se baissa et ramassa son sac. En se relevant, elle avait les yeux brillants, mais elle ne pleurait pas encore. Elle les essuya avec la manche de sa robe et Angela l'imita. Sa blouse sentait encore le blé, la sueur, sa maman. Elle aurait voulu être comme Sara, elle enviait la joie et la curiosité avec lesquelles elle observait les demoiselles en uniforme. La tête basse, en traînant les pieds, Margherita rejoignit la cabine du 1er manipule, sans même se retourner pour saluer ses sœurs.

Sara et Angela avancèrent jusqu'aux portes où des étiquettes tapées à la machine à écrire indiquaient « 12e manipule » et « 10e manipule ».

Angela entra dans une salle sombre où flottaient le grincement des bordages et le murmure de ses camarades, trente-deux paires d'yeux rivés sur elle : certains apeurés, quelques-uns remplis de colère, la plupart indifférents et endormis. Les bancs et les chaises étaient déjà occupés, il restait les paillasses. Tournée vers la cloison en métal, une frêle silhouette pleurait en tapant des poings contre l'acier. Dans un autre angle, assises en cercle, certaines énuméraient les merveilles qui les attendaient à l'arrivée. Angela s'approcha, en espérant qu'elles en savaient plus qu'elle.

Une fillette parlait les bras croisés. Elle avait un teint de lait et des cheveux longs qui de loin semblaient châtains mais, dès qu'Angela s'assit à côté d'elle, se révélèrent roux.

« Ça dépend où on nous envoie. Ma maman dit que si on va en Sicile c'est horrible, parce que c'est sec comme le désert.

— Mais non, c'est beau, c'est comme à la maison, dit Angela, et à nouveau tous les yeux se plantèrent sur elle.

— Moi, j'aime pas le désert, ça donne soif et il y a des scorpions. Si tu te fais piquer par un scorpion, tu meurs tout de suite et personne peut te sauver ! répliqua la rouquine.

— Mon papa, il les écrase avec sa chaussure, comme ça », s'écria une autre en se levant et en imitant un homme fort en train d'écraser un scorpion. Ses couettes noires et ébouriffées s'agitèrent à chaque coup tels des pompons sur sa tête.

« Mais qu'est-ce que tu dis ? » intervint une fille avec de grands yeux et un accent des Pouilles. Elle essuya son nez avec sa main qu'elle frotta ensuite sur sa jolie robe jaune du dimanche, le dos droit, appuyé contre la cloison en métal.

« Toi, qu'est-ce que tu dis ? Tes parents viennent des Pouilles aussi ? lui demanda la spécialiste des scorpions.

— Oui, toute ma famille est des Pouilles. De Lecce. Et toi, d'où sont tes parents ?

— D'un endroit... près... près d'une rivière... » La spécialiste des scorpions s'assombrit et se tut.

« Tu sais pas d'où viennent tes parents ? reprit la rouquine, et elle éclata de rire. Moi je sais toutes ces choses. »

Angela allait dire qu'elle ne le savait pas non plus, que ses parents étaient arrivés sur le quatrième rivage quand Sara avait deux ans et qu'elle n'était pas encore née, alors l'endroit exact où vivait sa famille avant, en Sicile, et son nom, elle l'ignorait. Sa maman n'en parlait pas, sauf quand elle racontait ses souvenirs d'enfance, mais elle le faisait à contrecœur et seulement si Sara – sans doute pour la contrarier – l'assaillait de questions. Depuis qu'ils avaient quitté le village Luigi di Savoia pour s'installer dans leur nouvelle maison, plus d'un an auparavant, elle refusait d'en parler. Elle disait juste que la Tripolitaine ressemblait plus à sa terre d'origine que la Cyrénaïque. Angela aurait voulu dire toutes ces choses et bien d'autres encore, mais la porte de la cabine s'ouvrit et une surveillante entra à pas lents, flegmatiques. Il était difficile de les distinguer à ce stade. Avec leur uniforme elles semblaient toutes identiques. La demoiselle leur demanda de se mettre en rangs.

Du fond de la salle Angela observa les yeux écarquillés, les plaintes dans les oreilles, ses camarades se transformer sous les coups de ciseaux et les rasoirs, l'une après l'autre. Sans leurs cheveux lisses ou bouclés, clairs ou foncés, longs ou courts, toutes ces mèches mortes à terre, elles cessaient d'être les filles chéries de leur maman et de leur papa, les filles du village. On donna à chacune un bonnet blanc, la toile râpeuse sur leur crâne rasé. C'était à qui pleurait, qui se dérobait, qui souriait libérée de sa crinière, et quand vint son tour, au dernier rang du 10e manipule, Angela ne pouvait plus supplier.

Un pas en avant.

« C'est pour les poux, pour éviter que vous vous passiez des poux. »

Elle pencha la tête. Elle aurait voulu dire qu'à l'école on contrôlait toujours ses cheveux et qu'on ne trouvait jamais de poux. Sa maman leur faisait un shampooing avec du vinaigre et du citron. Les cheveux étaient plats et raides mais les poux n'y venaient pas.

« Maintenant ne bouge plus. »

Elle serra les paupières.

« Ils repousseront plus forts. »

Quelques minutes après on les appela pour le déjeuner.

Filles et garçons se dirigèrent en rangs vers les deux grandes marmites et les surveillantes qui distribuaient des gamelles et du pain. Une demoiselle plus jeune leur indiquait où s'asseoir à table, en leur demandant que garçons et filles se séparent et s'y habituent, parce qu'à l'arrivée ils ne se verraient plus, ils seraient dans des colonies différentes, deux endroits éloignés sur le littoral. Les autres voix ordonnaient de rester assis, de ne pas perdre de temps à bavarder, mais Angela décida de ne pas en tenir compte et elle traversa la salle à la recherche de ses sœurs.

Elle trouva Sara qui avait presque déjà vidé sa gamelle. Elle lui retira son bonnet et lui caressa la tête, alors Sara abandonna ses couverts sur la table et se leva.

« Ne me traite pas comme ça, je suis chef d'escouade maintenant. Tu n'es pas chef d'escouade, toi ?

— Non.

— Moi oui, parce que je suis la plus grande. Maintenant je peux donner des ordres. Et on doit m'obéir.

— En tout cas, sans tes cheveux, on dirait un garçon.

— Toi aussi. Je peux t'appeler Angelo ?

— Alors je t'appellerai Saro.

— Mais ça n'existe pas !

— Si, ça existe, tous les prénoms existent au féminin et au masculin.

— Et Margherita ? »

À cet instant elles se tournèrent dans toutes les directions pour chercher leur petite sœur. Peu avant, elles l'auraient reconnue à plusieurs mètres de distance, avec ses jambes arquées et sa manie de ramener le bras vers son menton pour poser un doigt sur sa lèvre inférieure, comme si elle n'avait pas le courage de sucer son pouce, figée dans une éternelle hésitation. Or dans cette forêt de bonnets blancs et de gambettes, elles ne la trouvèrent qu'au bout de longues minutes. Angela l'aperçut la première, lorsque Margherita grimpa sur la table pour sauter et crier : « Maison ! Maison ! Maison ! »

Mais tout le monde la vit alors, les surveillantes aussi.

7.

Margherita reçut une paire de gifles. Pleurs désespérés étranglés incessants. Les demoiselles la laissèrent se fatiguer de ses propres gémissements et ordonnèrent aux manipules de se ranger deux par deux pour sortir. Les Filles de la Louve du 10e manipule furent envoyées vers le pont et Angela avec elles, sans réussir à approcher sa petite sœur, à lui dire qu'elle *pouvait* être tranquille, qu'elles resteraient ensemble, même sans leur maman.

Angela se retrouva au milieu d'une chenille qui avançait sur trente-trois paires de pattes. Une fillette de six ou sept ans, avec des yeux noirs et un bonnet trop grand, se mit à côté d'elle et lui tendit la main comme Margherita, cherchant son soutien. Elle portait une robe en coton blanche, recouverte d'un tulle à pois brodés.

« C'est très beau, chuchota Angela en pointant son doigt vers un des pois en relief, mais la fillette l'arrêta.

— Ma maman dit que personne ne doit toucher.

— Mais ça ressemble à une moustiquaire... ce qu'on met autour des lits, tu sais ? »

La petite éclata de rire.

« C'est vrai ? Je sais, mais ma maman veut toujours que je porte cette robe. Pour être élégante.

— Toujours toujours ? Même pour dormir ? »

La fillette secoua la tête et redevint sérieuse. Puis, tandis qu'elles montaient les marches, elle dit :

« Ce matin je me suis cachée dans un tonneau, dans la salle des fêtes. Un tonneau vide. Mais on m'a retrouvée.

— Tu viens de quel village ?

— Je viens de Tripoli. Mon papa travaille à la poste. Et toi, d'où tu viens ?

— Du village...

— Silence ! En rangs et taisez-vous ! »

L'ordre trancha sa phrase telle une hache et Angela baissa les yeux en se demandant quel était le prénom de sa nouvelle amie et si c'était bien une amie.

Quand elles débouchèrent sur le pont, le ciel du début d'après-midi les enveloppa et les bras des surveillantes les poussèrent vers le centre pour les disposer en lignes de six, formant un carré de bonnets blancs. Les rafales de vent les obligeaient à fermer les yeux, plus que le soleil à pic. Sara était au fond à gauche, à la tête de son manipule, souriante et fière. Dix lignes derrière, les yeux vifs de Margherita, ses joues rougies par les gifles reçues. Elle avait ôté son bonnet et l'utilisait pour se faire de l'air. Ayant perdu et ses cheveux et l'envie de protester, elle se fondit peu à peu dans la masse.

Angela essaya de lui faire un signe, mais la fillette de Tripoli lui donna un coup de coude en lui montrant une demoiselle qui les observait.

Avec un mégaphone la surveillante la plus gradée scanda le salut. Les petits bras se tendirent ensemble, les dos se redressèrent, les yeux se tournèrent vers l'étendue turquoise surplombant l'horizon, comme si là-haut était accroché un portrait du Duce. Angela allongea son bras mécaniquement, en observant l'air sourcilleux des Filles de la Louve alignées devant elle ; elles devaient avoir cinq ans. Il y en avait une aux yeux vert tendre, qui souriait le bras tendu et semblait plus âgée. Le bras d'Angela tremblait. Elle n'avait jamais dû le tendre à ce point, même à l'école. Là, au dernier rang où elle se mettait tout le temps, son geste passait inaperçu, une sorte de « ciao » prolongé, la version simplifiée du salut que les adultes faisaient sur la place.

Les bras retombèrent, à nouveau ballants et inertes, alors la voix de la surveillante expliqua que les organisés présents sur le bateau avaient tous la même destination, l'Apuania, où trois colonies différentes les accueilleraient pour l'été. Il fallait procéder au recensement et à la distribution des vêtements pour se changer après l'accostage. Dans les sacs à dos il y avait un foulard noir à nouer autour du cou, pour les plus grands, et un gobelet en métal pour boire en dehors des repas, durant le voyage uniquement l'eau fournie par les surveillantes, les seules à avoir accès à l'eau potable. Les soldats de plomb, les nœuds pour les cheveux, les lettres ou les photographies des proches et les autres objets personnels devaient être rangés dans la poche intérieure du sac à dos, dont chaque organisé était responsable et devait mémoriser le numéro, car en cas de perte il ne serait pas remplacé, et en cas de dommage chacun devrait le réparer par ses propres moyens. À présent c'était l'heure de la sieste.

Des traces de peinture grise sur le sol. Une odeur de moisi. L'acier glacé sous la mince couche de paille. La sensation, les yeux fermés, qu'entre les tiges de foin écrasées se faufilaient des serpents invisibles, un pour chaque enfant endormi, dans une partie du bateau pleine de courants d'air.

Angela ouvrit les yeux, elle toussa et renifla. Autour d'elle, un chœur de respirations dociles. Elle regarda les traces sur le sol, éclairées par un filet de lumière sous la porte. La nuit était venue, fini les cris des surveillantes et l'obéissance. Seulement le silence dans lequel s'abandonner et reparcourir, comme les pièces d'une maison à peine inaugurée, le voyage. Cependant la pensée n'était pas encore tournée vers la nouveauté mais vers ce qu'il restait du quatrième rivage.

Angela changea de côté puis, pour être sûre qu'elle n'avait pas tout imaginé, elle passa une main sur sa tête. Lisse, bien sûr, mais déjà hérissée de minuscules pointes de cheveux impatients de pousser. Elle écrirait une lettre à leur mère, en arrivant, et elle lui demanderait de les faire rentrer, parce que ces vacances ressemblaient trop à l'école et au samedi fasciste, un samedi de trois mois. Il faudrait que sa mère soit de bonne humeur en la lisant, comme le jour où elle lui avait raconté que l'école était inutile, qu'elle ne leur apprenait qu'à coudre et à tenir les comptes, en clair qu'elle préparait les filles à devenir les esclaves des hommes. « Une esclave, avait conclu sa mère, et en plus on me dit que c'est bien comme ça. »

Angela l'avait écoutée, taciturne, en regardant Sara et Margherita jouer à faire la lessive, avec la laveuse éteinte et quelques torchons propres. « Ne dis rien à papa, Angela, à personne », avait ajouté sa maman et elle avait acquiescé. Devant sa mère elle acquiesçait toujours. Elle avait accueilli la caresse dans ses cheveux à présent rasés, et elle n'en avait pas parlé, pas même à Sara.

Une secousse l'arracha à ses souvenirs, un tremblement diffus qui cessa aussitôt. Puis à nouveau, une onde à travers le corps. Un soubresaut. Une pause. Un soubresaut. Une pause. Autour, le silence. Angela s'approcha de la porte et sortit.

La vive lueur du couloir lui coupa le souffle et, presque sans s'en rendre compte, elle était déjà au pied de l'escalier, elle montait, elle se dirigeait vers le pont avant, tandis que dans une ultime secousse le paquebot corrigeait son cap.

En pleine mer la nuit était d'un noir dense, les étoiles une féérie, souvenir d'un jour lumineux qui ne reviendrait pas. En se tournant à gauche, dans le sens de la marche, Angela vit la même obscurité. Puis à droite, à quelques nœuds, elle aperçut un cortège de navires énormes.

Toute la marine royale, la Regia Marina, semblait concentrée sur cette bande de Méditerranée. Des ombres d'hommes allaient et venaient en courant telles des fourmis, minuscules sous les hautes volutes de fumée qui s'échappaient des conduits des chaudières. Un morceau d'étoffe s'agitait au vent. Probablement le drapeau du royaume, mais à cette distance c'était un chiffon grisâtre.

Sur le bateau le plus proche, en un battement de cils, Angela eut le temps de lire l'inscription *GIOVANNI BERTA*, qu'un homme éclairait avec une torche comme s'il cherchait un cordage perdu.

« Qu'est-ce que tu fais là, toi ? » demanda une voix.

Angela se trouvait devant un marin en uniforme blanc, une cigarette entre les lèvres, les yeux voilés par un ruban de fumée. Le vent de la nuit soulevait son col, le cordon qui l'entourait se fondait dans le noir. L'homme avait sur le visage un rictus de marchand d'or : front sourcilleux, peau tannée par des mois au soleil, doigts graisseux. Des doigts qui fouillèrent dans la poche droite de son pantalon pour en extraire un petit sachet. Il le tendit à Angela qui s'approcha, pensant que c'étaient des bonbons, puis recula quand l'odeur lui piqua les narines : du tabac. Le marin éclata de rire et remit le sachet dans sa poche. Les bateaux étaient encore là, face à eux, rapetissant à chaque instant. Angela cherchait à déceler la présence de colons à bord, car s'ils se dirigeaient vers la Libye, ces paquebots étaient sûrement bondés de centaines de familles prêtes à commencer une nouvelle vie sur le quatrième rivage.

« Ceux-là, ce ne sont pas des bateaux comme les autres, dit le marin. Ils ne transportent pas de simples passagers. Celui-ci non plus.

— Pourquoi ?

— Tu n'as pas lu son nom en embarquant ? »

Angela secoua la tête.

« *PRINCIPESSA GIOVANNA*. Il a été construit pour traverser l'Atlantique. Il a emmené des milliers d'Italiens en Amérique, avant d'assurer un service remarquable dans la guerre d'Éthiopie. Puis en Espagne. Maintenant on nous l'a donné pour transporter les troupes. Les autres, là-bas, ce sont des canonniers. Tu as vu comme ils filent vite et droit ?

— Où vont-ils ?

— À ton avis ?

— Par là, il y a ma maison.

— Plus pour longtemps. » Après sa dernière bouffée de cigarette, le marin visa et jeta son mégot dans le vide. « Je te donne trente secondes avant d'avertir qu'il y a une fille sur le pont. »

Alors seulement Angela s'aperçut qu'elle avait la chair de poule, elle salua le marin et retourna sous sa couverture. Elle longea le couloir, vigilante, échappant de peu à la ronde des surveillantes, et une fois dans sa cabine elle se laissa envelopper par le silence vital de tous ces petits corps amassés, endormis, tête contre tête, rêve contre rêve. Angela était incapable de rêver. Elle aurait voulu réveiller Sara, lui raconter qu'elle avait parlé avec un marin, et que les navires de la marine voguaient vers le quatrième rivage. Des navires comme des montagnes, qui, s'ils avaient croisé la route des tortues à peine nées, les auraient écrasées. Sur sa paillasse, les yeux grands ouverts, Angela joignit ses paumes et pria pour les bébés tortues, pour que les vacances passent vite, et pour que leur paquebot arrive bientôt.

C'est une erreur de croire que les colonies climatiques ont un objectif exclusivement hygiénique et sanitaire. L'entrée de l'enfant dans la colonie climatique, pénétrée d'esprit fasciste, est avant tout la rencontre totalitaire avec un monde et une vision de la vie, qui répète sur un ton particulier le monde et la vision de cette vie révolutionnaire. L'enfant devient fasciste de manière constitutionnelle, il adapte toute sa personnalité à la loi de la vie fasciste.

Hiérarchie, revue mensuelle
de la révolution fasciste, octobre 1938

LA TOUR, 1940

1.

Après une longue navigation, un sillon tracé droit dans la mer – l'Italie une oasis lointaine, un mirage presque –, le 8 juin à 5 h 40 le paquebot accosta. Port de Livourne, une lueur paillée et effilochée à l'horizon. Sur le pont, faisant la queue en attendant de descendre, Angela vit une file de camionnettes militaires. Dans l'eau des barques multicolores et des arabesques de fumée au bout des cigarettes des poissonniers et des pêcheurs. Ils échangeaient des cris et des cagettes en bois dans une langue inconnue. Au début Angela y reconnut les formes et les cadences de l'arabe, mais elle comprit ensuite que cela ressemblait à la façon de parler de certaines camarades d'un autre manipule, arrivées sur le quatrième rivage depuis la Toscane.

« *Tos-hana* », murmura-t-elle en essayant d'imiter leur accent et en promenant les yeux autour d'elle jusqu'à trouver dans la foule, dans un mur infranchissable de bonnets blancs, le visage de Sara qui pointait au-dessus des autres filles, majoritairement plus petites : la main droite sur la nuque, sa sœur cherchait encore la base de la tresse qu'elle n'avait plus.

L'autre main était cachée dans sa poche, sûrement en train de caresser le médaillon de l'amazone.

« On va où ? » demanda alors Angela à la première surveillante qui passa près d'elle, pas très grande et toute fine, une figurine en papier. Elle avait les cheveux noués avec des épingles, rassemblés soigneusement une mèche après l'autre, et une tendance à sourire au bout de chaque phrase.

Ainsi elle sourit dès qu'elle lui eut dit :

« À la colonie, où veux-tu qu'on aille ?

— Avec ça ? enchaîna Angela en montrant les camionnettes dans lesquelles au ciné-journal elle n'avait vu que des soldats et des colons comme ses parents.

— Bah, avec quoi d'autre ? En voiture, ça prendrait des jours pour nous emmener toutes. On est trop nombreuses. Ne t'inquiète pas, entre ici et la colonie c'est plein de pinèdes, on sera au frais.

— Vous y êtes déjà allée ?

— Bien sûr. J'y allais à ton âge, quand j'étais une Fille de la Louve et que j'habitais une grande ville. Et maintenant j'y retourne pour travailler. Une chance, non ?

— Quelle grande ville ?

— Turin.

— Alors vous ne venez pas du quatrième rivage ?

— Tu crois qu'on t'a envoyée ici pour que tu gardes la nostalgie du quatrième rivage ?

— C'est quoi la nostalgie ? »

La jeune fille rit, lui chuchota : « Tu le sauras bientôt », et elle se remit à surveiller les rangs.

Elles arrivèrent en Apuania en ce matin de juin encore assoupi. Une brume voilait le soleil et l'air vif faisait frissonner Angela. Assise dans la camionnette, elle observait la tour tandis que la chaleur des autres Filles de la Louve se dissipait à mesure qu'elles descendaient. La fille avec la robe en tulle était descendue. Celle qui savait tuer les scorpions était descendue. Elles étaient presque toutes descendues et Angela s'apprêtait à les suivre.

La colonie était une tour de dix-sept étages, arrondie, sans angles. Sur le marchepied du fourgon, Angela ne parvenait pas à la quitter des yeux : imposante et gigantesque, elle se dressait vers le ciel à quelques mètres de la mer et attirait en elle chaque fillette qui franchissait le seuil, un appel que seules les petites pouvaient percevoir. Pas après pas, Angela se sentait de plus en plus minuscule. Au-dessus d'elle, les étages étaient délimités par les carrés des fenêtres alignées entre de minces colonnes saillantes qui s'élançaient jusqu'au toit. En vérité, on ne voyait pas de toit, et cela renforçait l'impression d'être face à la version moderne d'un château. Au loin, les Alpes apuanes dessinaient une ligne blanc-gris dans les fractures des carrières de marbre, et de là elles évoquaient une autre barrière, la grille de la nature derrière la grille de la tour, plantée par l'homme. Si les montagnes avaient décidé de s'approcher de la mer, la tour aurait été balayée par leur masse, sombrant dans les abysses.

À droite et à gauche s'étendaient les ailes latérales basses, à deux étages, également arrondies et sans angles, avec des petites fenêtres et des colonnes alternées. Quand les nuages se dispersèrent dans le ciel, à la lumière soudaine du soleil le bâtiment entier rayonna d'une clarté immaculée, aveuglante. Angela plissa les paupières et son esprit se détacha de la réalité : elle eut le temps de repenser à la colonie telle qu'elle l'avait imaginée en écoutant la surveillante fluette qui, durant le trajet, assise derrière le chauffeur, s'était fait expliquer où se trouvaient les studios Tirrenia, en demandant si c'était là qu'avait été tourné *Cabiria*, question qu'elle avait répétée avec une voix enfantine. Ainsi, entre les cahots, les coups de frein et les virages qui avaient suscité des chœurs de gloussements hystériques, de peur et d'excitation, Angela avait mémorisé le nom des studios de cinéma : « Pisorno ».

Un nom comme une formule magique, qui évoquait des créatures d'autres dimensions, enveloppées dans des draps très élégants et marchant entre des statues semblables à des géants endormis, pendant qu'on épiait leurs vies fabuleuses derrière des caméras. Avant de descendre, la demoiselle avait demandé au chauffeur s'il connaissait quelqu'un qui pourrait lui faire faire un bout d'essai.

La file avançait lentement à présent, de l'intérieur provenait la voix d'une surveillante qui répétait aux nouvelles arrivées les mêmes indications : au fond à droite, prendre l'escalier latéral, monter à l'étage et rejoindre son lit.

Les pas d'Angela devinrent hésitants, elle aurait voulu attendre Sara et retrouver Margherita, mais les demoiselles les poussaient vers les portes ouvertes comme un troupeau de chevrettes indisciplinées.

Pas d'angles non plus à l'intérieur, un baril géant aux murs teintés d'un bleu pâle et aqueux. Angela se laissa happer par l'énorme réfectoire et, marchant aux côtés des autres, elle monta vers le cœur du bâtiment. Un espace sans étages ni portes, d'où on pouvait suivre la rampe spiralée qui prolongeait l'escalier, tourbillonnant à perte de vue jusqu'à la verrière du toit : un anneau de lumière verdâtre avec un cercle plus petit au centre, qui les scrutait tel un œil humain.

La tour entière était un dortoir vertical, sans murs pour séparer les pièces, et même au niveau le plus bas les oreilles pouvaient tout entendre : les pas des Jeunes Italiennes qui avaient gagné les derniers étages, les rires et les grognements, les ordres criés pour expliquer comment faire son lit, les numéros des manipules et des chambrées.

Angela frissonna, elle avait soudain l'impression que la structure était un monstre qui venait de l'engloutir dans ses viscères. La rampe métallique ne pouvait que déboucher sur une impasse ou un précipice. Elles continuèrent à monter et elle se retrouva sur le bord extérieur, elle tendit alors une main pour effleurer la balustrade en acier vert émeraude et elle sentit pour la première fois le contact avec le métal : froid, repoussant.

Le dortoir serpentait plus long et profond à chaque tour de rampe. Le sol oblique grimpait, grimpait, et les lits étaient posés sur des tapis, comme pour éviter qu'ils glissent. Les surveillantes plantées sur le seuil de chaque étage sans cloisons prononçaient les numéros des manipules et plus elle montait, plus Angela se rendait compte que le haut et le bas tels qu'elle les connaissait n'avaient plus aucun sens, là-dedans.

Enfin, au niveau que les demoiselles appelaient « troisième étage », elles se trouvèrent devant une salle courbe. Des fenêtres alignées, séparées par des panneaux blancs contre lesquels étaient calés des lits et des tables de chevet. Les organisées se précipitèrent, bataillant pour s'approprier l'espace et être à côté des amies à peine rencontrées. Le long de la rampe, d'autres criaient et jubilaient de la même manière. Angela fit quelques pas et s'affala sur un lit grinçant, mais au bout de quelques secondes elle sentit un poids près de l'oreiller et une fille s'étendit sur le dos en essayant d'occuper toute la largeur du matelas.

« C'est mon lit, dit Angela.

— Non, c'est le mien, répliqua la fille. Tu vois ? ajouta-t-elle en accrochant une bretelle de son sac à dos aux barreaux en fer. Matricule 7-5-8-8-0-2, c'est moi, Luisa D'Urbani. Tu t'appelles Luisa D'Urbani, toi ? Non, alors va chercher ton lit et ne vole pas le mien ! » La fille termina sa phrase en lui soufflant les mots au visage. Elle avait une tête d'œuf et un nez en patate qui se couvrit de rides tandis qu'elle continuait à crier à Angela de s'en aller, de ne pas faire la voleuse, sinon elle appellerait la demoiselle.

« Mais j'étais là avant », se défendit Angela dans un filet de voix tandis que son corps exprimait déjà autre chose, car entre-temps elle se leva, elle ramassa son sac au pied du lit, et après un dernier regard à Luisa qui la fixait, hostile, elle s'éloigna à pas lents en parcourant le demi-cercle de la chambrée jusqu'à trouver une place libre. Tellement loin que là, submergée par les bavardages joyeux de deux autres filles, Angela oublia vite cet affront. Elle s'approcha de l'une d'elles en souriant :

« Je m'appelle Angela et j'ai sept ans.

— Salut Angela ! Moi, je m'appelle Francesca et j'ai sept ans aussi. » La fillette se décala en tapotant d'une main sur le matelas pour l'inviter à s'asseoir à côté d'elle : elle sourit en découvrant des dents en touches de piano – il lui en manquait plusieurs –, puis elle indiqua le panneau blanc derrière lequel se tenait sa camarade : « Elle, c'est Rachele. Elle a sept ans comme nous.

— Salut ! » fit Rachele, deux grands yeux globuleux et un visage de tortue. Vraiment, une tortue comme à la maison, pensa Angela, soudain plus enjouée.

« Tu sais qu'avec ma sœur on est allées voir des bébés tortues ? Elles naissent le matin, sur la plage, près de chez nous. Peut-être qu'ici aussi il y a des tortues qui sortent du sable.

— Moi, je préfère les chats, répondit Rachele.

— Moi les chiens. À la maison, on a deux chiens tout blancs », dit Francesca.

Rachele sautilla sur son lit puis, réprimandée par la surveillante, elle en descendit, contourna le panneau et vint s'asseoir à côté de Francesca. Elles oublièrent la fatigue du voyage, la tête pleine de questions sur la nouvelle vie qui les attendait. Debout sur son matelas, Francesca pouvait regarder par la fenêtre.

« On voit la mer. »

Rachele la rejoignit.

« Tu sais jouer à “Que vois-tu ?” ?

— Non, c'est quoi ce jeu ?

— Tu dois me dire tout ce que tu vois… en quatre secondes.

— Je veux jouer aussi ! » lança Angela en se levant.

La langue de sable et de mer encadrée par la fenêtre scintillait au soleil. Un monsieur à bicyclette, de la taille d'un moucheron, pédalait sur la route côtière en tirant péniblement une carriole remplie de pastèques.

Dès qu'elles se reverraient, Angela écouterait le récit de Sara qui s'était vu assigner, sept tours de rampe plus haut, le premier lit près de l'entrée.

Sara prit tout de suite le drap posé sur le matelas, et elle l'aplatit soigneusement jusqu'au dernier pli, avec ses paumes. Elle passa en revue ses camarades : les plus désespérées avaient épuisé leurs larmes et s'étaient allongées sur leurs lits faits à la hâte, froissés et de travers ; d'autres, assises, se racontaient leur vie sur le quatrième rivage, comme si c'était une chose qu'elles pourraient retrouver d'un jour à l'autre, et non au bout de trois mois. Elle était la seule à avoir passé autant de temps à faire son lit. La seule à y avoir mis autant de soin. Elle croisa le regard d'une fille chétive.

« Bravo, fit celle-ci. Tu es une chef d'escouade exemplaire.

— Merci.

— Ne me remercie pas. Les vrais chefs ne remercient jamais. On ne t'a pas appris ça ?

— Non, en fait…

La tour, 1940

— À ton avis, on mange dans combien de temps ?

— Je ne sais pas », répondit Sara en serrant dans sa main le médaillon de l'amazone.

Autour, les fillettes telles des statues sur leurs petits lits ; dehors, la tranquillité de la mer.

2.

Le premier jour on les rassembla dans la cour à 14 h 30 précises : il fallait former des lignes de dix, un manipule après l'autre, les plus petites devant et les grandes derrière. D'un côté s'étendait le jardin, décharné jusqu'à l'orée des bosquets de pins maritimes, qui offraient une ombre attirante dont elles ne devaient pas s'approcher ; de l'autre, la tour et ses longs tentacules latéraux semblaient s'enflammer et rutiler au soleil, lisses parfaits infinis. On pouvait presque voir le crayon des architectes qui avaient dessiné le projet, des murs plats ininterrompus, pour recréer un château sur la côte. Les fillettes sortaient à flots, en se rangeant de manière à occuper chaque centimètre, et il n'y avait pas encore le buste que des ouvriers installeraient quelques jours après ; un buste en marbre comme on en faisait dans la province d'Apuania.

La chaleur étouffante s'insinuait dans les vêtements avec lesquels elles étaient parties, et c'était la dernière fois qu'elles les portaient. Au coup de sifflet de la Fluette émergea de la colonnade une femme tirée à quatre épingles, coiffée d'un petit chapeau à la mode.

Elle marcha en regardant droit devant elle et, au niveau de la première ligne, leva le bras pour saluer.

Angela était tellement ébahie qu'elle garda les doigts entrelacés, comme si elle priait, et même les surveillantes ne remarquèrent pas son erreur, car elles avaient toutes les yeux rivés sur la femme au chapeau. Du côté opposé, Sara était à la tête de son manipule, se sentant encore plus au-dessus des autres depuis qu'une surveillante chevronnée l'avait félicitée devant toute la colonie pour son dévouement. De telle façon, en effet, qu'elle n'avait pas osé demander la permission de courir aux toilettes, et l'envie de faire pipi la tenaillait. Sur son front coulait un filet de sueur incessant, qui ruisselait dans son cou. Cependant Sara resta à son poste, devant ses camarades. En pointant le menton vers le haut, à gauche, elle voyait Margherita au premier rang qui agitait ses bras et ses mains, petite araignée en train de tisser sa toile.

« Bienvenue, dit alors la femme solennellement. Je suis Marina Nardini, la directrice de cette colonie de vacances que tout le monde par ici appelle "tour Fiat", parce que oui, à l'origine, c'est un don du sénateur Agnelli pour les enfants des ouvriers de l'usine Fiat, mais je préférerais que vous utilisiez son nom actuel, "tour Balilla". Notre tour a une jumelle, construite pour les séjours à la montagne, à Sauze d'Oulx : c'est là que j'ai entrepris en 1938 le parcours professionnel qui m'a amenée à accepter en mai dernier, avec grand honneur, le poste de directrice de cette colonie, dorénavant au service de la magnifique ambition de notre Duce de vous accueillir dans votre Patrie fasciste. »

Angela ne manqua pas le moment où Sara fit trois pas hors de son rang, rejoignit la surveillante la plus proche et, sur la pointe des pieds, murmurant à son oreille, l'implora de la laisser s'absenter. La surveillante tendit un bras en indiquant la position abandonnée par la chef d'escouade et Sara acquiesça, pivota et regagna la tête de son manipule. Les Petites Italiennes étaient debout, immobiles et silencieuses, mais pas encore capables de garder les rangs comme l'exigeraient bientôt les surveillantes.

« Devoir et discipline nous et vous guideront durant votre séjour, afin que l'été aussi puisse être une opportunité de formation des vraies citoyennes, futures épouses de nos hommes valeureux de demain. Les demoiselles vont maintenant procéder à la distribution des vêtements qui vous ont été assignés selon vos mensurations prises pendant le voyage. Je vous demande de vous mettre en ordre, du 1er au 15e manipule, deux par deux en vous donnant la main, et d'attendre le coup de sifflet de vos surveillantes qui vous emmèneront visiter notre merveilleuse plage, baignée d'une mer parfaite. À nous ! »

Angela sentit son bras entraîné par les dizaines d'autres qui pointèrent en un instant autour d'elle, et elle le rabaissa aussitôt, car elle n'avait jamais mis cette conviction dans un salut répété à tout bout de champ. Jamais jusqu'à ce moment. Le discours de la directrice avait dû les ensorceler, les transformer en véritables *organisées.* Pourtant, sous la frondaison de bras tendus et serrés, le corps de Sara se détacha et elle s'éloigna rapidement, en évitant et en contournant les autres filles comme le pire des obstacles, sans remarquer qu'Angela la suivait des yeux, prête à lui demander pourquoi on l'avait grondée, prête à lui dire que, si elle voulait, elle, la sœur du milieu, était là pour l'aider, mais seulement quand les surveillantes siffleraient, seulement quand elles pourraient bouger à nouveau.

Sara s'engouffra dans la tour, indifférente à l'agitation derrière elle, laissant les sifflets piailler, les bras se baisser et un brouhaha s'élever. Elle prit le couloir à gauche, tout droit jusqu'aux toilettes du rez-de-chaussée et là, en poussant la porte, enfin libre, elle se rendit compte que dans sa bouche, sous l'effet de la colère, s'était formé un crachat, alimenté et mâchonné pendant le rassemblement, et avant de s'enfermer dans un des cabinets elle le lança au hasard, en l'air, vers le mur. Elle fut à un cheveu d'atteindre la surveillante qui l'avait rattrapée à grands pas et lui demandait en criant son numéro de matricule. Elle cria une deuxième fois et Sara, culotte baissée, répondit haut et clair derrière la porte close.

« Il fallait attendre le coup de sifflet. Si le trou était prêt, tu devrais déjà y être ! »

Angela entra quelques secondes après et quand elle vit la surveillante, d'instinct elle préféra ne pas poser de question. La tête basse, sa sœur bredouillait des excuses qui ne convainquaient pas la demoiselle.

« Regarde-moi, ne regarde pas par terre ! Même pour les chefs d'escouade, il n'y a pas d'exception : le règlement doit être respecté. Tu seras privée de dîner pour donner le bon exemple à tout le monde ! »

Pendant que la surveillante parlait, Angela suivit le regard de Sara fixé sur le mur derrière elle, et, se désintéressant des reproches déjà très explicites qui s'accumulaient, elle découvrit le tableau à l'entrée des toilettes. Un autre regard complice et elle n'eut plus de doute : le crachat qui dégoulinait sur le mur, telle une traînée de limace luisante, était celui de sa sœur. Il coulait, coulait, à un centimètre du portrait, comme pour atteindre l'œil droit du Duce.

3.

Les fillettes remplissaient la plage entière et Angela essaya de les compter ; elles ne semblaient pas aussi nombreuses dans la cour. Elles arrivaient de partout : des organisées de tous âges, qui couraient et criaient. Leurs clameurs se confondaient avec celles des goélands très haut dans le ciel. Les nuées et les éclaboussures formaient dans l'air des gouttes aussi limpides et parfaites que des billes de verre. Angela en reçut une dans l'œil mais elle continua à avancer en serrant la main de sa petite sœur, jusqu'à ce que l'eau vienne lécher leurs pieds. Les règles et les ordres, mêlés aux embruns, se firent brièvement inutiles.

« Ah ! Elle est froide ! Au secours ! » lança Margherita en mouillant ses chevilles, puis elle tenta de faire demi-tour mais sa sœur l'attira vers elle. Ensemble elles soulevèrent une fontaine d'éclaboussures pour arroser leurs camarades. Au lieu de se défendre, celles-ci coururent en tous sens en les suppliant d'arrêter, pour ensuite faire la même chose deux mètres plus loin.

« Au bout d'un moment on s'habitue », dit Angela. Elle hésitait à plonger, à se mouiller de la tête aux pieds, parce que, après le discours de la directrice, elle craignait qu'un bain à cette heure-là ne soit pas conforme à la discipline. Margherita avait les idées beaucoup plus claires : elle s'arrêta à l'endroit où l'eau ne dépassait pas ses mollets, sans remarquer Sara qui arrivait en courant dans son dos.

« J'aime pas cette mer », grogna la petite en reculant sur le sable sec, mais son bolide de sœur aînée l'entraîna dans un rire joyeux. Il ne restait que fraîcheur et bonheur. Les vacances avaient soudain une signification unique, sans équivoque : s'immerger et nager ensemble, trois sœurs côte à côte, aidant Margherita qui jusqu'alors ne s'était pas vraiment initiée à la baignade.

Derrière elles les surveillantes s'étaient rassemblées et les observaient : elles portèrent leur sifflet à leurs lèvres et soufflèrent rapidement, par saccades, très fort.

Les fillettes, dans l'eau ou hors de l'eau, s'interrompirent. La rouquine – Angela avait découvert qu'elle s'appelait Clara –, inquiète, se précipita sur la plage pour récupérer son sac. La tueuse de scorpions, Monica, s'efforça d'essuyer ses jambes et ses pieds pour remettre ses chaussures et apparaître présentable, malgré le sable et les éclaboussures sur ses vêtements. Francesca et Rachele se figèrent aussi, mais au bout de quelques instants elles recommencèrent à jouer comme si de rien n'était.

Les surveillantes ôtèrent leurs souliers et entrèrent dans l'eau. Elles les tiraient par les bras, elles les poussaient telles des vaches fatiguées et paresseuses. Les plus têtues étaient poursuivies et traînées sans lésiner vers leur manipule avec quelques fessées. Ce fut le sort de Margherita dès que la Fluette réussit à détacher ses doigts du bras de sa sœur, un par un. Sara se débattait et protestait : elles pouvaient sortir de l'eau toutes seules, pas besoin de leur courir après comme ça.

Alors une autre surveillante l'attrapa elle aussi, en lui criant au visage son numéro de manipule comme si c'était une question de vie ou de mort, et Sara cessa de réagir. Du coin de l'œil, elle nota qu'Angela était tombée dans l'eau et qu'une demoiselle la tirait par les pieds. Son corps disparaissait et réapparaissait entre les flots. Une fois sur le rivage, son uniforme se couvrit de sable.

« Vous n'avez donc pas compris le discours de la directrice, criait la Fluette. Vous avez de la chance que le trou ne soit pas encore prêt ! »

Dans le silence tombé sur la plage on n'entendait que les quintes de toux d'Angela qui tentait de rejeter l'eau avalée.

Les surveillantes proposèrent de lister leurs noms et de les envoyer tour à tour dans le trou, dès qu'il serait prêt, mais la directrice décida qu'il fallait faire de la discipline avec les moyens du bord. Ainsi la punition fut de laver et essuyer la vaisselle du dîner puis de ranger le réfectoire et la cuisine, pendant que les surveillantes observaient en donnant des ordres. Même Sara, qui était restée assise dans un coin sans manger, ne fut pas dispensée. Angela essaya de lui faire comprendre d'un geste qu'elle avait quelque chose pour elle, elle tenta même de l'approcher pour le lui dire, mais les surveillantes incitèrent au sérieux et au recueillement en rappelant que, pour les bavardages, elles auraient tout le temps plus tard, assises sur leurs lits, prêtes à passer leur première nuit dans la tour.

Le moment d'aller dormir arriva comme une libération. Elles se couchèrent en hâte, avec peu de mots et beaucoup de bâillements, dans le dortoir sans fin. Allongée, Angela avait l'impression d'être sur le point de tomber, que son lit et le sol allaient dégringoler, et elle craignait que cela survienne pendant son sommeil : la spirale de la rampe se tordrait et les lits glisseraient un par un, en s'accrochant, en se heurtant, en écrasant les corps.

À côté d'elle, Francesca ronflait. Rachele respirait lentement et cédait de temps en temps à un profond bâillement. Angela, en revanche, ne bâillait pas. Elle attendit en fixant le plafond que toutes ses camarades soient endormies, puis elle prit un petit ballot caché parmi ses vêtements et elle se leva. Le sol était froid sous ses pieds, elle frissonna et tendit l'oreille pour guetter les bruits insolites, pour s'assurer que dans cette obscurité, si différente de la nuit familière des chambres de sa maison, il n'y avait pas de danger.

Le noir semblait fourmiller et tourbillonner. Angela serra très fort ses paupières, elle se rassit et débita de mémoire une prière à l'ange gardien en espérant qu'un démon ne vienne pas la punir parce qu'elle s'apprêtait à désobéir. Elle tira son drap sur sa tête, malgré la chaleur, et elle essaya de chasser les créatures terrifiantes qu'elle ne cessait d'imaginer tapies dans les méandres de la tour.

Elle repoussa le drap et un bruit de pas la bloqua. Le pas sonore des surveillantes. L'obscurité se remplit de leurs paroles étouffées, puis Angela vit pointer leurs torches.

« Si on commence comme ça, imagine fin septembre, dit une voix jeune et tremblante, qui resta hésitante durant toute la conversation, paraissant poser une question à chaque affirmation.

— Tu veux dire fin août. Fin septembre elles seront déjà chez elles, l'école aura repris. Mais ça va être long, si elles ne veulent pas obéir… *Mamma mia*, que j'ai sommeil.

— Marì, ces filles débarquent de la campagne, c'est déjà bien qu'on leur a appris à manger avec des couverts.

— Qu'on leur *ait* appris. On dit "qu'on leur *ait* appris". Même moi je le sais, j'avais toujours 10 sur 10 en grammaire.

— En attendant, tu ne sais pas tenir un dortoir la nuit. Cette fille sortait de ta chambrée. »

La surveillante prénommée Marì parlait avec un fort accent toscan, mais de temps en temps des termes d'un autre dialecte lui échappaient, qu'Angela apprendrait bientôt à reconnaître : le dialecte romain. Elle l'avait observée pendant le dîner, car elle semblait être la plus scrupuleuse et la plus zélée de toutes les surveillantes. Elle pouvait soulever une marmite de cent portions de soupe et n'élevait jamais la voix. C'était la seule qui, en distribuant les assiettes, à chaque « Merci » des organisées avait répondu « De rien », cinquante ou soixante fois, sans économiser sa salive. L'autre surveillante était une nouvelle, du moins Angela ne se rappelait pas l'avoir vue dans la journée.

Les faisceaux de lumière ricochaient sur les lits.

Des fillettes recroquevillées et enroulées dans leur drap.

Des fillettes avec les bras et les jambes qui pendaient dans le vide.

Des fillettes le ventre à l'air, tournées vers le plafond.

Des fillettes à deux dans un lit.

Des fillettes qui, entendant quelqu'un approcher, fermaient les yeux et s'allongeaient bien droites dans un sursaut d'obéissance.

« Par ici, regarde, elles sont deux, susurra la nouvelle.

— Allez, debout ! cria Marì en fondant sur les Filles de la Louve enlacées telle une renarde sur des poules. Hé toi, t'as pas honte ? T'as peur de te pisser dessus ? Vous n'êtes plus des bébés. Que diraient vos mamans si elles savaient que vous avez peur de dormir seules ? »

Elle avança les bras pour tenter de les séparer, en calant sa torche entre ses lèvres. Quand la lampe tomba, Angela put lire sur le manche : F. LLIPAGANI. Un nom auquel elle ajouta tout de suite une lettre et qui devint « Fillipagani ». Marì houspilla sa collègue qui la fixait, hébétée. Elle essaya encore de séparer les fillettes, serrées l'une contre l'autre. La plus effrayée attendit que son dernier doigt soit détaché pour s'agripper à nouveau à sa camarade, alors Marì lui flanqua une première gifle, puis une deuxième qui se transforma en caresse.

« Sois courageuse. Tu peux y arriver. »

La petite éclata en sanglots tandis que son amie étreignait son dos en suppliant la surveillante d'arrêter.

« Il y a trois jours vous ne vous connaissiez pas », dit Marì.

À sa voix se superposa celle de la nouvelle :

« Là où le Duce veille sur toi, tu n'as besoin de personne d'autre. Ça suffit ! Qu'est-ce que vous regardez, vous ? Dormez ! »

Les filles autour qui s'étaient tournées ou assises sursautèrent telles des gardiennes du sommeil, puis elles retombèrent comme des troncs sur leur matelas. Marì avait cessé de parler et observait sa collègue, bouche bée. La jeune femme pointa sa Fillipagani vers les lits, l'un après l'autre, sur les visages aux yeux scellés.

« Voilà, c'est bien. Si vous recommencez, on le dira à la directrice. Et elle ne sera pas aussi compréhensive. Dommage qu'on ne vous a pas appris à obéir, mais ici vous allez apprendre.

— Elle voulait dire "qu'on ne vous *ait* pas appris à obéir", rectifia Marì.

— Oui, voilà. Et bientôt, on pourra vous mettre dans le trou. »

Après une dernière farandole de lumière sur les lits, Marì tira sa collègue par le bras et l'entraîna le long de la rampe. Angela les écouta tant que ses oreilles le lui permirent, décidée à attendre un bon moment avant de bouger.

« C'est une chance qu'à la formation des surveillantes on nous ait appris..., chuchota la nouvelle.

— On voit que c'est ta première colonie. Tu as quel âge ? demanda Marì.

— Dix-sept ans.

— Bon sang… tu ne devrais pas être ici, toi, mais dans les rangs des Jeunes Italiennes.

— À la formation on nous a appris que si les enfants étaient en manque de leur maman…, insistait l'autre.

— Le manque… Tu connais le *vrai* manque ? Moi oui. »

Angela perçut le sanglot retenu de Marì. La surveillante balbutia une syllabe qui ne parvint pas à devenir un mot, et au bout de trois tentatives elle se transforma en un simple « écoute ».

« Écoute, vendredi, pour notre soirée libre, je t'emmène dans un endroit que je connais, près d'ici. On y danse, et c'est plein de beaux garçons, histoire de s'amuser un peu. Tu as quelque chose à te mettre… »

Angela n'entendit pas la suite et resta clouée sur son matelas, à s'interroger sur le changement de voix de la surveillante ; l'espace d'un instant elle avait entendu sa vraie voix, qui contenait un secret. En attendant, le pain pour Sara était entre ses bras, emballé avec *Les Trois Petits Cochons*, lui rappelant pourquoi elle avait voulu se lever.

Quand le dernier murmure s'évanouit le long de la rampe, Angela s'endormit d'un coup et son corps lourd, telle une pierre, ne bougea plus.

4.

Deux jours après, le 10 juin, Angela attendait son tour pour la baignade, assise avec son manipule. La vie à la colonie était déjà ancrée dans ses habitudes. Manger, nager, dormir. Malgré l'ombre de l'abri en bois et en toile blanche, la sueur l'enveloppait de la tête aux pieds.

Marì contrôlait avec une montre de poche le passage des minutes, quinze par manipule pour la thalassothérapie, en sifflant trois fois au début et deux à la fin du bain. Elle insistait pour que les organisées l'appellent simplement Marì, le diminutif de Marinella, sans le respectueux « mademoiselle ». Une autre surveillante l'avait sermonnée : pour discipliner ces bêtes venues d'Afrique, il fallait éviter toute familiarité. « Mademoiselle » suffisait, mieux valait que ces sauvages ne connaissent pas leurs noms. Marì ne l'avait pas écoutée, continuant à orchestrer le roulement des bains. Faire nager tout le monde prenait la matinée entière, de neuf heures à midi. Puis elles y retournaient, après la sieste, de quinze à dix-huit heures.

« Article 6 : uniformes et vestiaires des organisés, des accompagnatrices libyennes et du personnel.

Point A – Organisés. Pour le bain : culotte en laine de couleur sombre, pour les garçons et les petites filles ; costume complet pour les plus grandes. »

Le maillot d'Angela était trop grand d'une taille, mais quand elle s'était mise devant dans la queue, Luisa, arrivée en retard, l'avait bousculée en maugréant qu'elle avait déjà essayé de lui voler son lit et qu'elle voulait à nouveau prendre sa place. Pour la faire taire Angela fut obligée de la laisser passer et, repoussée par les autres, elle recula de plus en plus jusqu'à se retrouver tout derrière, alors elle prit ce qu'il restait. La demoiselle du vestiaire l'avait rassurée : avec le bon air et la nourriture copieuse, elle grandirait vite. Cependant ses bretelles ne cessaient de glisser.

« Chaque organisé devra toujours avoir avec lui une serviette, un peigne, une brosse à dents et ses mouchoirs personnels. »

Le fascicule du règlement avait circulé de main en main, ce matin-là au petit déjeuner, et Angela se rappelait une succession dense d'articles et de numéros, difficiles à mémoriser. À côté d'elle, ses camarades du 10ᵉ manipule suivaient les battements de mains des deux surveillantes qui leur apprenaient l'hymne des Enfants de la Louve :

Sonnez clairons, clairons joyeux
Devant les enfants alignés et radieux ;
Encadrés par de vrais soldats nous marchons,
L'Italie et son Duce nous suivons.

Angela ne chantait pas. Elle ne voulait suivre ni l'Italie ni le Duce, pas encore, elle avait juste hâte d'aller se baigner et en attendant elle se contentait de bouger les lèvres, pour ne pas se faire gronder, en remontant ses bretelles.

Sonnez clairons, clairons joyeux
Devant les enfants alignés et radieux ;
Encadrés par de vrais soldats nous marchons,
L'Italie et son Duce nous suivons.

Le 11e manipule venait d'entrer dans l'eau et bientôt ce serait leur tour. Angela abandonna les enfants radieux qui voulaient suivre le Duce on ne sait où, elle effaça de sa mémoire les numéros et les articles du règlement, puis elle se leva en bougeant les lèvres suffisamment pour donner l'illusion de participer au chant, seulement à la reprise de « Sonnez clairons ».

Soudain une femme déboula sur la plage à bicyclette. Le 11e manipule avait encore droit à trois minutes de baignade, mais Marì donna quand même deux coups de sifflet. Puis elle siffla à nouveau un grand coup, pour appeler ses collègues. En cercle, elles échangèrent à voix basse. Après quelques phrases, certaines ne purent retenir un petit cri de joie, et d'autres, une en particulier qui se mit à pleurer, semblèrent moins joyeuses.

Ensuite elles annoncèrent que le programme de l'après-midi avait changé. Le Duce allait faire un discours important à dix-huit heures et non loin de là, à la colonie du XXVIII Octobre, il y avait une radio pour l'écouter. Elles devaient donc se rincer les pieds, se rhabiller et se préparer. L'idée de visiter une autre colonie déflagra de fillette en fillette, suscitant un déchaînement d'applaudissements et de curiosité pour ce lieu plein de garçons, comme l'expliqua une surveillante immédiatement assaillie de questions. Des garçons avec le crâne rasé et en uniforme comme elles, non ils n'étaient pas exactement identiques, ils faisaient leurs séances d'héliothérapie plus loin, oui ils portaient le même bonnet en toile blanche conforme au règlement, non aucun d'eux ne cherchait une fiancée.

Sara s'efforçait de refréner les langues de son manipule en aidant la surveillante à reformer les rangs, mais Ilaria, une fille assez grande aux yeux verts, réussit à saisir fermement son poignet et à l'entraîner dans ses bonds de joie et son euphorie.

« Il y aura peut-être une fête avec des glaces et des gâteaux ! Tu crois que je peux apporter mon sac à dos ? »

Sara tenta de se dégager et la surveillante dut intervenir pour la libérer de la morsure des doigts et du tourbillon de paroles.

« Ce n'est pas toi qui les écoutes, c'est à elles de t'écouter ! » lui expliqua la demoiselle et elle acquiesça.

Au lieu de se diriger vers la tour, Sara attendit le manipule d'Angela, qui marchait à côté de Luisa et essayait de lui donner la main, comme on le leur avait ordonné, mais Luisa reculait son bras. Sara siffla et sa sœur courut vers elle.

« Tout va bien, organisée ? » lui demanda-t-elle en indiquant sa camarade revêche.

Angela empoigna un pan de sa jupe et murmura :

« Je ne comprends pas pourquoi elle est comme ça, je ne lui ai rien fait.

— Contente-toi d'obéir aux demoiselles. Papa et maman avaient raison.

— À propos de quoi ? »

À pas pressés, Luisa s'approcha d'une surveillante fatiguée, les cheveux en bataille et son uniforme imprégné d'eau et de sable, puis elle la poussa dans leur direction.

Sara se planta tel un bouclier devant sa sœur. Elle releva le menton et bomba le torse en attendant Luisa. Elles se retrouvèrent nez à nez, même si Sara était plus grande, et sans cesser de se toiser elles écoutèrent la surveillante qui demandait pourquoi les deux sœurs s'étaient éloignées de leurs manipules respectifs.

« Je suis chef d'escouade, répondit fièrement Sara. J'avais besoin d'aide pour... récupérer... un objet perdu par une de mes organisées. Elle ne voulait pas mais... C'est une pince à cheveux ornée d'une rose blanche. »

Elle conclut sa phrase en souriant, la demoiselle la félicita pour sa générosité mais l'exhorta à se dépêcher : il ne fallait pas être en retard pour le discours du Duce.

Luisa tapa des pieds en faisant voler du sable, elle protesta en invoquant quelque punition, mais la surveillante avait reçu d'autres ordres et leur dit seulement de ne pas traîner. Angela resta cachée derrière Sara, un mur entre elle et l'autre.

« Je n'ai peur de personne, lâcha Luisa en ricanant.

— Moi non plus », rétorqua Sara. Dans sa poche, son poing serrait le médaillon.

5.

Il y avait un portique en marbre avec des colonnettes, la version rectangulaire des photos de Leptis Magna affichée sur les panneaux de la maison du parti, pour annoncer les visites guidées du deuxième samedi du mois. Le soleil blanchissait tout le bâtiment, même le côté ombragé semblait étinceler, et elles le longèrent deux par deux avant d'entrer dans une grande cour déjà remplie de crânes rasés. Au moins le double des manipules de la tour Balilla, probablement trois centuries. Sara essaya de les compter mais elle perdit le fil lorsque les surveillantes les poussèrent dans un angle, sous un pin maritime, et les obligèrent à s'asseoir.

Un garçon se tourna pour l'observer. Il avait un visage rond avec un nez saupoudré de taches de rousseur et des petits yeux noirs en tête d'épingle, très tristes.

« Je m'appelle Agenore, dit-il en se penchant vers elle. Et toi ?

— Sara. Je suis chef d'escouade. 12e manipule.

— C'est vrai que vous êtes toutes des Africaines ?

— On vient du quatrième rivage.

— Moi, je viens de Turin. Tu sais que là-bas il n'y a pas la mer ? Il y a juste une rivière très longue et marron, surtout quand il pleut... »

Les yeux d'Agenore s'illuminèrent en parlant de cette ville, et Sara comprit mieux sa tristesse.

« Depuis quand tu es en vacances ici ? lui demanda-t-elle.

— Deux semaines.

— Ça te plaît ?

— Beaucoup.

— Moi, j'aime bien aller me baigner.

— Moi, j'aime bien le dimanche. Au déjeuner, on a de la glace. Deux boules. »

Un garçon d'au moins dix ans à côté d'eux les apostropha avec un accent turinois encore plus marqué :

« Vous êtes bêtes de penser aux glaces, avec tout ce qu'on peut avoir ici !

— Qu'est-ce que tu... », bafouilla Sara, alors Agenore rougit, semblant perdre ses taches de rousseur, et il expliqua que Paolo parlait toujours ainsi, il suffisait de ne pas l'écouter et il finissait par s'arrêter.

Des haut-parleurs installés sur deux chaises de part et d'autre de la cour jaillit un bourdonnement de fréquences radio brouillées, grésillantes, jusqu'à ce qu'on perçoive clairement la voix d'un speaker.

Le Duce allait prononcer son discours, une foule impatiente se pressait sur la place. Dans la cour aussi, les bavardages des enfants faiblirent, sans s'éteindre complètement. Sara regarda autour d'elle, découvrant Margherita assise sur une sorte de banc en bois, coincée entre six autres organisées parmi lesquelles s'était glissée Angela. Des petites voix de tous âges chuchotaient, de plus en plus imperceptibles. Aucune surveillante n'osait intervenir, craignant de couvrir *sa* voix.

Puis, pour les inciter à se taire, des battements vifs, cadencés, s'échappèrent des grosses mains d'une femme vêtue de blanc qui tournait le dos au reste de la cour.

« C'est la directrice de cette colonie », susurra une jeune fille assise trois rangs devant, la tête rasée et rouge, brûlée par le soleil, tellement grande qu'elle paraissait tenir sans cou.

Alors la voix retentit.

« Combattants de terre, de mer et de l'air... La déclaration de guerre a déjà été remise aux ambassadeurs de Grande-Bretagne et de France. »

La phrase souleva une vague d'exclamations contenues. La foule exultait sur la place lointaine et invisible, dans la cour les surveillantes et un groupe de garçons de douze ou treize ans se mirent à applaudir en sautillant et en s'étreignant de joie. C'étaient des enfants du quatrième rivage comme Sara, Margherita et Angela, laquelle se leva alors que le discours continuait pour rejoindre sa sœur à pas lents sous le pin maritime. Elle lui prit la main gauche et la serra fort.

« Si c'est la guerre on rentre chez nous ? » dit-elle les yeux brillants, puis elle se tourna en feignant de vouloir mieux entendre. Marì s'était affalée sur une chaise en se tenant le front d'une main et en grattant une tache sur sa robe de l'autre, à hauteur du genou : quand la directrice la tira pour la prendre dans ses bras elle se laissa faire, s'abandonnant à l'étreinte. Mais si sa supérieure avait une étincelle de joie dans le regard, Marì, elle, était plus blanche que le marbre des Apuanes.

Les doigts d'Angela restaient entre ceux de Sara, mais elles avaient beau être proches, sa grande sœur était loin, loin de ses yeux qui cherchaient de la compréhension, de l'aide, du réconfort. Sara avait toujours les meilleures idées, elle aurait dû savoir ce qu'il fallait faire, alors que la guerre arrivait et que leur maman était à des centaines de kilomètres, de l'autre côté de la mer, là où tout était leur maison. Pourtant elle n'avait pas l'air d'être en proie à l'ombre d'une préoccupation. Elle sourit plusieurs fois, elle laissa la chaleur et la sueur coller sa main à celle d'Angela durant quelques minutes, sans cesser de fixer les haut-parleurs.

« La guerre ne va pas durer longtemps. Pas longtemps du tout. Mon papa me l'a dit hier soir quand je lui ai téléphoné. Il sait lui, il est à Rome, affirma Paolo, le grand Turinois, en se tournant vers les deux sœurs.

— Tu peux téléphoner à ton papa, toi ? » lança Angela.

À côté d'elles, Agenore s'était mis en boule, les genoux contre sa poitrine et les bras croisés, comme dans une armure. Il se balançait d'avant en arrière et fixait le vide. Sara tenait toujours la main d'Angela et elle posa son autre main sur l'épaule du garçon. Il ne parut pas s'en apercevoir, il oscillait, plus précis et régulier qu'une balançoire ; peu à peu il ralentit, jusqu'à s'arrêter.

Sara leva les yeux au ciel :

« Et pourquoi elle ne va pas durer longtemps, la guerre ?

— Le temps de chasser les Français de Tunisie et les Anglais d'Égypte. C'est mon papa qui l'a dit.

— Mais entre la Tunisie et l'Égypte il y a la Libye !

— Justement. On est les plus forts. On va gagner. »

Angela s'accrocha aux doigts de Sara. Elle avait beau attendre une réponse, un commentaire, elle avait beau vouloir croire au discours à la radio, ses jambes tremblaient. Les soldats en uniforme, les avions et les chars pouvaient envoyer des bombes qui détruiraient leur maison. Là-bas, entre les bandes de labours, le sable et la mer, leur mère n'aurait pas d'endroit où se cacher.

« Ne t'inquiète pas, on va écrire à papa et maman, dit-elle alors en pensant que, probablement, sa sœur aussi était préoccupée.

— Tu peux leur téléphoner si tu veux, je vais demander à notre directrice, intervint Paolo.

— Ils n'ont pas le téléphone, ils n'ont même pas l'électricité. Le soir on se couche après avoir éteint les bougies, répondit Angela.

— N'importe quoi ! Je ne te crois pas. Le Duce a construit des maisons très modernes et très confortables pour les colons. Je l'ai vu au ciné-journal, s'écria Agenore.

— Le ciné-journal raconte parfois des mensonges », répliqua Sara.

Elle reçut une tape sur le bras, c'était le Turinois de dix ans. Elle s'apprêtait à lui rendre la pareille, mais Agenore la bloqua.

« Arrête. C'est un prince, il ne sera jamais puni. On n'est pas comme lui. »

Sara baissa son coude, ses doigts retrouvèrent ceux de sa sœur. Une pensée commune les traversa et, profitant de la salve d'applaudissements forcés qui suivit le discours, elles récupérèrent Margherita, très pâle, les yeux brillants.

« Mais qu'est-ce que tu as ? » lui demanda Sara. Angela, silencieuse, déposa un baiser sur sa joue et chassa les larmes qui pointaient dans ses yeux à elle aussi.

La petite sautilla et saisit son bras en implorant :

« Vite, maman doit nous rejoindre ! Il faut dire au Duce de l'amener ici.

— Et comment veux-tu le dire au Duce ? lança Sara.

— On va à Rome et on lui demande s'il peut faire venir maman ici. »

Un regard nerveux courut des yeux d'Angela jusqu'à Sara.

« Nous devons être patientes, conclut la cadette.

— Comme ça, maman aussi est punie, reprit Sara en ricanant, comme si la guerre était un jeu. Nous, on doit obéir aux surveillantes et elle, au Duce. Si le Duce veut la guerre…

— Mais qu'est-ce que tu dis ? » murmura Angela agacée, et à nouveau Sara secoua la tête, cherchant sa tresse disparue.

Un coup de sifflet prolongé sonna le rassemblement et les enfants se divisèrent : les garçons d'un côté, les filles de l'autre, et les organisées de Libye encore à part. Sara courut à la tête de son manipule, Angela se laissa entraîner par Rachele et Francesca dans les rangs du leur, Margherita planta ses pieds au sol et pleura désespérément dans les oreilles des surveillantes. Marì finit par la soulever à bout de bras, et elle la porta comme un sac de sable vers les organisées de cinq ans en lui répétant qu'elle devait être plus forte et plus courageuse, que les caprices n'empêcheraient pas la guerre, qu'il fallait garder son calme. Puis elle la reposa par terre, elle saisit ses épaules et lui intima de ne plus pleurer, au moins jusqu'au lendemain.

Ensemble, elles se mirent en marche. Muettes.

Même si on devinait déjà, dans les gestes et les paroles de tous les jours, les indices du conflit imminent, une grande partie d'entre elles fut prise au dépourvu, et elles passèrent le reste du trajet crispées, abattues. Le long de la côte, on n'entendait que le claquement de leurs souliers ferrés.

Les escouades avançaient, dévorant les mètres et l'asphalte, le soleil de plus en plus bas à l'horizon deviendrait bientôt un quartier d'orange puis une lueur rougeâtre, jusqu'à signaler la fin de cette journée funeste. L'Apuania entière s'était repliée dans un calme chargé d'incertitudes. Même ceux qui avaient envie de faire la fête semblaient intimidés par tant de quiétude et s'enfermaient chez eux, derrière les persiennes et les portes-fenêtres, pour sourire secrètement, savourant la promesse de gloire et la victoire à portée de main.

Le Peuple italien craint si peu la guerre que de 1911 à aujourd'hui les années de guerre et de lutte sont plus nombreuses que les années de paix :
1911-1912 : conquête de la Libye ;
1915-1918 : Grande Guerre ;
1924-1931 : reconquête libyenne ;
1935-1936 : conquête éthiopienne ;
1936-1939 : participation à la guerre d'Espagne.

Galeazzo Ciano, *La Stampa*,
mardi 28 mai 1940, an XVIII[1]

1. Le régime fasciste fait commencer son calendrier le 28 octobre 1922, à l'accession au pouvoir de Mussolini.

LA GUERRE, 1940

1.

La guerre-éclair était au cœur de toutes les préoccupations. Cependant les surveillantes maintenaient que la villégiature prendrait fin en septembre. Et les organisées le lisaient à haute voix dans le journal : l'affaire serait très vite réglée. Le temps de battre la France et le Royaume-Uni et dès la rentrée des classes, tout le monde serait à la maison, sur les bancs des écoles du quatrième rivage.

À la tour elles recevaient chaque matin vingt exemplaires de *La Stampa* : depuis la fondation de la colonie, on y lisait seulement et exclusivement le journal de Turin. Cela devint un rituel : avant le lait et le pain les organisées demandaient si les nouvelles étaient bonnes, si on pouvait commander plus d'exemplaires parce qu'il n'y en avait jamais assez, et quand les chefs d'escouade faisaient la lecture, debout en tête de tablée, les dernières assises, à l'opposé, devaient se contenter du bouche-à-oreille.

Parmi les dernières se trouvait toujours Angela, et c'est pour cette raison aussi que des mois passèrent avant qu'elle découvre l'histoire des dents de Sara.

Le 17 juin, les gros titres étaient de plus en plus saisissants.

**Nos troupes en territoire ennemi,
l'Alsace et la Lorraine encerclées**

En Afrique septentrionale de violentes actions sont en cours contre les forces anglaises qui, à l'aide de nombreux chars, ont lancé une offensive en direction de Sidi Azeus.

Les organisées se passaient le quotidien de lit en lit pendant que Sara, debout, tirait le drap sur son matelas et le lissait avec ses paumes. Il lui restait à mettre sa taie d'oreiller ; lorsqu'elle la prit sur la tête de lit, un pan de tissu était coincé entre le matelas et les ressorts du sommier. Elle tira, et la taie se déchira.

Elle demanda à la surveillante aux yeux bleus comment la réparer, alors celle-ci disparut à l'autre bout de la chambrée et sortit d'une table de chevet une boîte en bambou tressé qui contenait une aiguille et du fil.

« "Article 87 *bis*. Chaque organisé veillera personnellement au soin et à l'entretien du vestiaire et du linge fournis." Donc tu la recouds toi-même. C'est mieux, non ? Comme ça, tu t'entraînes à être maman. »

Quand les autres se rangèrent par deux et descendirent pour la levée des couleurs, Sara resta avec sa taie déchirée entre les mains ; ce fut seulement après avoir tenté de couper le fil avec ses dents, ne trouvant pas de ciseaux, qu'elle sentit une de ses canines vaciller. Elle posa son index dessus et poussa doucement, la petite dent était sur le point de tomber.

Exactement comme ses incisives qui, quelques mois avant le départ, s'étaient mises à bouger. Sa maman lui avait demandé d'ouvrir la bouche, « pour contrôler », elle avait tiré d'un coup sec avec un mouchoir, par surprise, et elle les avait glissées dans une pochette magique. Il fallait les arracher pour que les nouvelles puissent pousser. Maintenant les autres dents étaient à la maison et sa canine ne pouvait pas tomber si sa mère n'était pas là pour la récupérer. Sara abandonna la taie et l'aiguille sur son drap, puis elle courut à la recherche d'une surveillante et d'une solution. Elle ne trouva qu'une dame occupée à nettoyer les toilettes, une jeune fille plutôt, avec son uniforme de service et l'envie folle de fredonner une chanson d'amour.

« Mademoiselle, s'écria Sara en proie à l'agitation. Mademoiselle, vite ! J'ai une dent qui bouge ! »

Elle ouvrit la bouche. La jeune fille se lava les mains avant de glisser un doigt sous la canine pour voir dans quelle mesure elle tenait encore.

« Elle bouge à peine, c'est trop tôt.

— Dans combien de temps elle va tomber ?

— Qu'est-ce qui t'inquiète ? Ces dents viennent du lait de ta mère, tu es grande maintenant, tu n'en as plus besoin.

— Vous avez des pochettes magiques ici ? »

La demoiselle reprit sa besogne sans lui accorder davantage d'attention. Sara referma la bouche et la couvrit de ses mains, elle courut vers son lit et récupéra l'aiguille et le fil auquel elle fit trois nœuds. Elle trouva son rythme au bout de plusieurs minutes et plusieurs piqûres, dont une profonde qui marqua l'étoffe d'une tache rouge.

Son raccommodage terminé, avant de descendre manger, elle en profita pour fureter autour d'elle. L'armoire contenait des uniformes de rechange repassés et amidonnés, des piles de draps comme des strates rocheuses. Sous les oreillers des lits refaits, certes loin d'être tous lissés et bordés à la perfection, chacune conservait un souvenir personnel. Une photographie d'Ilaria avec ses parents, ses grands-parents, ses oncles et tantes, prise sur la place d'un village colonial. Une mèche de cheveux noirs de Monica. Une lettre adressée à Clara : « Ta maman pense toujours à toi... Conduis-toi en petite fille bien élevée... »

La seule qui ne cachait rien sous son oreiller, c'était elle justement. Elle avait le médaillon de l'amazone, mais quand elle le serrait entre ses doigts elle ne pensait qu'au matin du départ. À sa mère qui la maudissait en quittant le village. Qui sait si elle avait gardé ses dents ou si elle les avait jetées dès son retour du port.

Un va-et-vient le long de la rampe et Sara feignit de se remettre à coudre, juste à temps pour ne pas être surprise en train de fouiller dans les affaires des autres.

« Organisée, que fais-tu encore ici ? » La grosse voix de Marì résonna dans les méandres de la tour.

Sara secoua la tête, décidée à ne pas desserrer les rangées de dents d'où sa canine ne pouvait s'échapper.

« Tu as perdu ta langue ?

— *Don,* mademoiselle.

— Tu as mal aux dents ?

— *Don*, siffla Sara. À nous ! »

Elle fila, certaine que Marì savait comme elle que l'heure n'était pas aux bavardages : il fallait petit-déjeuner, se mettre en rang, compter son manipule avant de descendre sur le front de mer, le recompter plusieurs fois au cours de la matinée, et enfin il fallut éloigner Margherita quand, après la baignade, brandissant feuilles et crayons, elle vint la trouver.

« Tu dessines avec moi ? »

Sara pinça les lèvres et essaya de la repousser en lui montrant la tente du 1er manipule : c'était là qu'elle aurait dû être.

« Juste un dessin. » Dans sa voix et dans ses gestes, Margherita s'était transformée en une plaine d'harmonie et de tranquillité. Elle ne ressemblait plus à la fillette debout sur la table pendant la traversée en bateau. « S'il te plaît.

— Demande à *da surveillande.*

— Pourquoi tu parles bizarrement ?

— J'ai une dent qui bouge. Je ne veux pas qu'elle *dombe*, répondit Sara, les lèvres entrouvertes pour prononcer chaque syllabe, sa canine occupant toute sa bouche.

— Et comment tu fais pour manger ?

— Je fais avec, marmonna Sara la mâchoire serrée.

— En tout cas, on ne comprend pas ce que tu dis », et Margherita lui tendit un crayon vert.

Alors Sara fit de la place à sa petite sœur sur sa serviette blanche, puis, avec les crayons jaune et marron, elle coloria sur une feuille leur maison qu'elle avait commencé à dessiner. Juste la maison, le toit et les fenêtres.

« Dans ton dessin, dit Margherita en l'observant, papa et maman sont aux champs.

— Comment *du* le sais ?

— Ben, ils sont pas dans la maison. »

Margherita coloriait aussi, la main lente, le regard absent. En remarquant que Sara se contentait de fignoler les contours et les nuances, elle posa le doigt sur une zone blanche, au-dessus du toit.

« Là, il y a l'éclair. Si tu veux je te montre : si tu fais trop de pointes, c'est plus un éclair. Il faut le mettre, parce qu'à la maison, en ce moment, c'est la guerre des éclairs. Tout le monde le dit. Ça va durer jusqu'en septembre.

— Oui, répondit Sara en repliant la feuille pour la cacher. Espérons que ça ne dure pas plus longtemps. »

2.

L'espoir de la fin imminente s'alluma le 18 juin, avec l'annonce de la capitulation de la France, scandée par les gros titres de *La Stampa* : « Sur les ruines de la vieille forteresse démo-ploutocratique les Condottieri des deux grandes Révolutions accompliront la volonté des peuples jeunes. »

Pour célébrer la bonne nouvelle, la directrice ordonna qu'on double les rations de pain et plusieurs organisées, dont Francesca et Rachele, jurèrent l'avoir entendue comploter avec la Fluette d'interrompre les travaux d'aménagement du trou. S'il n'était pas terminé rapidement, avec le départ des hommes au front, tout serait reporté en septembre : alors les punitions n'auraient plus lieu d'être, la tour serait vide, les enfants repartis sur le quatrième rivage.

Angela courut en parler à Sara, proposant de l'aider à descendre le linge sale pour passer un moment seule avec elle. Elles prirent un sac chacune et le firent rouler en le poussant à deux mains le long de la rampe.

« Alors la guerre est finie, murmura Angela après un premier tour de rampe.

— C'est pas vrai.

— Tout le monde le dit.

— Ça m'est égal. »

Elles étaient dans le dernier tour et Sara s'arrêta pour reprendre son souffle, essuyer sa sueur, ajuster ses souliers. Angela l'imita, sans cesser de parler. C'était plus fort qu'elle, même si elle aussi était essoufflée.

« Ça t'est égal juste parce que tu ne veux pas revoir maman.

— Si on rentre, elle va encore me punir. »

Il n'y avait pas de fossettes sur le visage de Sara, cependant Angela ne voulait pas la croire. Elles étaient sœurs, elles étaient pareilles. Si leur mère lui manquait, elle devait manquer également à Sara, gardienne des meilleures idées et des meilleures répliques.

Angela lui prit la main, elle la serra comme durant la nuit de l'amazone, et elle attendit de croiser le regard de son aînée pour glisser :

« Margherita m'a dit pour ta dent… »

Sara ouvrit grands les yeux, elle passa un doigt sur ses lèvres et continua à descendre, furieuse, en criant que sa dent n'avait rien, que Margherita racontait un tas de mensonges. Elle s'enfuit et Angela la poursuivit.

« Où vas-tu la mettre, tu y as pensé ? Où vas-tu la mettre quand elle sera tombée ? »

Exaspérée par ce flot de questions auxquelles elle ne trouvait pas de réponses, Sara lâcha son sac de linge au pied de la rampe, elle tapa des pieds comme les organisées de quatre ans, elle serra les poings en grognant contre Angela avec une voix gutturale imprégnée de peur :

« Je te dis que ma dent n'a rien. »

Une force obscure émanait du corps de la sœur aînée et semblait faire reculer la cadette, prête à remonter d'un étage. Tout en haut, l'œil de verre était rivé sur leurs têtes, son éclat matinal le rendant encore plus autoritaire. Angela y chercha un conseil, tandis que Sara grommelait et recommençait à pousser sa balle, péniblement, avec les mains et les pieds, jusqu'aux escaliers des ailes latérales qui menaient au rez-de-chaussée.

À cet instant Marì arriva en courant, une feuille pliée en quatre dans une main, un pot de colle dans l'autre. Elle avait dû les entendre car elle lança :

« Qu'est-ce que vous manigancez toutes les deux ? »

Sara continua à avancer, Marì la bloqua. Angela avait les yeux brillants et elle se laissa tomber, s'enfonçant entre les draps sales roulés en boule.

« Alors ? les pressa la surveillante.

— Les sacs sont lourds, mademoiselle, dit Sara.

— Appelle-moi Marì.

— Oui, mademoi... Marì. Il y a beaucoup de draps, on a eu du mal à les descendre. »

La surveillante tenta de soulever une balle, écarquillant les yeux de stupeur.

« Laisse ça là et rejoins ton manipule, chef d'escouade, je m'en occupe. »

Sara fit « oui » de la tête mais ne bougea pas. Elle tendit une main vers le pot de colle de Marì.

« Mademoiselle... Marì, je peux vous l'emprunter ?

— Pour quoi faire ?

— Je voudrais conserver… les articles. Les articles du journal. Sur la guerre.

— Il s'appelle "revient".

— À vos ordres, mademoiselle.

— "Marì", je t'ai dit. »

Sara acquiesça une dernière fois, elle saisit le petit pot, salua de son autre bras et, sans se tourner vers sa sœur, une main sur sa bouche, elle descendit l'escalier à toute allure. Angela était encore empêtrée dans les draps, s'essuyant les yeux pour ne pas montrer qu'elle pleurait. Marì se pencha par-dessus la rambarde de l'escalier latéral, comme si elle guettait quelqu'un, puis elle lui dit qu'elle s'occuperait de son sac aussi, qu'elle pouvait s'en aller. Angela cependant ne savait pas où aller et elle resta assise sur le mille-feuille de tissus en fixant ses ongles, songeuse. Marì s'approcha et pinça son menton entre ses doigts. Des doigts rugueux, striés par le travail et les années, mais au contact chaud et rassurant, qu'Angela aurait aimé sentir au-delà du temps nécessaire à relever la tête.

« Alors, de quoi parliez-vous ?

— Sara ne veut pas revoir notre maman.

— Et toi ?

— Je suis bien ici. »

Le sac sur lequel Angela était assise bascula et l'obligea à poser la pointe de ses souliers par terre, en contractant la plante des pieds pour se redresser.

« Tu peux me dire la vérité, organisée.

— Je vais bien, je ne manque de rien et puis on mange beaucoup plus qu'à la maison. »

Angela se leva et posa ses paumes sur le nœud qui permettait de saisir le sac. Elle aurait voulu courir après

Sara, mais la main de Marì s'insinua entre ses doigts, lui fit lâcher prise et la contraignit encore à écouter.

« À ton âge, moi, je n'avais plus de mère. Mais j'ai réussi à grandir quand même. C'est rien trois mois, tu sais, et après tu retrouveras ta maman. Pense à ça et tout ira bien. »

Angela acquiesça et essaya d'imaginer une maison sans maman.

« Et vous avez un papa ?

— Oui, mais il est très malade. Il vit dans un village pas loin d'ici, à la montagne. Tu vois ce buste ? C'est peut-être lui qui est allé chercher le marbre pour le sculpter. »

Un grincement, plus haut, les arracha à leur pause. Marì cala le sac de Sara sous son bras droit, l'autre sac sous son bras gauche, et elle partit. Angela la suivait comme une ombre, en lui demandant si elle irait danser vendredi soir, si les autres demoiselles sortiraient également et si elles les laisseraient seules dans la tour. Marì ricana, feignant de prononcer un « oui » puis un « non », alors Angela lui demanda si elle pouvait les accompagner.

« Quand tu seras plus grande.

— Je suis grande, j'ai sept ans.

— On en reparlera quand tu auras au moins dix ans.

— Et vous me prêterez votre rouge à lèvres ?

— Le rouge à lèvres, c'est pour les demoiselles.

— Et à quel âge on devient une demoiselle ?

— Organisée, on en parlera demain. File, je dois descendre ce linge. »

3.

Un murmure serpentait entre les lits. Des Filles de la Louve priaient immobiles sur le dos, d'autres à genoux, beaucoup s'agitaient dans le grincement des sommiers à ressorts. Francesca marmonnait tout bas et Angela n'arrivait pas à savoir si elle priait, soupirait, ou s'il s'agissait de sanglots étouffés.

« Fra, ça va ? lui demanda-t-elle au début de la dixième nuit après la déclaration de guerre.

— Oui, oui. Très bien.

— Moi je prie pour rester ici, lança Rachele de son lit. Chez nous il y a la guerre maintenant, c'est écrit dans le journal.

— Tu as raison, approuva Francesca, il faut prier : ma maman dit que c'est utile quand il n'y a plus rien à faire. *Ave Maria, gratia plena, Dominus tecum, benedicta tu in mulieribus…* »

La surveillante aux yeux bleus inspecta la chambrée seule ; elle pointa la Fillipagani sur les organisées puis elle s'éloigna rapidement, comme pressée de finir sa ronde. Entre-temps la plupart des filles s'étaient endormies, quelques-unes ronflaient, Francesca exhalait un souffle lent et régulier, Rachele s'était tournée sur le côté gauche et ne bougeait plus. Seulement pour Angela les heures de la nuit ne passaient pas. Elle avait essayé de se mettre sur le ventre, sur le côté droit, sur le côté gauche, elle avait même retiré son drap pour caler son oreiller et sa tête là où les autres avaient leurs pieds. Rien à faire.

Ainsi arriva celle qu'Angela baptisa secrètement l'heure du non-sommeil, un moment sans fin entre minuit et l'aube : le moment d'écarter tout doucement son drap, de se diriger pieds nus vers la rampe en effleurant ses souliers sur le sol sale et, hors de la chambrée, se sentir à nouveau une simple petite fille.

Elle n'était pas seule dans cette errance furtive. Une silhouette spectrale, complètement enveloppée de silence, descendait des étages supérieurs : Marì.

Lorsque la surveillante la dépassa, un fantôme plus élancé apparut dans la spirale de la rampe. Une silhouette mince et grande, plus grande que la moyenne. Elle et Angela se reconnurent dans la pénombre, comme elles avaient l'habitude de se reconnaître depuis leur tendre enfance ; ensemble elles suivirent la surveillante, petits pas et chuchotis, pour ne pas faire de bruit. Elles se trouvaient déjà dans l'escalier latéral quand montèrent en sens inverse des claquements de souliers exaspérés. D'autres surveillantes de ronde frôlèrent les fillettes blotties derrière la porte des toilettes. Les deux sœurs attendirent longtemps avant de pousser un soupir de soulagement.

« Qu'est-ce que tu fais là ? demanda Angela.

— J'ai fait un mauvais rêve et je n'arrivais plus à dormir, répondit Sara.

— Quel rêve ?

— Allez, remonte vite, avant qu'on te surprenne.

— Toi aussi, on peut te surprendre.

— Mais moi je suis chef d'escouade.

— Allons dans le jardin ! Il y a des grillons. Ici on ne les entend pas. Et puis on verra où va Marì. Je crois qu'elle a un amoureux. Elle l'embrasse avec son rouge à lèvres. Elle m'a dit que quand je serai une demoiselle, moi aussi je pourrai mettre du rouge à lèvres.

— Sortir est interdit par le règlement.

— Viens ou je dirai aux surveillantes que tu t'es levée. »

Dans l'obscurité Angela prit le bras de sa sœur et tira jusqu'à ce que, hissée sur la pointe des pieds, elle parvienne à déplacer le corps réticent de Sara qui fit un, deux pas, et se laissa finalement entraîner vers l'interdit. Ensemble, en retenant leur respiration, elles longèrent une succession de portes qui marquaient l'alternance des bureaux avant d'accéder au jardin.

C'était une nuit de nuages et de lune. Une poignée d'étoiles scintillaient tels les yeux de parents lointains. Soudain un bruissement dans les rosiers blancs les arrêta. Elles se réfugièrent derrière le tronc large et rugueux d'un chêne, qui le matin projetait une ombre généreuse sur la route et l'après-midi sur le réfectoire. En plissant les paupières, Sara discerna le profil de Marì qui, surgie des buissons, regarda autour d'elle, circonspecte, et se dirigea d'un pas décidé vers le portail fermé par un cadenas.

Angela donna la main à sa grande sœur, se laissant guider dans la suite de leur aventure, tandis que la nuit transformait Marì en une créature nouvelle, sans uniforme, toute en sourires et lèvres écarlates. Elles la suivirent jusqu'à un petit laurier-rose, attentives à ne pas trébucher dans les parterres de pivoines où affleuraient les racines des volubilis qui grimpaient sur la grille. Sara avait son autre main dans sa poche, elle serrait le médaillon qui lui avait donné le courage de quitter son cauchemar et son lit pour errer dans le noir jusqu'en bas de la tour.

Sur la route il y avait une femme à bicyclette, avec un foulard sur la tête et des vêtements sombres. En un éclair Marì glissa son bras gauche entre les barreaux et lui remit une chose que les deux sœurs, à distance, ne parvinrent pas à distinguer.

« Fais attention, siffla la femme sur sa bicyclette, cet après-midi ils ont arrêté l'Espagnole.

— Mais comment ils ont fait…

— Ce salaud de l'OVRA[1] l'a embarquée sous les yeux de ses enfants. À mon avis, c'est son mari qui l'a dénoncée. Les collègues de travail c'est comme la famille, méfie-toi des traîtres.

— Personne ne me soupçonne. File, il est tard. »

Elles se saluèrent sans autres politesses. La femme à bicyclette fit demi-tour et disparut au-delà du mur, Marì traversa la cour et franchit la porte.

Sara et Angela sentirent les branches du laurier-rose gratter leurs têtes nues, alors l'aînée sortit le

1. Organisation pour la vigilance et la répression de l'antifascisme.

médaillon de sa poche. Angela le saisit avec précaution, comme si c'était une relique millénaire.

« On n'entend plus les grillons. Ils se sont endormis ?

— Peut-être », répondit Sara en tendant l'oreille, absorbée. Puis, brisant le silence : « En fait c'est vrai, j'ai une dent qui bouge. » Elle montra sa canine vacillante, en faisant un geste pour préciser qu'elle n'avait pas mal, et elle reprit son médaillon protégé dans son poing fermé.

Puis Sara écarta les branches pour voir la lune ; au troisième étage une lumière était allumée. De l'extérieur les étages semblaient vraiment exister, à l'intérieur seulement il devenait difficile de les compter. Elles fixèrent la fenêtre éclairée par le ballet tremblotant d'une Fillipagani qui finit par s'éteindre.

« C'est quoi l'OVRA ? demanda alors Angela.

— Je crois qu'il vaut mieux ne pas en parler.

— Pourquoi ?

— Parce que s'ils t'arrêtent... où j'irai te chercher ?

— Tu m'attendras ici. Je me libérerai toute seule, comme l'amazone.

— Ici ? fit Sara en retirant ses chaussures. Le jardin est grand ! »

Elle se redressa et sortit en courant du buisson de laurier-rose, la vitesse rafraîchissait sa peau et balayait les phrases du règlement qu'elle avait dû lire et crier, répéter et mémoriser. Tout était emporté par la brise de la nuit, pulvérisé par les rayons de lune. Il ne restait que l'envie de rire, joyeuse, de jouer avec Angela. C'était ça, la liberté : une sensation de terre humide sous les pieds, la poitrine gonflée de souffles profonds, la caresse des branches sur la tête. Ce furent les branches qui les ramenèrent à la réalité, qui leur rappelèrent qu'au matin elles devraient donner des ordres, y obéir, se compter, se mettre en rang, tendre le bras droit.

Sara s'arrêta et sa sœur s'écroula sur elle. Tandis qu'elles se relevaient, Angela susurra :

« Les grillons ! Ils sont là-bas ! »

En suivant le grésillement elles contournèrent la tour et arrivèrent devant un autre laurier-rose, à peine plus haut qu'elles, qui déployait son feuillage et ses fleurs jaunes contre le mur des bureaux. Un grillon solitaire chantait, obstiné. Un pas. Un autre pas. Le pied de Sara écrasa quelque chose, *crac*, et le grillon se tut.

Sara se baissa et vit le dernier sursaut de l'animal. Elle le fixa dans la pénombre durant une longue minute et fondit en larmes.

« Je ne voulais pas ! répétait-elle. Je ne l'avais pas vu ! Je ne voulais pas ! »

Angela la serra contre elle de toutes ses forces, sans trouver les mots pour la consoler. Elle l'entraîna plus loin, au-delà de l'immense magnolia chargé de feuilles sombres, au cœur de la pinède, où d'autres grillons chantaient.

Elles s'adossèrent à un pin maritime, et Angela la serrait toujours dans ses bras. Elle attendait que sa sœur se calme en lui caressant la tête et en fredonnant la chanson de leur maman qui chassait la fièvre.

Elles s'endormirent au pied de l'arbre. Le sommeil effaça l'envie de s'échapper et de ressusciter des insectes écrasés.

Au réveil, dans l'heure qui précède l'aube, elles eurent juste le temps de rentrer et de remonter chacune dans leur lit, avant que les surveillantes se lèvent et qu'on ouvre les volets de la cuisine, qui donnait précisément sur le jardin.

4.

LA STAMPA

Samedi 22 juin 1940, an XVIII

LA GUERRE DANS NOTRE MÉDITERRANÉE

À la frontière orientale de la Libye, 10 avions et 40 chars ennemis ont été détruits. Les marins italiens à l'œuvre. Les contre-torpilleurs traquent les submersibles.

Un garçon fauché par un train en saluant les soldats

Melzo, 21 juin. Le jeune Antonio Fontana, 9 ans, ici domicilié, a été heurté au passage à niveau de la Garetta par le direct en provenance de Milan.

La nouvelle du garçon heurté par le train, annoncée dans un entrefilet tout en bas de la dernière page, fut lue et relue à haute voix, jusqu'à épuisement, un après-midi entier. Il fallait comprendre que le règlement garantissait la sécurité des organisées, il les mettait à l'abri d'un monde hostile et énigmatique pour leurs jeunes esprits. Hostile et énigmatique, comme la course folle d'un train direct.

« Quel idiot, prendre autant de risques pour les soldats ! lâcha Rosa, une Fille de la Louve aux dents de travers et à l'accent génois, en tendant l'exemplaire de *La Stampa* à une chef de manipule.

— Les soldats méritent un beau salut », répliqua Rachele en attrapant le journal et en le passant à une autre.

Les organisées lisaient, non sans effort, les articles en première page, et la petite colonne en bas à droite sur la dernière. Le quotidien circula de main en main pendant le roulement des bains, se couvrant de taches formées par les éclaboussures.

« Rachele a raison. Les soldats sacrifient leur vie pour nous, ce garçon s'est sacrifié aussi, dit Francesca.

— Personne n'est obligé de sacrifier sa vie, tonna Marì en confisquant le journal à une fillette de huit ans et en le roulant sous son bras. Ni les soldats ni les enfants. »

Sous leurs tentes, les manipules s'observaient. Margherita fredonnait un hymne que les surveillantes s'étaient évertuées à leur apprendre, mais personne ne pouvait connaître la raison de son enthousiasme : elle savait déjà qu'en rentrant une demoiselle la conduirait, comme chaque après-midi, dans l'aile de la tour opposée aux bureaux.

Angela venait de saluer Sara, elle s'apprêtait à lui demander comment allait sa dent, ignorant que derrière les lèvres pincées de sa sœur, immobile et l'air désemparé face à Margherita, un point de colle retenait la canine. Mais la question resta coincée dans sa gorge, car Marì les pointa du doigt et leur fit signe de s'approcher.

« À vos ordres, mademoiselle », lança Sara en levant le bras.

Angela allait l'imiter mais Marì bloqua sa main.

« Où est ma colle ?

— Je vous la rapporte tout de suite, made…

— Tu dois l'appeler Marì, souffla Angela.

— Ce soir, avant le dîner, je t'attends au réfectoire avec la colle.

— Bien, mademoiselle.

— Et arrêtez de vous promener la nuit. Si les autres vous surprennent, vous risquez d'inaugurer le trou. »

Sara fit mine d'ouvrir la bouche et la referma aussitôt, elle bafouilla une imprécation confuse qui, dents serrées, pouvait sonner comme « saleté » ou « sale idée » ; et même s'il paraissait clair que sa sœur aînée n'avait aucune intention de poursuivre la discussion, Angela insista en marchant sur ses talons : elle voulait savoir où elle allait et pourquoi Margherita semblait tant l'inquiéter.

« Tu vois pas qu'elle est toute bizarre ? » répondit Sara agacée, desserrant mâchoire et mandibule contre son gré. La canine résistait, grâce à la colle miraculeuse.

« Si elle se plaît ici, ça ne veut pas dire qu'elle est bizarre.

— Elle obéit toujours aux demoiselles !

— Mais c'est toi qui es toujours là à répéter qu'il faut respecter le règlement. "Article 5 *bis*, la discipline"…

— Quel rapport ? Je te dis qu'elle est bizarre. Maman ne lui manque pas.

— À toi non plus.

— Moi, je ne suis pas Margherita. »

Sur le visage de Sara, encadré par le bord sinueux de son bonnet blanc, deux fossettes se creusèrent. Instinctivement Angela déposa un bisou sur sa joue, puis elle courut se changer.

Elles se rassemblèrent une demi-heure après au pied de la tour. Margherita portait un corsage décousu, et de surcroît à l'envers. Elle se tenait à l'écart, comme si rien au monde ne l'intéressait. En l'observant Angela repensa aux paroles de Sara : leur petite sœur était trop calme depuis quelque temps, pas de cris ni de caprices.

« Marghe, tu l'as mis à l'envers ! lui dit-elle en indiquant son uniforme.

— J'étais en retard.

— On avait une demi-heure pour se préparer !

— Pas moi, j'étais à... » Margherita mit ses mains sur sa bouche.

« Quoi, tu as fait pipi dans ta culotte ?

— Mais non ! Je ne suis plus un bébé !

— Alors tu ne dois pas faire de cachotteries. »

Angela chercha les surveillantes du regard. Elles passaient en revue les manipules qui descendaient la rampe et elles se demandaient en marmonnant s'il ne valait pas mieux changer, les grandes devant et les petites derrière, vu qu'il y avait plus d'hommes en ville le samedi après-midi. Une demoiselle fit remarquer que désormais, des hommes, il y en aurait de moins en moins, on les envoyait tous au front, et au moment où elles étaient prêtes à trancher sur l'ordre de marche la discussion revenait à son point de départ.

Margherita avait encore ses mains sur sa bouche et elle appuyait fort, pour s'empêcher de parler. Angela lui ôta son corsage, et pendant ce temps sa sœur soufflait et gloussait.

« Si maman savait que je suis magique…

— Magique ? Marghe, qu'est-ce que tu racontes ?

— Tu promets de le dire à personne ? »

Angela acquiesça et elle l'obligea à plier les bras pour lui remettre son corsage à l'endroit.

« Je te le jure sur l'amazone.

— L'amazone n'existe pas, vous l'avez inventée Sara et toi. Et puis non, je peux rien te dire, je leur ai juré aussi.

— À qui ?

— Tu es trop grande, tu peux pas comprendre. »

Angela la secoua, elle tenta de lui arracher un aveu, et quand Margherita fut sur le point d'éclater en sanglots elle se releva : si elle faisait encore des caprices, alors tout était normal.

Angela rejoignit son groupe et toute l'assemblée des organisées émit un puissant « À nous ! » pour lancer la marche.

Elles défilèrent en rangs serrés dans les rues latérales, derrière la route côtière, vers le cinéma. L'hôtesse se plaça à l'entrée, un bloc de billets en main. Elle souriait aux jeunes spectatrices, très belle dans une robe longue et moulante couleur cyclamen, avec aux pieds une paire de chaussures rouges assorties au ruban dans ses cheveux. Au-dessus d'elle trônait l'immense affiche de *La Fille du corsaire.* Mariella Lotti, visage rond et boucles blondes, vêtue de blanc, défiait du regard l'héroïne, Doris Duranti, qui fixait les organisées avec une expression cruelle et déterminée. Angela se perdit dans les yeux des actrices jusqu'à ce que l'hôtesse lui remette son billet. Elle la reconnut surtout à sa voix. Ainsi maquillée et pomponnée, elle semblait tellement différente. Personne n'aurait pu dire qu'elle se promenait seule la nuit, à bicyclette, engagée dans quelque mystérieuse aventure avec Marì. Ses boucles d'oreilles scintillaient sous les lampadaires prêts à éclairer le soir.

« Vous l'avez déjà vu ? demanda Angela avant de s'éloigner.

— Oui, ça va te plaire. Cette pellicule a été tournée près d'ici, à Pisorno. À la fin ils ont fait une grande fête, une de mes amies y était... Elle m'a dit que Doris Duranti est encore plus belle en vrai.

— Elle a l'air méchante.

— Organisée, pas le temps de bavarder, tu bloques la file ! »

En courant vers l'étendue de chaises, face à la toile dressée sur le terrain où, au printemps, les bergers faisaient paître leurs chèvres avant Pâques, Angela cherchait Sara. Elle voulait lui demander si elle l'avait reconnue. Elle continua à se le demander alors que le film commençait, occupant tout l'espace de la nuit, pour finalement se confondre avec ses rêves : elle aussi voulait grandir et vivre mille aventures aux côtés des pirates.

5.

LA STAMPA

Samedi 20 juillet 1940, an XVIII

UN GRAND DISCOURS D'HITLER

Profonde reconnaissance pour l'intervention italienne – Vibrant hommage du Reichstag à la mémoire du maréchal Italo Balbo – Présence du Comte Ciano à la séance historique.

Deux maçons tués dans l'effondrement d'un échafaudage

La guerre durait depuis six semaines. Elles s'étaient habituées au règlement et aux punitions, aux roulements au réfectoire et à la plage, à la vie enfermées au sein des manipules et des escouades ainsi que dans la tour, séparées par les courbes vertigineuses de la rampe qui montait jusqu'au dernier étage.

Chaque jour, dans le 3e manipule, Margherita refaisait son petit lit face à la fenêtre, à un endroit où le soleil n'arrivait jamais, en mettant le drap dans le mauvais sens malgré la ligne blanche brodée pour distinguer la tête et le pied. Souvent, au lieu de recommencer, elle soupirait et laissait tout en désordre. Les surveillantes, pour les lits au moins, ne donnaient pas de punitions, pas aux fillettes de quatre et cinq ans.

L'après-midi, avant le bain, la plus jeune des trois sœurs se mettait dans un coin de la cour et inventait des chansons pour chaque fleur où se posait un papillon, espérant le capturer. Il en voletait, aux abords de la tour, de grands spécimens aux ailes bleutées piquetées de noir. Angela et Sara la fixaient de loin, attendant l'instant où elle s'agiterait à nouveau, un instant qui cependant n'arrivait jamais.

Un jour, après l'avoir longuement observée, le jardinier qui entretenait les parterres deux fois par semaine s'approcha :

« On dirait des "ne-m'oubliez-pas", ils sont de la même couleur.

— C'est quoi un "ne-m'oubliez-pas" ? demanda Margherita.

— C'est une fleur. Les yeux de la Madone aussi sont de cette couleur.

— La Madone a les yeux blancs comme les statues.

— Ça dépend des statues, si tu la regardes bien elle a les yeux bleus, comme cette demoiselle », conclut le jardinier en désignant la surveillante petite et corpulente qui venait vers eux. L'homme se tourna pour tailler trois branches qui dépassaient du buisson de myrte près de l'enceinte.

« Matricule ! cria la surveillante.

— 71-10-22, répondit Margherita dans un quasi-murmure.

— Qui t'a autorisée à t'éloigner de ton manipule ?

— Je devais dire bonjour au papillon. Il m'attend, tous les après-midi, c'est mon ami. Il ne veut pas que je l'oublie, il s'appelle comme ça.

— "Ne-m'oubliez-pas", fit le jardinier. Je lui ai expliqué le nom de cette fleur, qui est de la même couleur que les papillons, et que les yeux de la...

— Faites votre travail et laissez les organisées tranquilles !

— Les enfants ont besoin d'apprendre ! répliqua l'homme.

— Alors apprenez-leur à jardiner, hein ? Comme ça, on pourra se passer de vos services », trancha la surveillante.

Elle lui tourna le dos et poussa Margherita jusqu'à l'endroit où ses camarades faisaient une ronde : « Entrez dans la danse, voyez comme on danse, sautez, dansez, embrassez qui vous voudrez... »

Abandonnant les doigts qu'elle avait été forcée de tenir, Margherita regarda le myrte, le papillon était revenu et elle courut le saluer. À l'écart, le jardinier s'occupait d'une plate-bande en friche où la directrice voulait planter de la sauge et du romarin.

« Je ne t'oublie pas, murmura Margherita, et toi vole vers ma maman et dis-lui de ne pas m'oublier. » Elle était sur le point de recueillir entre ses paumes l'insecte bleu qui prenait le soleil sur une branche basse, quand une ombre envahit le buisson.

La chaussure carrée s'abattit sur la branche et son hôte, qui resta collé à la semelle, une tache bleuâtre.

« Vous l'avez écrasé ! » lança Margherita d'une voix tremblante. Ses yeux humides devinrent aussitôt des petites fontaines mais elle ne se plaignait pas, elle ne criait pas, la colère contenue dans le silence.

« Que dites-vous, organisée ? » demanda la surveillante.

Elle regarda autour d'elle et, ne remarquant rien de particulier à part une branche cassée, elle repartit. Comme si rien ne s'était passé. Comme si Margherita et cette branche avaient toujours été là, et que le papillon n'avait jamais existé.

C'était Marì qui avait eu l'idée de la craie, s'arrêtant pour en acheter une boîte à la sortie de la messe du samedi matin. Des craies blanches avec lesquelles tracer des cases sur l'asphalte et dessiner une marelle. Beaucoup d'organisées connaissaient déjà ce jeu et étaient des championnes, d'autres comme Angela n'y avaient jamais joué.

« Je vais t'apprendre, dit Francesca en la prenant par la main et en l'emmenant dans un coin ombragé de la cour. D'abord il faut dessiner les cases. Elles vont de 1 à 10 et au bout c'est le ciel. Tu dois arriver jusqu'au ciel en sautant à cloche-pied.

— Je peux enlever mes chaussures ? »

Les autres les rejoignirent : Clara était munie d'un caillou orange comme ses cheveux, Ilaria d'une pomme de pin, Rachele d'un coquillage, Monica d'une boule de papier, Rosa d'un bouton. Elles furent bientôt sept à se disputer le ciel et Angela observait, curieuse.

Sara encadrait un groupe de filles qui sautaient à la corde, un mélange d'escouades où s'était glissée Luisa.

À l'opposé, vers la pinède, Marì poussait une brouette pleine de terre en s'enfonçant entre les arbres. Angela jeta son caillou sans réussir à atteindre la case numéro 3 et elle passa son tour. Pendant ce temps Francesca répétait que le jeu s'appelait la marelle et non l'échelle, et que ceux qui l'appelaient autrement ne comprenaient rien.

« C'est toi qui piges rien, répliqua Rosa avec son accent ligure. Moi, j'ai appris que ça s'appelait *pampano.* C'est ton nom qui est bizarre.

— Dans mon école, on dit le paradis.

— Bah, vas-y au paradis, saute ! Le vrai nom c'est le palet !

— D'où ça vient le palet ? Ma maman dit *sciancateddu* », murmura timidement Angela.

En réalité elle n'était pas sûre de bien prononcer ce mot sicilien. Elle repensait à sa maman sur la place, au moins un an auparavant, quand des enfants jouaient à ce jeu. Elle lui avait demandé la permission de les rejoindre et sa maman avait répondu qu'elle ne pouvait pas, que les filles ne devaient pas jouer à *sciancateddu* avec les garçons.

« C'est joli ! Appelons-le comme ça ! *Sciancateddu* ! s'exclama Rachele.

— Mais qu'est-ce que ça peut faire le nom, si on jouait plutôt ? protesta Francesca.

— Non, il faut d'abord choisir le nom ! » répondit Rosa.

Au même endroit où Angela l'avait vue s'enfoncer entre les arbres, Marì réapparut. Elle poussait la brouette, toujours remplie de terre. Elle se tourna en direction de la pinède et abandonna la terre au pied d'un arbre. Angela quitta son groupe et se précipita vers Sara. Elle lui chuchota à l'oreille ce qu'elle venait de voir et sa sœur acquiesça, grave.

« Angi, file maintenant, si elles nous entendent… »

Sara couvrit sa bouche avec sa main gauche, un geste devenu habituel pour protéger sa dent, alors que la colle fonctionnait de moins en moins. De sa main droite, elle poussa Angela dans le dos en essayant d'être forte et convaincante quand en réalité elle aurait voulu courir vers Marì et lui demander ce qu'elle fabriquait, parce que, si par hasard c'était une chose amusante, non liée au règlement ou à l'organisation, elle aurait aimé se joindre à elle.

Angela freina des pieds et écarta la main de sa sœur, en lui criant :

« Tu ne veux pas m'aider à résoudre le mystère !

— Bien sûr que si mais… il y a un autre mystère, pas vrai ? » répliqua Sara à voix basse en tirant sa sœur par le coude.

Angela essuya la manche de son corsage d'un geste décidé.

« Il faut trouver un moyen… pour distraire les surveillantes. Je veux découvrir… une chose… et personne ne doit me voir, sinon on me retirera mes écussons de chef d'escouade.

— Qu'est-ce que tu veux découvrir ?

— Peu importe, enfin non… c'est important mais… je t'expliquerai plus tard, continua Sara tout bas. Chut, voilà la surv… »

Avant qu'elle ait fini sa phrase, la sirène retentit. Une stridulation fracassante, aiguë, prolongée, qui inspirait le danger et la peur, l'urgence et la fuite.

Une sorte de vague qui montait et descendait, dans les oreilles, dans le ventre, dans l'air : on testait l'alarme en vue des attaques aériennes imminentes. Jouant le rôle de l'ennemi, une escadrille de l'armée de l'air, la Regia Aeronautica, surgit à l'horizon, avec le grondement des moteurs que toute la colonie apprendrait bientôt à reconnaître et à craindre : le sifflement des appareils de reconnaissance, les piqués des bombardiers, les tirs de défense antiaérienne.

Les fillettes couraient, criaient, tandis que les chefs d'escouade et les surveillantes essayaient de les calmer. Sara se demandait si elles seraient suffisamment rapides en cas de véritable attaque. Angela gardait son sang-froid, rassurée par la fiction. Margherita se laissa aspirer par la vague de panique, qui allait et venait, l'entraînant dans la tour où la directrice furieuse la chassa sur-le-champ, en disant que si la tour était bombardée elles ne pourraient pas rester à l'intérieur, là elles mourraient sous les décombres, il fallait suivre les instructions données au petit déjeuner et se rappeler le chemin du refuge le plus proche.

6.

LA STAMPA

Jeudi 25 juillet 1940, an XVIII

Nouveaux coups contre la flotte britannique

UN AVION ET UN SOUS-MARIN COULÉS

À Londres on délire autour d'une contre-offensive militaire

Churchill n'exclut pas des attaques à Rome et à Berlin

Ce jour-là la température était en baisse, après un orage qui avait brisé la farandole de mer et de rires, d'héliothérapie et de bains chronométrés. Dans la cour Margherita affichait un visage grave et des yeux vides, tandis que toutes les têtes étaient pointées vers la pinède, où s'exhibaient deux saltimbanques. Le clown avait le nez rouge et une grande bouche, blanche, étirée en un large sourire. Il marchait en canard et son assistant, haut comme trois pommes, lui tendait des massues, un cerceau, un chapeau.

Elles les avaient découverts sur la place, à la foire aux pêches du milieu de l'été, et après une longue négociation, dont elle continuerait à se vanter les semaines suivantes, la Fluette avait obtenu un tarif réduit pour une représentation en matinée.

Sara observait le numéro, adossée au mur de la tour, cherchant toujours sa tresse d'une main et époussetant de l'autre son uniforme : dans ces occasions, les plus grandes – désormais c'était clair – se retrouvaient derrière, au son de la rengaine « Vous voyez aussi bien d'ici ».

Angela, au centre, essayait de se protéger du soleil en inclinant son bonnet à gauche, à droite, encore à gauche, sans s'intéresser au spectacle. Elle et Sara avaient un accord : quand tout le monde se lèverait, Angela devrait crier.

Le clown fit mine de perdre l'équilibre, il roula et cabriola jusqu'aux pieds de la surveillante.

« Encore, encore ! » lança Rachele en applaudissant. La cour retentissait d'éclats de rire et de battements de pieds, pour faire durer le numéro. Mais le jongleur se releva et s'éloigna après une ultime révérence, les yeux brillants, le sourire large.

Tandis que les organisées se pressaient en savourant d'avance leur déjeuner, le clown et son assistant comptèrent leur butin puis échangèrent une poignée de main. Enfin, assis en tailleur, ils sortirent d'une besace une miche de pain, des tranches de viande séchée, et ils mastiquèrent, aveugles au va-et-vient des fillettes.

Angela attendait près du buste en marbre, mais Sara lui fit un signe : encore une minute. Quand Margherita atteignit la porte, sa grande sœur lui prit la main pour aller parler aux saltimbanques.

Une organisée pleurnichait et tirait la jupe de Sara, implorant sa chef d'escouade de punir celle qui l'importunait. Le clown et son assistant avaient fini leur casse-croûte et, presque sans se concerter, ils se mirent debout. Sara eut un moment de distraction et Margherita fit trois pas vers le jongleur.

L'homme lui tendit une lanière de viande séchée.

« Mange tout ce que tu peux, dit-il, parce que bientôt ici y aura plus rien. Quand j'étais petit et que c'était la guerre, on mangeait même les chats.

— La guerre c'est comme les éclairs, souffla la fillette.

— Des éclairs qui te brûlent », répondit le jongleur en lui donnant avec la viande son reste de pain.

Sans la frénésie des battements de mains et de pieds, sans les acclamations, il redevenait un monsieur trop maquillé. Un regard de chien errant, son sourire rouge brouillé par le repas. Ce fut la manière dont il se lécha les lèvres qui fit trembler Margherita sur ses jambes, elle sentait ses forces l'abandonner aussi dans ses bras et dans sa gorge : son corps était en plomb, la cour une main géante qui l'emprisonnait. Elle ouvrit la bouche mais il n'en sortit qu'un souffle faible et désespéré, elle écarta les mains poings serrés, elle les écarta encore. Se substituant à sa voix brisée, la voix de la directrice coupa court au bavardage.

« Organisée, venez ! » et elle l'entraîna à l'intérieur.

Sous les bourrades de ses camarades, Angela approchait de la porte. Elle se tourna et vit Sara opiner : les mains sur le ventre elle commença à se lamenter, mais personne ne lui prêtait attention. Ses cris s'amplifièrent et résonnèrent dans toutes les directions, appelant à l'aide. Pliée en deux par une douleur inexistante, elle implorait qu'on la conduise à l'infirmerie.

Marì tenta de la soutenir mais la Fluette fut plus rapide et elle la prit dans ses bras.

Sara se fraya difficilement un passage à travers le hall et s'engagea dans le couloir où on emmenait ses sœurs. Elle se glissa en hâte dans les toilettes et resta prudemment à l'affût. Si elle se faisait prendre, elle aurait du mal à inventer un mensonge crédible. Elle serra fort sa mâchoire et alors, en sentant ses dents saines presser sa canine vacillante, l'idée lui vint. Elle se dirigea d'un pas décidé vers l'infirmerie et ouvrit la porte d'un coup.

« Elles vont tomber, mes dents vont tomber ! »

Il y avait cinq organisées qui attendaient leur tour en file contre le mur, Angela sur une chaise, les yeux brillants, une cuillère entre les doigts, et debout devant elle Margherita, les mains jointes en coupe. L'infirmière lui tendait une pilule et un verre d'eau. Derrière elle, les flacons sur un chariot : l'inscription sur l'étiquette ressemblait à une formule magique. Sur le bureau, un bocal plein de bonbons.

L'infirmière sursauta, d'instinct elle cacha ses bras dans son dos, puis elle se rendit compte qu'il s'agissait seulement d'une organisée hystérique et dit à Sara de s'asseoir sur le tabouret.

Margherita baissait les yeux, au bord des larmes, le visage crispé et rouge de colère, car ses sœurs venaient de découvrir son secret.

Cela avait commencé le lendemain de l'arrivée à la colonie.

« Voilà ma patiente préférée ! » avait dit l'infirmière en aidant Margherita à s'asseoir sur le lit. Elle avait examiné ses pupilles, sa langue, ses oreilles, elle lui avait demandé si elle s'amusait, si elle s'était fait de nouvelles amies, si elle se sentait encore triste, et Margherita avait acquiescé à toutes les questions. Elle avait vite compris qu'il y avait une récompense, à la fin de la visite, si elle était sage et ne se mettait pas à crier. Une récompense et une pilule spéciale.

« Avec ça, tu vas devenir la plus intelligente de toutes les organisées », lui avait expliqué l'infirmière le premier jour du traitement. Depuis, Margherita attendait impatiemment les effets du médicament.

« Si tu parles à quelqu'un des pilules magiques, avait précisé l'infirmière, rappelle-toi qu'elles ne marcheront plus.

— J'en parlerai à personne ! avait répondu la fillette. Vous n'avez pas une pilule qui fait grandir ? Je suis la plus petite de mon manipule.

— Pour te faire grandir, j'ai ça. » Elle lui avait montré un bocal posé sur son bureau. Il contenait des biscuits au beurre et au chocolat, des sablés aux fruits confits et des fruits secs, des langues de chat et des nougats. « Avec ce traitement et le soleil, tu vas être resplendissante », avait conclu la femme en souriant.

Margherita avait fixé le verre d'eau, l'incroyable profusion de douceurs et la pastille blanche sur sa paume. Elle l'avait prise et engloutie en une longue gorgée, et pour chasser l'amertume elle avait dévoré deux biscuits en quatre bouchées.

Environ un quart d'heure après cette gourmandise, Margherita devint étrangement tranquille et taciturne ; ceux qui ne la connaissaient pas ne pouvaient pas la trouver différente de d'habitude : elle souriait comme une bienheureuse.

Mais Sara la connaissait. Elle prit une grande respiration, imprégnée d'alcool, et murmura :

« Marghe, tu seras toujours magique.

— Tu étais magique avant aussi », ajouta Angela.

La petite les ignora. C'était son tour. Une pilule et un verre d'eau, une gorgée, une autre. Après avoir distribué leur dose aux cinq autres, l'infirmière dit à Sara de s'allonger confortablement, elle s'assura qu'Angela n'avait plus mal au ventre et chassa les organisées avec un salut expéditif. Angela était la dernière. Dans le couloir elle dit qu'elle attendait sa grande sœur, puis elle se pencha pour lorgner par le trou de la serrure. Même à l'extérieur l'odeur du désinfectant piquait les narines.

Quand l'infirmière ouvrit la bouche de Sara, elle trouva une boule de gomme blanche coincée sous sa canine droite et elle remarqua que la gauche bougeait très peu. Armée d'un miroir et d'une curette, elle nettoya le rafistolage. Angela l'entendit claquer des portes de placards et des tiroirs puis dire à Sara de s'asseoir près de la fenêtre, là où elle ne pouvait plus les voir.

7.

Sara quitta l'infirmerie, un tampon de coton sur la gencive. À chaque pas sa canine tintait dans sa poche contre le médaillon de l'amazone.

Angela lui prit le bras et lorsqu'elles sortirent, côte à côte, elle se protégea les yeux d'une main. Aveuglée par le soleil encore haut, elle eut l'impression que la mer avait déferlé jusqu'au pied de la tour, se propageant et s'étirant dans toutes les directions, bouillonnante, blanche et agitée. Puis ses yeux distinguèrent la forme des têtes, les bras tendus et pliés. Margherita courut à leur rencontre et sauta au cou de Sara, en l'étreignant comme les koalas sur les branches d'eucalyptus dans les livres d'images.

« Maintenant toi aussi tu es magique ! » lança-t-elle. Sara secoua la tête et retroussa les lèvres, découvrant une large fente.

« Tu as une nouvelle petite fenêtre ! Chouette alors !

— Ce n'est pas chouette, répondit la sœur aînée en haussant les épaules.

— Ben moi, j'en ai perdu trois ! s'exclama une organisée du 7e manipule avec des yeux ronds et une voix grave et profonde. Bientôt, ici, je pourrai y mettre toute ma main !

— Je vais te montrer un truc », intervint Luisa qui s'était approchée sur la pointe des pieds.

Angela la toisa, elle brûlait d'envie de l'envoyer promener, de lui dire de ne pas s'en mêler. Mais Sara, d'un geste, lui fit comprendre qu'elle pouvait rester. Elles faisaient une trêve.

« Ici il y a tout cet espace, d'accord ? dit Luisa en indiquant ses canines encore bien accrochées. Alors si tu plies la langue comme ça, entre tes dents, tu fais le couteau de mer. C'est mieux avec les incisives mais tu peux essayer quand même. Si tu restes comme ça, tu es Sara, mais si tu fais ça, tu es un couteau de mer ! On peut le faire aussi quand on a toutes ses dents, mais ça marche moins bien. »

Elle lui sourit et lui donna un petit coup de coude. À côté de Sara, Margherita plia sa langue et la poussa, seulement elle ne tenait pas pliée alors elle essaya plusieurs fois. Elles se fixaient en silence, elles s'efforçaient de résister le plus possible. C'était le jeu, expliqua Luisa.

« Celle qui tient le plus longtemps a gagné ! »

Leur petit groupe ne tarda pas à attirer les regards des autres, qui abandonnèrent leurs cailloux et leurs marelles, les foulards de colin-maillard, et accoururent.

« On est trop nombreuses ! » s'écria Rachele, arrivée main dans la main avec Francesca. Elle avait un genou écorché et les yeux brillants, mais en quelques secondes elle oublia qu'elle était tombée.

Elles devaient être deux manipules à prendre part au jeu. Au loin résonnait le babil des autres organisées. Sans cesser de faire le couteau de mer, Sara tendit le bras et serra la main de Luisa. Sa paume était tiède et glissante mais n'opposait pas de résistance, et elles restèrent ainsi durant une bonne minute, jusqu'à ce que les coquillages voisins commencent à exploser.

La première à craquer fut Angela, qui essuya ses yeux embués comme au réveil, et frottant, frottant, elle perdit sa concentration, rentra sa langue et referma ses lèvres.

« J'arrête, j'en peux plus, lâcha-t-elle en se tournant vers la marée de petites têtes absorbées et immobiles.

— Moi aussi, l'imita Rachele qui se mit à tournoyer les bras tendus derrière le dos en bougeant les mains. Maintenant je suis un poisson qui nage, et je vais où je veux avec mes nageoires ! »

Une par une, Sara, Margherita, Luisa et les autres organisées refermèrent les lèvres, étirèrent les bras en arrière, et déambulèrent dans la cour tel un banc de poissons harmonieux, sous le regard de la Fluette et de Marì.

« Elles sont folles ? dit la première.

— Non, au contraire… elles vont très bien », répliqua la seconde.

Puis Marì alla s'asseoir par terre, dans la poussière, le dos contre le mur extérieur de la tour chauffé par le soleil, elle porta la main à son menton et contempla les petits poissons qui nageaient dans une mer où, avec de l'imagination, il n'existait que des abysses scintillants, des sirènes et des tritons.

Au troisième tour de cour, Margherita se mit à rire. Un rire euphorique, étonnant de sa part sous l'influence des pilules magiques, et quand Sara se tourna pour la regarder, elle sortit une main de sa poche et lui montra sa paume où se détachait, un peu humide, une grande pastille blanche.

« Je les prends plus, murmura Margherita. Je sens pas la magie. Dis rien aux demoiselles. »

Sara sourit, dévoilant à nouveau la fente entre ses dents.

8.

LA STAMPA

Mercredi 7 août 1940, an XVIII

FORCES ANGLAISES MISES EN FUITE AU-DELÀ DE LA FRONTIÈRE CYRÉNAÏQUE

Dragueur de mines anglais coulé

Transfert des Juifs résidant à Cracovie

Départ des Petites Italiennes pour la colonie Fiat d'Oulx

Au bout de deux mois, la couverture des *Trois Petits Cochons* s'était déchirée, sur les bords, en frottant contre l'épaisse toile du sac. Le dos était strié de plis, tellement Angela l'avait manipulé. Cet après-midi-là, quand la première page lui resta dans les mains, elle sortit de sa chambrée sans réfléchir et monta, un tour de rampe après l'autre, pour rejoindre Sara. Conformément au devoir des chefs d'escouade, sa sœur aînée dessinait un plan avec la disposition des lits et les noms des matricules.

Le pot de colle blanc de Marì trônait sur la table de chevet derrière elle.

« Je ne peux pas te la donner, affirma Sara dès qu'Angela lui demanda de l'aide. C'est la colle de Marì, elle me l'a prêtée.

— Oui, et tu devais la rendre tout de suite.

— Les surveillantes en ont plein.

— Mais tu en fais quoi, toi, maintenant ?

— Qu'est-ce que ça peut te faire ? »

Angela restait là, l'album dans une main et la page déchirée dans l'autre. Sara continua à inscrire les noms des organisées dans les rectangles des lits.

« Alors ? » insista Angela.

Puis, comme sa sœur l'ignorait, elle fit un saut de championne olympique pour attraper le pot de colle. Elle partit en courant et Sara la poursuivit. Elles slalomèrent entre les lits jusqu'à ce qu'Angela dévale la rampe, s'amusant comme cela n'était pas arrivé depuis longtemps.

Elle se retournait par moments pour voir si Sara la suivait toujours. Pour une fois c'était la plus grande qui traînait et pas elle, la plus grande qui devait éviter les reproches des demoiselles et les rappels à l'ordre, qui tentait de se justifier en l'accusant de lui avoir volé quelque chose, elle qui d'habitude était si tranquille, et enfin Angela atteignit l'étage du 6e manipule, dans l'obscurité des volets clos pour la sieste. Là, sur une chaise près de l'armoire, Marì faisait le guet.

Angela lui tendit la colle, la surveillante esquissa un bref remerciement, puis elle porta son regard vers Sara qui était apparue à l'entrée de la chambrée.

« Ce n'était pas ta sœur qui devait me la rapporter ?

— Je sais, Marì, mais elle est chef d'escouade et elle est très occupée, hasarda Angela.

— Oui, et toi, si tu t'occupais de tes affaires ? répliqua Sara en avançant d'un pas. Tu ne voulais pas recoller *Les Trois Petits Cochons* ?

— Ça ne fait rien, dit Angela.

— Je peux t'aider, moi. Et d'ailleurs, mademoiselle, elle vous sert à quoi cette colle ? C'est pour votre amie à la bicyclette ? »

Les cheveux de Marì, rassemblés sur sa nuque, remontèrent légèrement alors qu'elle plissait le front.

« Qu'est-ce que tu as dit, organisée ?

— Que faisais-tu l'autre nuit au portail ? murmura Sara. On t'a vue. »

Marì bondit sur ses pieds et sortit son sifflet de sa poche. Elle l'approcha de ses lèvres en fixant la chef d'escouade dans les yeux.

« Tu dois me vouvoyer, organisée. Et si je t'entends encore parler de cette histoire je t'envoie dans le trou.

— Ce ne sera pas nécessaire, intervint Angela en prenant sa sœur par la main. On s'en va, Marì, soyez tranquille, on ne dira rien.

— Je dis ce que je veux… à qui je veux…, s'obstina Sara en se rengorgeant pour faire étinceler ses écussons. De toute façon je serai bientôt chef de manipule. »

Marì secoua la tête, ficha la colle dans sa poche, tordit les lèvres et dit :

« Ça suffit, tu es privée de dîner. Et ta sœur aussi, ça vous apprendra à toutes les deux. »

Tandis qu'au-dessus d'elles les pas des fillettes scandaient les secondes du long compte à rebours qui les séparaient d'une nouvelle baignade, elles se saluèrent rapidement, lâchant chacune les doigts de l'autre où elles avaient cherché un semblant de réconfort en pensant au vide dans leur estomac qui ne serait pas comblé avant le lendemain matin.

« Maman avait raison, dit Angela avant de s'éloigner, t'es qu'une tête de mule. »

Le simple fait d'avoir prononcé ces mots rendit urgente l'envie de sortir, de ne pas rester entre les mêmes murs que Sara. Angela descendit et elle se rangea avec une organisée grande et maigre, qui marchait seule à l'arrière du manipule des filles de quinze ans. Elle portait une version plus ample, qui restait étriquée pour son gabarit, de leur uniforme blanc, et sa main contenait tous les doigts d'Angela, une prise ferme tandis qu'elles traversaient la route pleine de bicyclettes qui les séparait du bord de mer.

Un des vélos les approcha et l'homme sur la selle demanda à la jeune fille très grande si elle travaillait dans la tour et elle dit que non, qu'elle était en vacances à la colonie, qu'elle venait de Libye.

« Nous venons toutes de Libye.

— Le soleil de là-bas vous réussit plutôt bien », glissa l'homme en la toisant de haut en bas puis en tournant autour d'elles sur son vélo, comme pour les piéger dans un cercle invisible. « C'est votre fille ?

— Non, c'est une camarade.

— Et vous avez du temps libre pour sortir ou vous vivez comme au couvent, dans cette colonie ? demanda encore l'homme en se penchant.

— Mais quelle drôle de question ! Qu'est-ce que vous voulez ? » lança alors la jeune fille en contournant la bicyclette et en entraînant Angela pour rejoindre la plage.

L'homme descendit de sa selle et les rattrapa :

« T'es plus une gamine, toi, ça se voit.

— Allez-vous-en », le chassa la jeune fille en se retournant une dernière fois.

Trois pas et leurs pieds touchèrent le sable où, débordantes d'énergie, les organisées exultaient dans l'après-midi caniculaire.

« Tu le connais ? demanda Angela en serrant ses paupières face au soleil.

— Mais non. Profitons de la baignade. Où est ton manipule ?

— Là, sous la tente numéro 7.

— Alors vas-y, vite, avant que les surveillantes se fâchent.

— Comment tu t'appelles ? Moi, c'est Angela.

— Antonia. Ciao ! »

En courant vers sa tente Angela éprouva soudain le besoin de retirer les mots qu'elle avait lancés à Sara, mais quand un peu plus tard elle la chercha dans le réfectoire, elle comprit qu'ils avaient déjà produit leur effet. Sa sœur ne l'écoutait pas, occupée à dresser les tables, et Angela expliqua qu'elle était désolée, que ça lui avait échappé, que depuis leur arrivée à la tour elle ne savait plus comment se comporter, elle ne savait plus ce qu'elle pouvait dire ou ne pas dire, que Marì était la plus intelligente des surveillantes, la plus gentille, et qu'il ne fallait pas l'énerver.

Sara redressait les fourchettes et les couteaux, alignait les verres et les assiettes, continuant à l'ignorer.

Angela regarda à travers la fenêtre le bout de route au-delà de la cour. Il y avait Antonia dos à la plage, et au loin, devant la grille, l'homme à bicyclette ; il l'observait, immobile, et elle l'observait.

Une fois les rondes terminées et la nuit posée sur la tour, le sommeil des autres telle une ville d'où elle était exclue, Angela s'élança à pas feutrés le long de la rampe. L'œil du toit avait cessé de scruter, d'en haut, c'était un ami qui offrait une clarté indispensable pour ne pas tomber. Il semblait la comprendre… il comprenait sa faim.

Elle mit un temps infini pour gagner le rez-de-chaussée, en posant ses pieds délicatement, restant près du mur pour éviter les grincements de la balustrade. Puis, traversant le couloir frais et sombre, elle atteignit la porte du réfectoire. Elle abaissa la poignée mais elle était fermée à clé.

Seule solution : sortir dans le jardin et se hisser par la fenêtre.

Elle aurait fait n'importe quoi pour manger. Mais les branches du laurier-rose n'étaient pas assez solides pour la soutenir, et Angela finit par fouiller dans le grand seau laissé pour les éboueurs : il ne contenait que des croûtes, des épluchures, des trognons. Rien, absolument rien à se mettre sous la dent.

Elle commençait à désespérer lorsqu'elle tendit l'oreille et devina un bruit de pas. Elle se coula au ras du mur jusqu'à l'autre laurier-rose, près du portail.

Marì avait une main dans sa poche et quand elle la sortit, elle serrait quelque chose. Une clé. Elle la glissa dans la serrure du cadenas et se faufila dehors en laissant le portail entrouvert et la chaîne rouillée par terre.

Elles restèrent sans bouger dans le calme obscur, Marì dans la rue et Angela sous le laurier-rose. Puis, au bout de quelques minutes, le crissement d'une bicyclette approcha. Angela se dégagea du feuillage et tenta de rejoindre la grille sans être vue.

« Tu as mis combien de temps ? murmura Marì.

— J'ai pris l'autre chemin, c'est plus long mais on ne sait jamais », répondit une femme vêtue de haillons sombres en respirant profondément au milieu et à la fin de sa phrase, car elle avait dû se dépêcher. C'était l'hôtesse du cinéma.

« Si Ettore Muti arrive vraiment dans trois jours… », enchaîna Marì un peu plus fort. Puis elle susurra à nouveau et Angela n'entendit pas la suite.

« … c'est lui qui le dit », fit l'autre.

En lorgnant entre les barreaux de la grille, Angela vit l'hôtesse décrocher un panier de son guidon pour en sortir des feuilles de papier roulées et des objets qui tintèrent.

« Voilà la colle. Mets tout dans le seau. Si on se débrouille bien, on en a pour cinq minutes. »

Elles s'éloignèrent rapidement, en s'affairant dans le noir, et Angela se figea, hésitante. Elle pourrait ouvrir le portail et les suivre. Seulement descendre dans le jardin était une chose, sortir dans la rue en était une autre. Elle tendit l'oreille. Personne. Maintenant que les deux femmes étaient parties, la tour et ses fenêtres étaient redevenues un long tube criblé de petits yeux carrés fermés par le sommeil. Angela posa ses mains sur les barreaux. Puis elle les retira. L'odeur du métal avait imprégné ses doigts. Le souffle court, elle poussa le portail et sortit.

Un gravier très fin bordait la route, un mélange de sable et de petits cailloux humides qui griffaient la peau. Elle avança sur la pointe des pieds et tourna légèrement à gauche, en s'appuyant d'une main sur la grille, d'abord, puis sur le mur d'enceinte. Elle continua sur la terre battue jusqu'aux panneaux d'affichage qui annonçaient la visite du hiérarque.

Marì et l'hôtesse étaient là. L'une tenait les feuilles de papier et l'autre les badigeonnait de colle.

Angela ne pouvait pas voir ce qui était écrit ou dessiné sur les affichettes et elle les observa le visage froncé, haletante. Elle se remit sur la pointe des pieds et fit demi-tour.

De la pinède provenait le grésillement des grillons, lui rappelant que ses pieds étaient dangereux, qu'elle comme Sara pouvait se transformer en tueuse d'insectes. Cependant ses yeux restèrent secs. Elle paraissait soudain insignifiante, cette créature écrabouillée. La pinède en accueillait des milliers.

Angela approchait du portail quand elle entendit des pas et aperçut deux hommes en uniforme à quelques mètres de distance, en direction du centre-ville sur le bord de mer.

Elle fit volte-face et se décida en un éclair : impossible de regagner la colonie. Il fallait courir en sens inverse. Et vite.

Tournant à droite, elle longea les panneaux bardés de tracts, jusqu'au bout. La première à se retourner fut Marì, qui tenait encore le seau et le pinceau dégoulinant de colle. Ses yeux demandèrent tout en même temps : qui était l'organisée et, la reconnaissant, ce qu'elle faisait là, enfin pourquoi elle semblait si agitée.

« Ils sont deux, là-bas. Deux chemises noires ! siffla Angela.

— *Mamma mi...* », fit l'hôtesse et, avalant la fin de son imprécation, elle enfourcha sa bicyclette et pédala vers le bout de la rue.

Elles ne la virent pas filer à travers champs et disparaître dans l'obscurité, ne laissant derrière elle que le couinement de sa chaîne. Elles prirent la fuite aussi.

Marì courait et la tirait, autour de la pinède, à la recherche d'une branche à escalader. Les chemises noires arrivèrent sur la route en terre battue devant les panneaux, deux hommes grands et robustes. Ils auraient pu être jumeaux. Un éclat rubis jaillit d'une allumette, tandis que l'un d'eux éclairait les tracts. Malgré la distance, la lueur suffit pour distinguer le bras de l'autre qui s'allongeait, tâtant la colle fraîche.

Marì regarda une dernière fois le mur.

« Toi, grimpe par ici, dit-elle à Angela. Moi, je me débrouille. »

La guerre, 1940

Elle tendit ses mains jointes pour lui faire la courte échelle. La fillette se hissa tant bien que mal et se retrouva seule au sommet du mur. Le ciment brut, couvert d'aiguilles de pin sèches, lui griffait les paumes. Angela se tourna lentement, en quête d'un point d'appui, et elle sauta.

9.

Le lendemain matin, tandis que Clara tirait la corde avec des gestes lents, méticuleux, le soleil caressait ses cheveux roux très courts qui paraissaient blonds.

Une armée d'yeux embués se tenait au pied du drapeau levé. Les corsages repassés et amidonnés, les bonnets immaculés, comme neufs. Les chaussettes fines et légères, tendues jusqu'au genou et douces dans les souliers.

La voix monotone de la directrice déclama le règlement, pour rappel, et le programme de la journée. Alignées autour d'elle les surveillantes scrutaient les organisées, prêtes à corriger les paupières tombantes et les bras ballants.

Marì était debout à côté de la Fluette, les yeux rivés sur Angela, qui soutenait son regard à deux mètres de distance, troisième ligne du 10e manipule, et brodait sur le visage de cette femme, désormais moins mystérieuse, l'histoire qui l'avait menée du cœur de la nuit jusqu'ici.

Elle se rappelait sa propre histoire, comment elle avait sauté du mur dans le jardin et était restée un moment aux aguets, pour finalement décider de rentrer par où elle était sortie, remontant la rampe, se glissant sous son drap, les pas de ces hommes dans les oreilles, et pour une fois le lit étroit, grinçant, avait eu la saveur, sinon de la maison, au moins d'un lieu sûr. De Marì, en revanche, elle n'avait pas eu de nouvelles avant de la voir au rassemblement.

Elle aurait voulu l'imaginer encore plus forte et courageuse, mais sa fantaisie s'effilochait comme le pain dur trempé dans l'eau et lancé aux poules, chaque idée se dissipait et il était impossible de la récupérer, chaque réponse se vidait de son sens et cédait la place à une nouvelle question, avec la frénésie qui avait tenu Angela éveillée jusqu'à l'aube. Maintenant qu'il lui appartenait, elle ne voulait plus du secret qu'elle avait sondé par caprice. Elle aurait préféré s'en défaire, comme d'une pierre trop lourde. Elle le confierait à Sara, qui saurait le garder. Seulement Sara avait les organisées à compter, les tâches quotidiennes à contrôler.

« Si ce n'est pas urgent, lui avait-elle dit au petit déjeuner, parlons-en cet après-midi. »

Ainsi elle dut se résoudre à s'approcher de Marì et à lui demander si elle allait bien.

« Ne raconte à personne ce que tu as vu.

— Pourquoi tu ne restes pas dans la tour la nuit ?

— Parce que… De quoi tu te mêles, toi ? Tu es trop petite pour comprendre.

— Ta maman ne serait pas contente. »

En un instant la journée déjà vécue, identique aux autres, la routine du réveil à sept heures, le lever de drapeau, le petit déjeuner, le bain, le déjeuner, la sieste, les jeux dans la cour, le deuxième bain, le dîner, le coucher, tout fut balayé par le récit de Marì, à genoux devant elle.

Trois jours avant son sixième anniversaire, dans les Apuanes, les carriers, les métallos, les mineurs, tous s'étaient mis en grève. Marì était aussi grande que Sara mais beaucoup, beaucoup plus maigre, car chez elle on ne mangeait qu'une fois par jour. Sa mère était plus maigre encore. Son père était un ouvrier carrier si las de la précarité qu'il n'avait pas hésité à se joindre à la protestation. Ils réclamaient un meilleur salaire, une nouvelle répartition des bénéfices, pour que ce travail ne leur serve pas à survivre, mais à vivre. Tout allait pour le mieux, ils avaient obtenu une augmentation quand, vers la fin de l'hiver, les restrictions avaient recommencé. Au printemps, avec les aigrettes portées par le vent, les chemises noires étaient descendus à Carrare. Ils avaient tué un jeune homme et sa mère qui tentait de le défendre, mais avant cela, ils s'étaient arrêtés en chemin dans certaines maisons qui avaient été signalées une par une. Chez Marì ils n'avaient pas trouvé son père, mais sa mère était là, elle balayait le pas de la porte. En les voyant arriver elle avait laissé tomber son balai dans la poussière sèche de l'aire, elle avait dit à sa fille de se cacher dans le grenier à foin et avait couru vers les collines. Elle courait dans une robe toute déchirée, pieds nus, au milieu des ronces. La plante de ces pieds constellés de petits points rouges était le dernier souvenir que Marì avait de sa mère vivante.

« Tu comprends maintenant pourquoi je fais ce que je fais ? Toi et ta sœur vous ne devez le dire à personne. Tu dois me le promettre.

— Je te le promets. »

Angela était tellement effrayée par cette histoire que quand, une demi-heure après, pendant le discours hebdomadaire de la directrice, quatre chemises noires apparurent dans la cour, elle crut avoir une hallucination.

Dès qu'elle les vit, la directrice conclut et sous les saluts et les applaudissements spontanés des organisées, les quatre hommes avancèrent d'un bloc vers le centre, face au couloir prévu dans la disposition des manipules. Les surveillantes imposèrent le silence et l'enthousiasme des hôtes de la tour retomba.

Le plus petit murmura quelque chose à la directrice, qui ordonna aussitôt de se mettre en marche et de suivre les hommes.

Angela connaissait le chemin. À gauche après le portail. Le long de la grille puis le long du mur. La terre battue. Les panneaux. C'était là qu'ils les conduisaient. Elle chercha Sara parmi les mille têtes devant elle. Il était temps de tout lui raconter mais elle ne pouvait pas, il fallait être patiente, attendre. Angela serra les bords de son bonnet en toile. Elle espéra un instant qu'il s'agissait d'un malentendu.

Les tracts ne pouvaient pas être plus clairs. Imprimés en petit format, sur fond rouge – « Le rouge des *rouges* », siffla la surveillante aux yeux bleus –, avec une inscription en noir et jaune, au centre une main gigantesque qui tentait d'attraper un soldat.

L'inscription disait : QUI GASPILLE ET ACCAPARE VOLE LE PAIN DU ~~SOLDAT QUI COMBAT LE~~ PEUPLE.

Le dernier mot, peint à la main en rouge, couvrait le reste de l'affichette ; en bas à droite, le symbole d'une faucille et d'un marteau apparaissait dans un rouge plus sombre.

Elles défilèrent deux par deux devant les panneaux.

Personne ne parlait.

Les quatre hommes fixaient les visages des fillettes et des surveillantes.

Personne ne posait de question.

La directrice semblait s'être vidée de son sang, tant elle était pâle.

Personne ne respirait.

La rue était un mausolée de regards vagues. Dans le même silence immobile on les ramena en arrière, à la tour, et les surveillantes leur murmurèrent de regagner leur chambrée. Là non plus, Angela ne parvint pas à parler à Sara. Elle sentait tous les yeux pointés sur elle. Elle cherchait à attirer l'attention de Marì, mais celle-ci ne la voyait pas. Elle se montrait efficace, serviable, une surveillante irréprochable.

L'horloge dans le couloir indiquait 11 h 25 quand arriva le tour de Sara. La Fluette vint la chercher dans sa chambrée – un long repos matinal avait été imposé aux organisées –, et elle l'emmena au rez-de-chaussée.

Le bureau de la directrice, que Sara avait toujours vu fermé, l'avala. À l'intérieur, il y avait trois des chemises noires. Un soldat était assis dans un fauteuil, un bloc-notes dans une main, un crayon dans l'autre : il avait des yeux clairs minuscules, qui disparaissaient dans ses orbites comme des crabes sous le sable. Un autre était debout en face de lui, appuyé contre le bureau, les cheveux noirs très courts et le nez rond marqué d'une cicatrice. Le plus âgé, de petite taille, trônait sur la chaise qui d'ordinaire était celle de la directrice : il avait les cheveux grisonnants et clairsemés, la bouche très fine, un trait de crayon rouge. L'homme debout indiqua à Sara un tabouret et elle s'assit sur le bord, en espérant que la surveillante resterait avec elle. Mais la demoiselle prit congé avec un salut et referma la porte derrière elle.

L'homme de petite taille commença à parler. Il avait une voix stridente, à laquelle il s'efforçait désespérément d'imprimer un ton imposant, mais il semblait juste avoir mal à la gorge. Il lui expliqua qu'ils étaient en mission, qu'ils menaient une enquête, que l'outrage à la Patrie à peine entrée en guerre pour défendre le peuple italien... Puis il insista sur les sacrifices que faisaient leurs parents, à la maison, sur le quatrième rivage, contribuant à entretenir le moral des troupes. De la même manière les organisées devaient se sacrifier pour honorer leurs parents, et révéler tous les détails, même les plus insignifiants, susceptibles de les aider à identifier la vipère espionne qui se nichait – selon une source confidentielle – précisément dans cette tour. Sur ces mots, il se leva.

Ils cherchaient une femme entre vingt et trente ans, or tout le personnel de la colonie – cuisinières, lingères, infirmières et surveillantes – était composé d'une cinquantaine de femmes entre vingt et trente ans, en dehors de la directrice. Une des fillettes *devait* avoir vu quelque chose.

Sara l'avait écouté en acquiesçant et en essayant de comprendre où il voulait en venir – la meilleure chose à faire quand les adultes parlaient. Elle, du reste, n'avait rien à dire. Convaincue, elle déglutit à fond en espérant que sa voix ne tremblerait pas trop si elle devait lui répondre.

« Donc, vous êtes ici par la volonté du Duce, qui vous a accueillies sur la terre patrie pour vous soustraire aux souffrances auxquelles est soumis le quatrième rivage. Mais vous retournerez bientôt chez vous. Et si vous vous montrez coopératives, vous serez récompensées, ainsi que vos parents. »

L'homme sortit un mouchoir et se moucha. Les deux autres étaient tellement silencieux que, si elle avait fermé les yeux, Sara aurait pu les oublier.

« As-tu remarqué des comportements suspects parmi les demoiselles ? »

Sara fit « non » la tête.

« Tu as perdu ta langue ? »

Sara baissa le menton, elle fit signe que oui.

« Parle, organisée. Tu veux nous dire quelque chose ?

— Non, Excellence. Je n'ai rien à dire. On est bien ici. La colonie est très belle. On se baigne et on mange beaucoup. Chez nous on ne mange pas autant. Les demoiselles sont attentionnées. »

L'homme se pencha pour mieux l'observer, il pinça son menton entre ses doigts et lui ouvrit la bouche, découvrant la petite fenêtre.

« Quel âge as-tu ?

— Neuf ans, répondit Sara en montrant le chiffre avec ses mains.

— Si tu ne me dis pas la vérité, nous finirons par le savoir », conclut l'homme en faisant glisser ses mains sur ses épaules et sur son cou, qu'il serra, doucement, mais suffisamment pour lui donner un frisson dans le ventre.

Une heure plus tard ils convoquaient les fillettes du 10e manipule et c'était le tour d'Angela. Les autres lui avaient déjà dit ce à quoi elle devait s'attendre. Le bureau sentait le renfermé et l'air était étouffant. Les trois hommes avaient retiré leurs vestes, ils avaient continué à allumer et éteindre des cigarettes, à cracher la fumée au visage des organisées.

Elle prit place sur le tabouret, les yeux baissés. L'homme à la voix stridente, que la lassitude rendait maintenant impatient, lui exposa avec des paroles plus concises, dures et hâtives, le motif de ces interrogatoires. Il égrena d'emblée toutes sortes de menaces, voilées ou évidentes, et il l'avertit que si elle ne disait pas la vérité, elle et ses sœurs seraient séparées ou renvoyées dans leur Libye en guerre. À ces mots Angela releva le menton et une lueur d'espoir raviva son regard.

« Vraiment ?

— Parfaitement, organisée. Il suffit de vous mettre sur un bateau de la marine et fini les vacances, affirma l'homme en éclatant d'un rire à faire trembler les vitres. Tu as peur, pas vrai ? »

Alors Angela comprit.

« Oui, très peur. On est si bien ici. Je ne veux pas rentrer à la maison. Pitié ! Je ne sais rien ! Je vous le jure !

— Les autres ont dit la même chose. Mais nous savons maintenant qui est cette femme que nous cherchons : c'est une de vos surveillantes. Il n'y en a pas une qui te semble un peu différente ?

— Si, bien sûr. Celle qui a les yeux bleus. Elle a écrasé l'ami papillon de ma petite sœur : elle est méchante !

— Les yeux bleus ? » répéta la chemise noire en regardant ses acolytes.

L'homme au bloc-notes recula de quelques pages, puis il avança, recula à nouveau et dit :

« Celle que nous avons interrogée…

— Bien. J'ai compris. »

Angela ne baissa pas la tête. Elle l'avait appris grâce à *La Fille du corsaire* et à Doris Duranti : seuls ceux qui avaient quelque chose à cacher baissaient la tête, et elle ne voulait pas leur faire comprendre qu'elle cachait quelque chose.

« Tu te crois maligne, reprit la chemise noire. Vous grandissez au milieu de ces animaux d'Africains et vous vous prenez pour des lionnes. Mais c'est tout le contraire ! Nous sommes plus malins. Je suis plus malin. »

Il s'approcha, il saisit son poignet et lui retourna le bras dans le dos, en le tirant vers le haut jusqu'à lui faire mal.

« Je te repose la question, grogna-t-il. As-tu quelque chose à nous avouer ? »

Angela serrait les dents de douleur. Les larmes lui montaient aux yeux mais elle ne voulait pas pleurer. Une autre secousse fissura un bout de son âme. Comme si cette brutalité avait soudain libéré toute la peur qu'elle avait réussi à enfouir dans un repli noir et profond. En sanglotant, elle supplia l'homme de lâcher son bras.

C'était presque l'heure du déjeuner quand, entre deux interrogatoires, la directrice entra dans son bureau et referma la porte derrière elle.

Dix minutes s'écoulèrent et les deux hommes plus jeunes la suivirent dans la rampe qui grinça dès que leurs bottes s'y engagèrent ; bientôt les pas des soldats devinrent une pulsation gutturale.

Margherita sauta de son lit tandis qu'une Fille de la Louve, le visage collé à la fenêtre, se tournait et lançait à ses camarades :

« Il se passe quelque chose. Ils ont déplacé le grand fourgon et l'ont ouvert derrière. »

Assise à côté de l'armoire à linge, Marì laissa échapper un tressaillement. Elle courut à la fenêtre, l'ouvrit et se pencha. Sur le rivage cela s'agitait autour d'un homme vêtu de vert qui montait son kiosque à limonade. Au pied de la tour, en revanche, il n'y avait qu'une chemise noire près d'une portière aveugle. En essuyant la sueur sur son front avec un mouchoir, Marì secoua la tête et l'inclina lentement à droite puis à gauche, si doucement que ses boucles restèrent immobiles, telle la chevelure d'un portrait accroché au mur.

Les pas le long de la rampe se rapprochaient.

Pendant qu'une autre demoiselle était occupée à calmer une organisée asthmatique, Margherita enleva un tas de vêtements accumulés sur une chaise et la traîna péniblement jusqu'à la fenêtre où se tenait Marì.

Elle grimpa dessus et réussit à voir le bout de cour où les soldats avaient manœuvré. Derrière le fourgon aux portières ouvertes il y en avait un autre, rempli de matériel : d'énormes rouleaux de corde jaune, de grosses bouteilles, des sacs de cailloux et de sable, des couvertures.

Le claquement des bottes, qui après la rampe foulaient le couloir, figea tous les gestes. Les organisées échangèrent des regards furtifs, affolés, qui se fixèrent finalement sur l'entrée de la chambrée. Elles n'avaient jamais été aussi synchronisées, même après avoir répété des centaines de fois les chorégraphies du samedi.

La directrice apparut, suivie des deux hommes. Les fillettes se recroquevillèrent pour se faire plus petites, incurvant les épaules, croisant les bras sur leur poitrine, s'enfonçant dans leur matelas, reculant derrière leur lit, remontant leur drap.

La directrice posa ses yeux sur Marì :

« Venez, mademoiselle. »

L'autre surveillante demanda à voix basse si elle devait venir aussi, mais personne ne lui répondit.

Marì les suivit sans rien laisser transparaître. Si elle s'était retournée, elle aurait vu des dizaines de têtes qui pointaient le long de la rampe au-dessus d'elle, observant l'arrestation. Il lui fallut peu de temps, la distance entre la chambrée et le cinquième étage, pour décider de ne pas finir ainsi.

Tandis que la directrice et les deux hommes avançaient, Marì se hissa sur la balustrade et fixa le vide. Quand elle passa une jambe de l'autre côté de la rambarde, en s'appuyant fermement sur ses bras, une vague de cris désespérés déferla des étages supérieurs. Un des hommes fit volte-face et se jeta sur elle. Elle allait sauter, mais il la retint : ils se regardèrent dans les yeux puis, sans hésiter, Marì lui donna un coup de tête.

« Tu n'auras bientôt plus la force de sauter », lâcha le soldat en effleurant le filet de sang qui s'échappait de sa lèvre.

Il la poussa par terre et la tira à nouveau par les pieds avec brutalité. La rampe trembla comme le corps de Marì.

En scrutant vers le bas avec ses camarades de manipule, Margherita attendait.

Plus haut, Angela pleurait, Francesca et Rachele aussi, et même la Fluette se garda de leur dire que c'était inutile. Elle murmura juste de faire doucement. Mais alors que Marì arrivait au bout de la spirale, Angela serra les poings et laissa échapper un gémissement très bref, aigu.

« Pourquoi ils l'emmènent ? chuchota Francesca.

— Chut, tais-toi, répondit Angela d'une voix tremblante. Il ne faut rien demander. Jamais. Il faut seulement obéir.

— Mais Marì obéit, elle est parfaite, elle fait tout ce que dit la directrice ! intervint Rachele sans détacher ses yeux de la rampe.

— Oui, mais il y a aussi l'autre règlement, celui des grands », expliqua Angela en laissant couler une larme, et une autre encore.

À présent, au contact rassurant des corps de ses amies, elle pouvait comprendre sa mère, son mouvement de recul en voyant arriver la Fiat Balilla au village. C'était un moyen de repasser les règles dans sa tête et de les faire descendre dans chaque partie de son corps, jusqu'au bout des orteils.

Encore plus haut, parmi les jeunes filles du 12e manipule, Sara était agrippée à la balustrade, les mains serrées sur le métal et la bouche entrouverte. À cette distance les corps étaient petits, les couleurs confuses.

« Qu'est-ce qu'ils vont lui faire ? demanda Ilaria à Sara tout bas. Ils l'emmènent chez le Duce ? Parce que dans ce cas je veux bien y aller aussi, pour le rencontrer enfin… », conclut-elle, songeuse.

En suivant toujours la directrice, les soldats descendirent au rez-de-chaussée avec Marì, et là, ils l'immobilisèrent, un homme de chaque côté, pendant que le troisième la couvrait d'injures, lui crachait dessus. Les cris et les jurons s'élevaient dans le vide, jusqu'aux oreilles des organisées qui tentaient de les obturer avec leurs mains.

Dans l'entrée se rassemblèrent la directrice, la Fluette, la demoiselle aux yeux bleus, et derrière la lingère, la cuisinière, les femmes de service. Une galerie de visages consternés signifiant qu'elles étaient du bon côté.

Marì se déroba aux mains qui la retenaient et, d'une voix calme et posée, dit en fixant la Fluette :

« C'est toi, hein ? Je sais que c'est toi. »

Puis elle se laissa entraîner vers le fourgon.

À l'intérieur, la rampe était déserte et les manipules terrés dans leurs chambrées, muets. Personne ne détenait les mots pour exprimer sa pensée, et Angela cessa de chercher Sara. Lui raconter l'histoire de la maman de Marì n'avait plus de sens à présent. Soudain Luisa se mit à ricaner. Elle riait comme si elle venait d'entendre une blague.

« Mais ça va pas ? lui dit Francesca.

— Arrête ! ajouta Angela.

— Oui, oui, j'arrête », fit Luisa, mais elle continuait, d'un rire tantôt étouffé, tantôt grossier, en contournant deux rangées de lits pour aller s'allonger.

Le Commandement fédéral de la GIL de Tripoli informe le Commandement général qu'ont été expédiés en temps voulu aux Directions des colonies les dossiers scolaires des enfants de Libye. Ce Commandement général, en contact avec le ministère de l'Afrique italienne et l'Inspection des écoles, informe les Directrices qu'en l'absence de ces documents élémentaires il sera procédé au contrôle du niveau de culture et à l'assignation conséquente des classes de la part de l'institutrice titulaire de Libye affectée aux écoles des colonies.

Bulletin du Commandement général de la GIL, n° 5, 1/1/1941

LA GUERRE, 1940-1941

1.

LA STAMPA

Mardi 24 décembre 1940, an XVIII

SITUATION INCHANGÉE SUR LE FRONT CYRÉNAÏQUE

L'ennemi a bombardé certaines agglomérations libyennes.

Attaque en masse sur Manchester

Remise de la carte du Parti à la Princesse de Piémont

Naples, 23 décembre. S.A.R. la Princesse de Piémont avait exprimé le désir d'être inscrite au Parti et le Secrétaire fédéral de Naples, accompagné de la fiduciaire des Faisceaux féminins et de ses collaboratrices, a été reçu ce jour au Palais de l'auguste Dame, à laquelle il a remis sa carte pour l'année XIX avec ancienneté au 2 octobre 1935. La fiduciaire provinciale des Faisceaux féminins a présenté à l'auguste Princesse l'hommage dévoué des femmes fascistes.

Un vent serpentin et obstiné, qui s'insinuait entre les mailles des lainages de la Jeunesse du Licteur, soufflait autour des corps des organisées alignées pour le salut aux couleurs. Les nuages habillaient le ciel à perte de vue, également alignés sur l'ordre de surveillantes célestes. La mer était agitée par les bourrasques de décembre, des vagues très longues balayaient le rivage et attaquaient les structures des tentes sous lesquelles, quelques mois plus tôt, elles s'étaient protégées de la chaleur.

Depuis la fête de l'Immaculée Conception on ne pouvait plus rejoindre la plage en passant par le portail, fermé avec une nouvelle chaîne, très solide. Le monde se réduisait à la tour, au jardin, à la pinède, les journées à une succession d'obligations. Même à la veille de Noël.

Le hasard des roulements avait réuni les trois sœurs dans la cuisine. Derrière les grandes fenêtres le crépuscule grignotait la lumière de l'après-midi jusqu'à l'obscurité. Angela, Sara et Margherita lorgnèrent les plats en train de chauffer, préparés avec la nourriture donnée par les habitants des quartiers voisins, pour soutenir les organisées en proie à la nostalgie des fêtes. Sur son épaule droite Angela sentait la chaleur de la tête de Margherita, qui grommelait qu'elle ne voulait plus faire le ménage en la priant de ne dire à personne qu'elle en avait marre. Sara se tenait à distance, retranchée dans son uniforme impeccable, un foulard blanc noué sur son crâne à nouveau rasé, l'image de la chef d'escouade modèle, de la sœur désormais étrangère, quand soudain son visage changea d'expression. Elle déroula une serviette en tissu élimée, libérant une explosion de vanille et de longs biscuits jaune canari :

« Deux chacune. On a cinq minutes, vite !

— C'est interdit de manger entre les repas », dit Angela sans la regarder dans les yeux.

Margherita tendait déjà la main vers Sara, mais elle se ravisa :

« Elle a raison, il faut respecter le règlement !

— Si vous n'en voulez pas, je garde tout pour moi. »

Croquer dans le premier biscuit, sec depuis plusieurs jours, lui demanda un effort.

Angela s'était déjà mise à l'ouvrage, en passant le chiffon sur la cuisinière, en frottant les taches avec une éponge ; en arrière-fond, le craquement du sablé entre les dents de Sara. Margherita était bloquée le bras en l'air vers la serviette dépliée, l'eau à la bouche.

« Vraiment très bons », dit Sara en approchant la serviette d'Angela, qui grattait la farine sèche incrustée sur le plan de travail et qui répliqua :

« Tu ne donnes pas le bon exemple.

— C'est Noël pour tout le monde, même pour les chefs d'escouade. »

Le va-et-vient dans le couloir leur rappela qu'elles devaient se dépêcher. Sara enfouit la serviette dans sa poche en mâchant à la hâte son dernier bout de biscuit, elle prit l'éponge et la bassine d'eau des pâtes pour laver les verres un par un. Angela les passait sous le robinet, Margherita – en soufflant, finalement déçue de ne pas avoir mangé son biscuit – les essuyait et les rangeait sur les étagères. Au troisième verre qui circulait entre leurs mains, la Fluette apparut à la porte.

« Vous comptez y passer la soirée ?

— Non, mademoiselle, on fait le plus vite possible, répondit Sara.

— Au moins je ne vous entends pas bavarder. D'habitude entre sœurs… Mais vous, c'est vrai que vous êtes bizarres. Là-bas, chez les sauvages, pendant que votre père était aux champs, votre mère… »

Têtes baissées, elles la laissèrent parler. Au mot « sauvages », l'esprit d'Angela se précipita sur le portrait laid et cruel de l'amazone et Sara peina à se retenir. Les grandes lui avaient expliqué, à elle et aux autres filles de neuf ans, comment on faisait les bébés et comment ils sortaient du ventre des mamans. En s'agrippant aux poignées de la bassine, prête à les briser, elle ravala sa colère. Angela le vit et durant un instant elle espéra que Sara explose, qu'elles ne soient plus obligées de faire comme si tout allait bien, alors que depuis l'arrestation de Marì tout était différent.

La surveillante passa en revue leurs gestes, elle abaissa les mains de Sara sur le balai-brosse, elle poussa les pieds d'Angela pour l'empêcher de marcher sur le sol mouillé, elle ordonna à Margherita d'essuyer plus vite pour ne pas ralentir la chaîne. Puis elle regarda sa montre et trancha : vingt minutes pour tout finir ou elles rateraient l'ouverture des cadeaux. Enfin elle sortit pour aller on ne sait où, sermonner d'autres organisées.

La réprimande avait produit son effet et aucune des sœurs n'eut envie de parler. Elles continuèrent leur besogne et dans ce silence Sara cherchait une nouvelle question, une phrase, qui lui rende ses sœurs.

Alors, une des tasses glissa des mains de Margherita, tomba et roula sur le carrelage, jusqu'aux pieds d'Angela qui réussit à se pencher pour la rattraper. Quand elle se tourna, la petite avait recommencé à ranger les tasses en les alignant avec méthode et précision. Elle se hissait sur la pointe des pieds, en veillant à ne pas s'appuyer sur les étagères, au risque de faire trembler le meuble chargé de vaisselle. Sara avait les yeux brillants et elle essuyait ses joues avec la manche de son pull, comme pour se cacher.

« Si maman savait que tu as appris à faire le ménage, elle serait contente, murmura Angela.

— Elle le sait, on l'a écrit, répondit Margherita, on l'a mis dans la lettre.

— Les lettres... », fit Angela, et la suite resta bloquée dans sa gorge : l'histoire du matin où, à l'aube, elle avait vu les surveillantes mettre des énormes sacs dans la brouette, pour les emporter sur la plage, les vider dans un trou et brûler les enveloppes.

La main de Sara se colla sur sa bouche, elle la foudroya du regard.

« Nos lettres arrivent à la maison mais à une vitesse d'escargot, enchaîna l'aînée. Maman ne répond pas parce que la poste fonctionne mal à cause de la guerre, le courrier met des mois pour arriver en Libye, les facteurs doivent faire attention : il y a des bombes dans la mer aussi.

— C'est pour ça qu'elle répond pas ? Elle nous a pas oubliées ? Peut-être qu'elle nous a oubliées », dit Margherita en descendant de sa chaise.

Elle aurait voulu dire autre chose, elle aurait voulu raconter combien elle avait été terrorisée en voyant les soldats emmener Marì, et que depuis elle rêvait d'elle toutes les nuits, des cauchemars qui finissaient toujours de la même manière : pipi au lit et, le matin, la surveillante qui la houspillait devant ses camarades, en l'obligeant à laver son drap au lieu d'aller petit-déjeuner. Aussi, par peur de se faire gronder elle ne dormait plus, elle se levait toutes les heures pour aller aux toilettes, en faisant attention aux rondes, les demoiselles ne devaient pas la voir sinon elles la gronderaient quand même, et dans ces moments elle se demandait pourquoi leur mère les avait laissées partir. Elle aurait voulu le dire mais elle ne savait pas comment, et Angela ne le découvrirait pas avant plusieurs mois.

Angela qui réussit seulement à regarder Sara en disant :

« Maman ne nous a pas oubliées. Pas vrai ?

— Je ne sais pas. De toute façon, elle ne voulait déjà pas de moi avant », siffla la sœur aînée en passant la serpillière sur le sol couvert d'eau et de traces de pas.

Unies dans leur silence, elles répétaient chaque geste en quête de la perfection, quand la porte s'ouvrit et apparut sur le seuil une femme plantureuse, qui portait un chandail bleu étriqué par-dessus son uniforme. Elle respirait la générosité et le soleil, au point qu'en l'écoutant parler avec son fort accent romagnol, sa voix chantante, on avait l'impression que le nœud dans ses cheveux était celui d'un paquet cadeau.

« Bonsoir ! »

Elle les observa attentivement avant de pouffer de rire. Elle brandissait un document administratif bardé d'une calligraphie soignée et l'agitait sous leur nez.

« Vous en faites une tête ! On ne vous a pas dit qu'il y avait une nouvelle surveillante ? Arrivée juste pour

Noël, pour les *frittelle*. On va manger des beignets, pas vrai ? Moi, j'adore ça. »

Elles la fixaient bouche bée, les bras ballants, se demandant si la question était un piège.

« Sapristi, vous avez perdu votre langue ? Là-dessus il y a le tour de rôle pour la semaine prochaine, donc si vous avez fini, il est temps d'aller vous amuser. »

Cependant elles continuaient. Ça ne brillait pas encore assez. La Romagnole accrocha la feuille de travers sur le mur, avec des épingles en métal, et une seconde feuille sur un panneau à l'autre bout de la cuisine, puis elle se tourna.

« Alors ?

— Il y a beaucoup à faire », murmura Angela avec la voix un peu fêlée qui, depuis l'arrestation de Marì, ne l'abandonnait jamais. Et les yeux baissés, ces yeux qui lui valaient les moqueries de Sara, qui disait qu'elle avait la mine allongée et le regard abattu des lévriers des riches de Tripoli.

« Ah, enfin une qui parle ! Comment tu t'appelles, toi ?

— Angela. »

La grande sœur ouvrit la bouche pour la charrier, dans un aboiement silencieux, et au lieu de se vexer Angela eut envie de rire, mais elle se retint.

« Bien, Angelina… Vous vous ressemblez, toutes les trois. Vous êtes sœurs ? »

Elles acquiescèrent ensemble, le frémissement des mains tentées de se toucher soudain bloqué par le souvenir des jours où l'ordre avait été de se contrôler, de ne pas afficher ce lien familial qui aurait mis les autres en difficulté.

« On vous a fait tout nettoyer seules ? »

Angela acquiesça encore, d'une manière presque imperceptible. Elle remarqua que la demoiselle portait un anneau doré à l'annulaire droit. Les alliances avaient désormais disparu, depuis cinq ans les femmes de l'Empire faisaient don de leur or à la Patrie. D'ailleurs Sara racontait que sa maman, lors de la journée de la Foi, le 18 décembre, avait refusé de donner la sienne, et tandis que toutes les femmes sacrifiaient leur anneau nuptial, sa mère l'avait caché dans une boule de mie de pain avec celui de son mari, en expliquant qu'ils étaient tellement pauvres qu'ils n'avaient jamais possédé d'or. Mais quand ils avaient eu besoin d'argent, la première année dans leur nouveau village, en attendant que les terres donnent leurs fruits, elle avait rompu la mie, devenue dure comme une pierre, et elle avait révélé le secret à sa fille aînée. Angela, en revanche, avait essayé d'oublier cette histoire et de toute façon, même sans les fossettes, elle ne pouvait y croire, car leur mère avait beau se plaindre de temps en temps, c'était une bonne fasciste. La demoiselle ne s'aperçut pas qu'elle contemplait sa bague.

« C'est vrai que c'est grand ici. Y en a du travail. Moins qu'à Rimini, bien sûr : là-bas, il y a deux mille places, eh oui, c'est grand comme le cul de notre directrice. Vous lui répétez pas, hein ? Mais son cul est aussi gros que celui d'un éléphant. Bon, ça suffit, allez ouvrir vos cadeaux. »

Bouillonnant de petits rires joyeux, Margherita dénoua son tablier, reposa son chiffon humide sur le bord de la crédence, esquissa un salut et dit qu'elle devait passer aux toilettes. Sara la suivit sans piper mot, avec son tablier, et elle fit rapidement demi-tour en s'excusant d'avoir oublié de le remettre sur la patère. Quand elle sortit de la cuisine, Angela nota qu'elle avait déjà la main dans sa poche, du côté des biscuits. Elle aurait voulu la suivre, mais tout chez cette nouvelle surveillante retenait son attention : ses épaules droites, ses formes généreuses, sa voix chaleureuse. Elle devait rester encore un peu, pour la regarder.

« Tu es la plus grande ?

— Non, la plus grande c'est Sara. Elle a neuf ans. Presque dix. Marghe bientôt six. Et moi presque huit… enfin, sept ans et demi.

— Comme mes neveux. Cinq filles et trois garçons. L'aîné s'est engagé en Libye. Pourvu qu'il rentre vite. »

Au lieu d'aller ranger le balai dans le cagibi, Angela s'approcha de la Romagnole et elle lui sourit, et ce sourire lui valut une caresse sur la joue, légère, comme une pichenette, interrompue par le retour de la Fluette qui ouvrit à nouveau la porte dans leur dos : elle avançait, à chaque pas un reproche muet.

2.

La crèche avait été installée dans un angle du réfectoire. Elle était composée de figurines en terre cuite peintes à la main, de couleurs vives, des vaches, des poules, des poulets et un coq de bruyère, une paysanne avec un seau d'eau, un boulanger et un poissonnier. Sous un abri en bois se trouvaient Joseph et Marie, le bœuf et l'âne, et autour un troupeau de brebis ainsi qu'une myriade de poussins jaunes, aux pattes stylisées marron et vert, occupaient une bonne moitié du plateau. En dessous, une ribambelle de petits paquets qui tenaient dans une main : les cadeaux.

L'horloge murale indiquait à peine 19 h 10 et sur les tables dressées courut une volée de prières, pour un Noël serein dans tous les foyers, pour avoir des nouvelles des familles et pour que le dîner arrive vite.

Angela tenait la main de Francesca à gauche, et celle de Rachele à droite. Les doigts encore asséchés par le savon de Marseille et l'eau froide du robinet, les pieds serrés dans ses souliers de fête, lustrés, que la directrice gardait dans un réduit toujours fermé à clé et qu'elle leur faisait porter uniquement en de très rares occasions. La dernière fois, c'était pour la journée de la Foi, et entre-temps Angela avait dû grandir : ses orteils étaient compressés au bout. Elle se tournait pour voir ce que faisait, ou pour écouter ce que disait, deux tables plus loin, la Romagnole, la seule assise avec un livre à couverture jaune près de son assiette. Angela espérait qu'on ne leur imposerait pas trop de mouvements ou de déplacements, craignant d'avoir des ampoules.

Une autre demi-heure fut consacrée au rosaire, tandis que les surveillantes allaient et venaient entre le réfectoire et l'entrée, en se murmurant des phrases à l'oreille et en secouant la tête. Les organisées piaffaient, alors la directrice proposa de se lever. Le fracas des bancs et des chaises explosa aussitôt et, dans l'agitation, certaines fillettes se retrouvèrent les fesses par terre, comme Margherita, qui rigola et courut jusqu'aux cadeaux. Angela la tira par l'épaule, mais la petite l'ignora.

Sara lui réserva le même traitement :

« J'ouvre les cadeaux avec mon escouade. »

Elle fit un sourire qui ressemblait davantage à une grimace, en montrant les quelques dents qu'il lui restait et celles qui étaient en train de repousser.

« Tu es fâchée à cause du biscuit ? »

Sara lui fit signe de se taire et elle répondit tout bas :

« Personne ne t'aurait vue si tu l'avais mangé tout de suite.

— Donne-le-moi maintenant. On va aux toilettes et tu me le donnes.

— Trop tard. Ouvre ton cadeau… »

La directrice s'assit devant les organisées, qui cessèrent peu à peu de parler et se rangèrent en cercles concentriques, avec moult bâillements et des yeux affamés.

La Fluette, debout près d'une table, ouvrit un exemplaire des *Discours du Duce, 1924-1930*, et en lut un extrait :

Viendront les jeunes, viendront les ouvriers et les paysans que nous recrutons parmi les Balilla et les Avant-Gardistes. Puissantes institutions, puissants organismes, qui nous donnent les moyens de contrôler la vie de la Nation de 6 à 60 ans, qui créent l'Italien nouveau, l'Italien fasciste.

« On n'est ni des Balilla ni des Avant-Gardistes ! » s'écria alors Margherita d'une voix frêle. Angela réussit à l'entendre et à lui faire signe de se taire ; par chance les surveillantes se mirent à applaudir et la directrice les invita toutes à se sentir reconnaissantes, car depuis des mois, pendant que la guerre partout faisait rage, elles étaient en sécurité, protégées, nourries, soignées.

Au mot « soignées » Margherita fit une pétarade en tirant la langue, une surveillante la sermonna mais les organisées autour d'elle éclatèrent de rire, il n'y avait plus que ça à faire, en attendant d'ouvrir les cadeaux. Les pétarades se multiplièrent, chaque fois suivies d'une ritournelle de rires, et elles se défoulèrent ainsi durant cinq minutes, devant la directrice qui bouillonnait de colère.

La demoiselle tenta de lire encore :

Il faut donc veiller au devenir de la race, il faut prendre soin de la race, en commençant par la maternité et l'enfance. C'est à cela que tend l'Œuvre nationale pour la protection de la maternité et de l'enfance.

Enfin les aiguilles se superposèrent et s'alignèrent pour indiquer vingt heures. Les surveillantes envoyèrent une dernière fois à l'entrée leur collègue aux yeux bleus, qui revint au bout d'une minute en disant « Toujours rien ». Puis elles distribuèrent les petits paquets enveloppés dans du papier alimentaire tenu par de la ficelle, sans carte ni décorations, un cadeau identique pour chaque organisée, remis avec un « Joyeux Noël » sobre et hâtif.

« Il ne faut pas les ouvrir à minuit ? » glissa prudemment Luisa. La directrice expliqua que le règlement devait être respecté y compris à Noël, et qu'à minuit elles seraient au lit.

Le cadeau était une boîte métallique remplie de bonbons à l'orange. Tous les mêmes. À part ça, dit la directrice, et le dîner, elles n'auraient rien d'autre, la guerre n'autorisait plus certains luxes, et Angela se demanda de quels luxes elle parlait, car chez elles, à Noël, la seule différence c'étaient les cacahuètes : leur mère ouvrait un sachet d'une livre et en donnait une poignée à chacune. La dernière fois elle avait ajouté trois dattes, et les cadeaux s'étaient arrêtés là.

L'horloge indiquait 20 h 15 quand une Fiat Topolino noire entra dans la cour. Le grondement du moteur attira surveillantes et organisées dans l'entrée : c'était une voiture à essence et elle faisait un bruit plus sourd et plus ronflant que celles qui roulaient au bois ou au charbon. Surtout, elle semblait plus petite et légère sans la bombonne accrochée à l'arrière. Angela avança en jouant des coudes entre ses camarades, juste à temps pour voir sortir du véhicule une dame souriante et très maquillée, noire de la tête aux pieds dans la lumière aveuglante des phares. En revanche, lorsqu'elle commença à monter les marches, on vit distinctement son manteau précieux, en laine épaisse et bordé d'une fourrure blanche de renard, comme son bonnet.

Son mari sortit après elle, les insignes de son uniforme scintillant. Alors seulement le chauffeur repartit, s'arrêtant deux mètres plus loin, à côté de l'aile des cuisines, et il coupa le moteur.

Pendant ce temps la tour résonnait de cris, d'exclamations, de sifflements : il fallait se dépêcher, ils étaient arrivés. La directrice s'excusa promptement, les organisées étaient pressées d'ouvrir les cadeaux. La surveillante la plus docile et soumise ordonna d'un filet de voix de se mettre en ordre de défilé. Elles se rangèrent par deux. Désormais le geste de se donner la main ne servait qu'à respecter les règles : tandis que les doigts s'entrelaçaient, les pensées couraient ailleurs, vers l'envie de manger une plus grosse portion de pâtes, vers la plage où elles ne pouvaient pas aller, vers les draps à tirer au point d'effacer toute trace d'enfants endormies, vers le bulletin de guerre qui chaque soir à la radio annonçait les batailles. Le souffle court et fatigué, les yeux baissés pour retenir la question que personne à la colonie n'osait plus poser : *Quand allons-nous rentrer ?*

Les surveillantes ordonnèrent de rester debout et de se regrouper autour de sa tablée, puis elles apportèrent dans le réfectoire cinq grands cartons qu'elles déposèrent par terre sur une toile blanche.

Les organisées s'inclinèrent devant les invités. Elles applaudirent à l'arrivée de chaque nouveau colis : les petites de quatre ans comme les plus grandes. Les chefs d'escouade s'avancèrent, et parmi elles Sara, munies d'une paire de ciseaux.

Encore une explosion d'applaudissements, la directrice fit un geste vers les cartons et les organisées les ouvrirent, déballant une cargaison de livres. La collection « La Scala d'Oro » faisait rêver tout le monde, expliqua la femme du préfet, elles trouveraient là les fables d'Ésope, de Phèdre, et des trésors de la littérature enfantine ; pour les plus grandes, dans la même collection, il y avait une autre sélection de chefs-d'œuvre tels que *Le Capitaine Fracasse*, et enfin pour les manipules 13 et 14 les lectures indispensables aux jeunes filles bien éduquées et aux futures bonnes fascistes. La directrice respira profondément et, sans laisser place au silence, elle les remercia pour leur générosité en montrant le dernier carton.

« Et maintenant voici un projecteur flambant neuf, avec lequel nous pourrons enfin diffuser dans notre réfectoire monumental chaque nouveau ciné-journal ! Notre meilleure chef d'escouade, enchaîna-t-elle en désignant Sara, aura droit à une brève prise en main avec le projectionniste, M. Mario Dini, qui présentera à partir du 7 janvier les principes fondamentaux du fonctionnement de l'appareil à elle, aux matricules 57-68-03 et 28-94-87, ainsi qu'aux surveillantes, Mlles Rossini et Martinelli, ici au premier rang. Merci à ceux qui pensent et œuvrent pour notre bien, en nous apportant modernité et progrès dans ces temps de guerre incertains. »

Jusqu'à ce moment Sara souriait en contemplant les livres, mais sa joie s'évanouit dès que la directrice la désigna pour le cours de projection. Les organisées se dispersèrent et commencèrent à bavarder. Sara, en revanche, demeura figée, chancelante, jusqu'à ce qu'Angela s'approche.

« Bravo !

— Tu parles, j'ai pas envie d'apprendre ça, moi. Les autres regardent et toi tu changes les bobines et tu rates toute l'histoire.

— Ça doit être amusant. Tu as encore des biscuits ?

— T'en veux ? »

Angela murmura un « oui » convaincu et Sara saisit sa main. Elles étudièrent le tumulte des organisées en liesse et des surveillantes appelant à l'ordre devant les invités. Elles reculèrent sans jamais tourner le dos à l'assistance, rejoignirent ensemble la porte et dans le couloir leurs mains se lâchèrent : elles coururent comme des folles, les bras en l'air, les jambes disloquées, en glissant pour freiner devant les toilettes. Elles s'engouffrèrent en ricanant dans la première cabine et s'enfermèrent, s'efforçant d'ignorer l'odeur âcre de désinfectant qui émanait du sol.

Elles dépliaient un coin de la serviette quand Margherita les interpella tout bas. Angela s'assura que personne n'avait suivi sa petite sœur et l'invita à entrer.

Serrées entre les murs étroits, leur cou et leurs joues effleuraient les carreaux glacés. Sara distribua les biscuits, se gardant le dernier. Elles durent vite choisir entre rire ou manger, et elles dévorèrent à pleines dents. Gorgées de sablés et d'allégresse, enivrées de vanille comme si c'était l'essence même de la jeunesse, croquant et mastiquant, la tension du corps concentrée dans les mâchoires pour engloutir chaque bouchée avant qu'on remarque leur absence au réfectoire, elles en oublièrent de se souhaiter de vive voix un joyeux Noël.

3.

LA STAMPA

Lundi 8 janvier 1941, an XIX

LA CONCLUSION DES ENTRETIENS DE VENISE

Les Balkans, point faible de la politique européenne actuelle.

Ils arrivèrent à la tour au petit matin. Après un voyage de presque deux mois, dirent-ils. Leurs vêtements étaient sales mais pas usés, imprégnés de pluie et de boue.

La femme était petite et blonde, les cheveux rassemblés en chignon et tenus par de vieilles épingles auxquelles trois mèches avaient échappé. Elle regardait autour d'elle, apeurée, et parlait si faiblement qu'il fallait s'approcher pour l'entendre. L'homme, aussi petit qu'elle, portait une veste en cuir totalement hors saison et des godillots de soldat qui le faisaient boiter du côté gauche. Au poignet une montre avec un cadran doré et un bracelet en cuir noir, les aiguilles figées à 11 h 55.

Toutes, y compris Angela, les virent arriver avec une démarche hâtive, sinueuse et irrégulière, suivant le va-et-vient des vagues déferlantes : en descendant la rampe pour assister au lever de drapeau, il était impossible de ne pas les remarquer. Leurs yeux étaient désormais habitués, après plusieurs mois, à regarder en bas, le long de la côte, derrière la tour, là où d'ordinaire il n'y avait que de l'eau, du sable et des enfants, là où les autres colonies se succédaient à l'infini : Ugo Pisa, Ettore Motta, XXVIII Octobre. L'homme et la femme avaient dû toutes les faire et, en parlant avec la Romagnole à travers la grille, ils réussirent à demander l'hospitalité, un peu d'eau et de nourriture, s'ils pouvaient se laver. Ils dirent qu'ils avaient voyagé si longtemps qu'ils ignoraient combien de kilomètres ils avaient parcourus, sans jamais s'arrêter, même la nuit, jusqu'à ce qu'un garçon de ferme les aide en les conduisant à Forte dei Marmi. Elle avait la voix brisée par une toux sèche et insistante, qui surgissait au bout de chaque phrase.

Ils dirent, enfin, qu'ils étaient les parents…

La Romagnole leur intima de se taire, de ne pas donner de nom, il fallait d'abord parler avec la directrice, les visites des parents sans préavis n'étaient pas autorisées et en outre, selon le règlement, ils devaient se soumettre à une quarantaine et à la prophylaxie inscrite dans le manuel des surveillantes de la Jeunesse du Licteur contre les poux, la variole et la rougeole.

Le bouche-à-oreille fut plus rapide que la Romagnole. Francesca capta l'information d'abord, penchée à la fenêtre de sa salle de classe au premier étage. Haletante, elle passa le mot à Rachele qui ne put se retenir et cria qu'il y avait des parents à l'entrée. En quelques minutes les organisées abandonnèrent leurs pupitres et se pressèrent dans la cour. La directrice en personne tenta de les faire remonter à coups de sifflet et en les menaçant de les envoyer dans le trou par groupes de vingt, au pain et à l'eau pendant une semaine, mais ça ne suffit pas à les calmer. Des yeux faméliques, des yeux éteints, des yeux remplis d'espoir. Un pêle-mêle de visages pointés vers le couple derrière le portail fermé par le solide cadenas.

« Où est ma fille ? demanda la femme. Elle n'est pas dans les autres colonies, elle est forcément ici.

— Je ne la vois pas... Elles se ressemblent toutes », dit l'homme en resserrant les paupières, ses doigts sur la grille. Il tira doucement, le cadenas grinça.

La Romagnole sourit, elle soupira et leur dit de patienter. Elle était coincée entre le buisson de laurier-rose et la grille, incapable de traverser la foule des organisées qui chuchotaient à tout-va, sans répondre à leurs nombreuses questions. De sa poche gauche dépassait un livre à couverture jaune, dont on devinait le titre : *Six jours de préavis.*

Dans la horde de bonnets blancs, les trois sœurs se retrouvèrent côte à côte. Margherita parla la première :

« C'est notre maman ?

— Mais non, c'est la maman de Rosa ! répondit Angela.

— J'ai entendu que c'était la maman de Clara, objecta Sara.

— Je crois que c'est mon papa, intervint Francesca.

— Non, non, n'importe quoi, c'est le mien, je le reconnais ! enchaîna Rachele.

— Je savais que des parents allaient arriver. Je l'ai vu dans la tasse de café, s'écria Luisa.

— Quelle tasse de café ? On n'en boit pas, du café ! la rabroua Sara.

— Je l'ai vu dans le fond du café de la Fluette. Elle laisse toujours un peu de sucre dedans. Le sucre, c'est le symbole de la maison.

— De toute façon ce ne sont pas tes parents, qu'est-ce que ça peut te faire ? »

Angela cessa de les écouter et continua à fixer l'homme et la femme, quel miracle de voir à nouveau un papa et une maman !

En les poussant avec fermeté, on les rassembla dans le réfectoire et la demoiselle aux yeux bleus fut chargée de les surveiller. Quand la porte se referma, l'ordre fut d'entonner tous les chants qu'elles avaient appris par cœur. Angela bougeait les lèvres, juste assez pour faire illusion, avec l'impression d'avoir imaginé cette scène : quelques instants plus tôt elles étaient en classe et maintenant il y avait ce couple au portail, à la fois étranger et familier.

Puis, une demi-heure après, la porte du réfectoire s'ouvrit.

Les fillettes se levèrent d'un bloc et coururent, Angela en tête, vers les bureaux. Chaque détail resta gravé en elle tel un cauchemar.

Clara sortit du bureau de la directrice et ils la tenaient par la main. Et ce geste disait que c'étaient *son* papa et *sa* maman, ils cessaient sur-le-champ de ressembler aux parents des autres, pourtant plus d'une avait prétendu dur comme fer que sa mère avait ce même visage, cette coupe de cheveux, cette toux déchirante. La famille réunie avait réveillé la sensation de chaleur et d'oppression, l'envie de grandir qui au fil des mois avait cédé la place à l'envie de se faire border dans son lit, de se faire coiffer, tailler une robe sur mesure. Sara aussi aurait hésité, si elle les avait vus, mais elle consolait une fille de son manipule qui, submergée de tristesse, s'était précipitée aux toilettes, et quand elle réussit à les voir ils souriaient déjà tous les trois du même sourire. Clara leur envoya des bisous avec la main avant de disparaître dans le nouveau monde, franchissant le seuil en direction du jardin.

Les organisées se dispersèrent et les trois sœurs restèrent ensemble.

« Notre maman aussi a les cheveux blonds ? demanda Margherita.

— Mais non, elle a les cheveux noirs ! répondit Sara.

— Et quand est-ce qu'elle va venir nous chercher ?

— Elle ne peut pas venir, à cause de la guerre. On doit être patientes, expliqua Angela.

— Comment être patientes ? On n'a même plus de pâtes dans la soupe. C'est une punition d'être ici. Je sais que je l'ai méritée, j'ai été méchante avec maman, je l'ai mise en colère. Mais toi tu as toujours été sage, et toi aussi Marghe, dit Sara. Et si on s'échappait ? Si on allait la retrouver ?

— Maman t'a dit de nous protéger et tu veux nous emmener au milieu des bombes ! lança Angela.

— Tu veux rester ici pour toujours ?

— Attendons l'été. Peut-être qu'entre-temps la guerre finira. Et que maman répondra à notre lettre. »

4.

LA STAMPA

Jeudi 16 janvier 1941, an XIX

ACTIVITÉS D'ARTILLERIE ET DE PATROUILLE DANS LES RÉGIONS DE TOBROUK ET D'AL-JAGHBOUB

Endurance à la guerre et santé de la race

Un rapport rédigé par le Gouvernement de Vichy [...] établit que [...] la décadence physique a été un facteur important dans la défaite subie par le peuple français.

Il abandonne femme et enfants et se marie sous un faux nom

Sous un ciel de plomb s'écoulait l'après-midi de guerre, et malgré la menace de la pluie imminente les Petites Italiennes jouaient à la marelle avant que les gouttes d'eau effacent les cases sur le sol. Elles jouaient toutes, sauf Angela, comme c'était devenu la norme depuis que Sara avait décidé que si elles ne pouvaient pas parler d'évasion, alors elles ne pouvaient parler de rien. Ainsi la cadette était assise sur les marches de la tour et fixait les organisées, en disant qu'elle les rejoindrait, qu'elle voulait juste se reposer, pour finalement rester là jusqu'à ce qu'elle ait besoin d'aller aux toilettes ou que retentissent les sifflets des surveillantes.

Francesca et Rachele vinrent la chercher. La Romagnole exigeait que trois volontaires du 10e manipule aillent cueillir des mûres et des pissenlits, car le ravitaillement en fruits et légumes était suspendu depuis trois jours.

« Allez-y, je vous rejoins », fit Angela, mais Francesca répliqua que l'ordre était clair et que si elle n'obéissait pas la Romagnole l'enverrait chez la directrice.

Elles avançaient dans la pinède où arbres, arbustes et clairières attendaient la fin de la guerre, tout comme elles. Sur les bords du terrain le jardinier contrôlait la solidité des branches les plus proéminentes. Dans l'air, l'odeur bleue de la résine et verte de l'herbe mouillée. Un moineau sautilla d'une branche à l'autre à leur passage, semblant d'abord les saluer, puis les fuir en s'envolant à tire-d'aile.

« On lui a fait peur », dit Rachele. Elle éternua, renifla et s'essuya avec sa manche.

Francesca retira de sa semelle un peu de boue et de feuilles sèches et ajouta :

« Qui sait. Il avait peut-être juste envie d'aller ailleurs.

— Moi aussi j'aimerais avoir des ailes. Pour pouvoir vivre dans les arbres et respirer le parfum des pins.

— Moi je sais grimper aux arbres, même si je ne suis pas un oiseau.

— N'importe quoi.

— Regarde ! »

Rachele courut jusqu'à un énorme magnolia dont les branches formaient une échelle de verdure dressée vers le ciel. Elle l'escalada à toute vitesse et héla ses amies.

« On doit chercher des pissenlits », rappela Angela, mais Francesca avait déjà accroché son sac à un buisson pour rejoindre le magnolia.

Angela s'assura avec une extrême vigilance qu'aucun œil adulte ne les observait et, quand elle en eut le cœur net, grimpa à son tour.

Si une surveillante était passée par là, à cet instant, elle se serait étonnée de ne pas les trouver, elle aurait pensé qu'elles avaient fugué. Une oreille attentive, cependant, aurait pu entendre leurs chuchotements.

L'arbre parlait.

Il avait trois voix, trois voix d'enfant.

Un gazouillis de syllabes. Rachele sur la branche la plus haute, Francesca juste en dessous, et plus bas Angela. Elles s'installèrent avec précaution, en ramenant leur pèlerine sous leurs fesses.

« *Cui-cui-cui*, fit Rachele en riant. Maintenant j'ai des ailes et je vais m'envoler.

— Attention aux avions qui lâchent des bombes…

— Je vais voler très loin, où il n'y a pas la guerre. Je vais retrouver ma maman. Comme Clara.

— J'ai pas envie de rester là, je veux descendre, murmura Angela. C'est contre le règlement !

— Moi aussi j'aurais voulu que ce soient mes parents, tu sais, mais tu ne peux pas continuer à bouder comme ça, glissa Rachele.

— Je ne boude pas », nia Angela, une fossette sur la joue.

Elles se turent quand, au pied de l'arbre, les feuilles tremblèrent et Margherita apparut, entre la terre et les cailloux, en criant qu'elle les avait trouvées, elle savait qu'elles étaient là !

« Pourquoi vous vous cachez ?

— On ne se cache pas. Bon, on descend maintenant ? Il faut finir notre cueillette », les pressa Angela.

Sa sœur se hissa de branche en branche, elle se dressa pour effleurer Rachele, puis elle se laissa glisser pour s'asseoir à côté de Francesca. De là, elle caressa la tête d'Angela.

« Sara m'a fait un dessin de l'amazone.

— C'est qui l'amazone ? demanda Francesca.

— Personne. Ne l'écoute pas, c'est une invention de Sara.

— Les demoiselles seraient terrorisées si elles voyaient une amazone ! » s'exclama Margherita. Puis, se rendant compte qu'elle parlait fort, elle baissa la voix : « Elles ne savent même pas monter à cheval !

— Le meilleur cavalier, affirma Rachele, c'est le Duce.

— Allons-y, trancha Angela en descendant prudemment, un pied après l'autre. Pourvu qu'on trouve des pissenlits parce que la soupe à la menthe, ça me donne encore plus faim. »

Le lendemain matin, Angela croisa Sara qui rayonnait de joie : ce changement d'humeur était lié à sa première leçon avec le projectionniste et à la stupeur d'avoir appris à faire fonctionner l'engin. Au déjeuner, entre les maigres portions de l'entrée et du plat principal, les surveillantes les autorisèrent à changer de table et à échanger un peu entre sœurs. Elles virent Sara mimer quelque chose de grand et de puissant en gesticulant des bras, et elles imaginèrent qu'elle décrivait la magie du cinéma. En commençant à l'écouter, c'est aussi ce que crut Angela.

En fait il s'agissait du projectionniste, jeune comme un papa, plutôt petit et pas très bavard. Pour mieux travailler, une fois déchargé son attirail, il avait ôté son pull d'un coup – un feu semblait courir dans ses veines –, puis il avait sorti le projecteur de son carton : une machine de vingt kilos soulevée comme un sac de patates.

Avec Sara, fatiguée et renfrognée, il y avait Monica et Ilaria, qui ricanaient, impatientes d'apprendre à projeter pour pouvoir admirer plein de beaux acteurs. En réalité, Ilaria n'admirait qu'un seul homme : celui aux commandes.

Tandis que le projectionniste s'agitait, contrôlant leviers et boutons, une surveillante du 3e manipule était arrivée : calme et discrète, elle ne faisait pas de bruit même en marchant, au point que les organisées ne lui accordaient aucune autorité. En effet, Sara poussa un soupir d'ennui prolongé. Au lieu de la réprimander la jeune femme sourit, embarrassée, aux autres chefs d'escouade, puis elle haussa les épaules. Assise à l'extrémité d'un banc contre le mur du réfectoire, elle attendit qu'une collègue s'installe sur la partie inoccupée. Quand l'homme s'était mis en débardeur, elle avait baissé les yeux en susurrant « Merci, c'est très gentil, merci pour votre disponibilité » et à la fin le projectionniste avait dit : « On me paye, mademoiselle, sachez-le, ce n'est pas qu'une affaire de disponibilité, avec une femme enceinte et trois enfants, je ne crache pas sur quelques lires de plus, et ces leçons sont bien payées. Le préfet est un brave homme, très généreux. »

Il tourna le dos à son assistance et se dirigea vers le mur opposé, en comptant ses pas avec ses doigts. Une fois mesurées les distances, il recula de cinquante centimètres la table avec le projecteur et les outils qui tintèrent sous la secousse brutale.

« Bien, réfléchissons. Avant de commencer, avez-vous des questions ? »

Les organisées échangèrent des regards incertains, trop habituées à écouter désormais pour parler sans hésitation. Sara soupira encore, elle resta un moment la bouche ouverte, puis lança :

« Nous aussi on pourra faire ce métier quand on sera grandes ?

— Non, c'est un métier d'homme ! » s'empressa de répondre la surveillante en se levant. Sa voix n'était pas hostile mais compréhensive. Elle posa une main sur son épaule et murmura : « Mais en temps de guerre, il faut savoir tout faire.

— Vous êtes déjà allé dans cet endroit où on fait les tournages ? À Livourne ? demanda Monica pendant que le projectionniste sortait de sa sacoche en cuir des ciseaux, de la colle, un tournevis et des clés anglaises, disposant le tout sur la table avec les bobines dans leurs boîtes en carton blanches où étaient inscrits au feutre les titres des films suivis d'une série de chiffres.

— Tu veux parler de Pisorno. J'y ai travaillé, figure-toi. J'ai plein de pellicules qui ont été tournées à Pisorno, on va en projeter une pour s'entraîner. Comme vous le savez, le ciné-journal est notre priorité. Alors, mademoiselle, si vous êtes d'accord on va commencer par un exercice pratique, c'est la meilleure façon d'apprendre.

— Bien sûr, bien sûr, faites donc. »

À cet instant entra dans la salle la Romagnole, suivie d'un sillage de parfum à la rose, la chemise ouverte sur son décolleté. Elle mangea des yeux le projectionniste et lui glissa en riant :

« J'ai bien envie aussi. D'apprendre à projeter, je veux dire. Vous me montrerez ? »

Sara observa la scène, étonnée, en essayant de comprendre pourquoi cet homme trapu, clairement laid, faisait rougir la Romagnole avec son regard appuyé, elle qui ne rougissait jamais. L'autre surveillante demanda timidement si on pouvait reprendre la leçon, en précisant : la leçon pour les organisées.

« Alors, qu'est-ce qu'on regarde aujourd'hui ? » l'interrompit la Romagnole, en retirant la première boîte blanche des mains du projectionniste. Leurs doigts s'effleurèrent plus qu'il n'était nécessaire et il parut rougir à son tour. « Une belle histoire, s'il vous plaît. J'adore Vittorio De Sica. *Monsieur Max*, oh, quelle merveille ! Et lui, quel talent ! Il est vraiment au-dessus des autres. Vous l'avez, *Monsieur Max* ?

— Non, je ne l'ai pas malheureusement... J'ai apporté les pellicules qui ont été réalisées près d'ici, à Pisorno. Les petites ont l'air de s'y intéresser. »

La Romagnole alla s'asseoir sur le banc, sans oublier de pousser un soupir langoureux. Il récupéra sa boîte en susurrant que pour De Sica ils pouvaient s'arranger, et Sara eut le temps de lire le titre souligné d'un mince trait rouge sur le côté, écrit à la main et en majuscules : *Les Amazones blanches*, 1936.

« Blanches ? fit-elle, semblant s'adresser à elle-même, le cœur battant la chamade.

— Blanches parce qu'elles sont... elles sont comme nous. Et puis parce que tout a été tourné dans la neige.

— Ici, il va bientôt neiger. Il neige souvent à Pisorno ? demanda Monica.

— Non, c'est de la fausse neige, elle est fabriquée juste pour le tournage. Mais en le regardant on ne s'en rend pas compte, ne t'inquiète pas. Sara, donne-moi un coup de main avec le projecteur, qu'on montre à tes amies comment ça fonctionne.

— Ce ne sont pas mes amies, elles font partie d'un autre manipule.

— Viens ici », dit-il en lui prenant la main.

La Romagnole poussa un petit cri aigu pour l'exhorter à ne pas faire tant de manières, puis elle la regarda de travers quelques secondes et toussota.

« La pellicule c'est comme une peau très fine, à la fois ferme et délicate. Il faut faire attention à l'ordre dans lequel tu l'insères dans tous ces engrenages. Si tu te trompes, la bobine tourne dans le mauvais sens et prend feu. Tu comprends ? Et si tu l'approches d'une flamme aussi elle prend feu. Donc les pellicules doivent rester loin des cuisines et des poêles, sinon danger. Car de même que la peau se blesse, la pellicule peut se déchirer. »

Sara se laissa guider tandis que le projectionniste tenait sa main et l'aidait à tirer la bande, à l'insérer sous le levier, à la faire passer délicatement dans le jeu d'engrenages, comme pour caresser le projecteur avec, et enfin à la caler sur le dernier galet, avant de vérifier le sens et de mettre en marche l'appareil. Elle aurait voulu lui dire qu'il lui rappelait son papa, et lui demander s'il aimait raconter des histoires à ses enfants, s'il se préparait à en raconter à celui qui allait arriver, mais les yeux de l'homme la traversaient, dénués de sentiments, alors elle se concentra sur les exercices mécaniques, au moins décidée à obtenir le titre de meilleure projectionniste de la colonie.

Ils insérèrent et retirèrent la bande des dizaines de fois, jusqu'à ce que les trois organisées parviennent à reproduire fidèlement les gestes du projectionniste officiel. Les mains de Sara tremblaient d'impatience.

Le titre du film l'obsédait.

Elle s'attendait à voir apparaître des cavalières mais quand l'homme laissa défiler les images sur le mur, prirent forme des visages de femmes élégamment vêtues, comme l'épouse du préfet, fascinantes et amoureuses d'un homme qui ressemblait au jardinier ou au cordonnier.

« Ce sont elles, les amazones ? demanda Sara.

— Oui, oui... vous regarderez la suite plus tard. Maintenant passons du long-métrage au ciné-journal. »

Il prit une bobine plus fine et ce fut à Ilaria d'essayer de la charger correctement, pour ensuite lancer la projection.

Le titre : *ROME, des hiérarques en marche,* le Duce en tête qui piochait la terre du nouveau cours du Tibre, dévié des prairies de Tor di Valle à Mezzocammino et raccourci de 4 226 mètres.

« Qu'il est beau ! » soupira Ilaria à voix basse, mais pas assez pour ne pas se faire entendre.

Le ciné-journal décrivait les travaux de construction de l'aéroport de la Magliana commencés en 1937.

« Bon, maintenant à toi Monica, prends l'autre bobine. C'est bien. »

Ciné-journal de 1939, visite de l'oasis de Koufra.

Vol au cœur du désert libyen.

À la vue de ce paysage, les apprenties poussèrent des exclamations de stupeur.

« Oh, on voit peut-être ma maison… », dit Ilaria.

Le visage d'Italo Balbo, l'Empire qui avance, les étendues de maisons et l'aéroport au milieu du désert, blancheur et palmeraies, ombres et arcades.

« *Une profusion de palmiers ombrage l'oasis.* »

Une femme à la carnation sombre, drapée de mille étoffes, un panier de dattes fraîches sur la tête. L'image disparut aussitôt, mais Sara l'avait reconnue et le reste ne l'intéressait plus. Elle n'avait d'yeux que pour elle et soudain le projecteur et la leçon étaient devenus importants : ils prouvaient qu'il y avait les vraies amazones et les autres.

« On peut arrêter l'image ? lança-t-elle.

— Bien, Sara, très bien, tu commences à comprendre. Oui, si besoin, on peut faire un arrêt sur image, comme ça, tu vois ?

— Et revenir en arrière ? »

Il expliqua que cela demandait une bonne dose de patience. On pouvait rembobiner en faisant attention : la bande défilait à des vitesses différentes entre les engrenages, et si elle était plus lente ou plus rapide on entendait moins bien les voix des commentateurs.

Sara suivit l'opération, le retour aux plans de l'hôpital, la péniche blanche, les ombres, les arcades. L'étendue de palmiers. Les dattes. L'amazone. Était-ce la *sienne* ? La caméra avait éteint les couleurs de son corps mais le regard insistant sur l'objectif et les spectateurs demeurait intact, pour rejoindre, à travers le temps et l'espace, une enfant perdue au milieu de la guerre.

Angela écouta la fin du récit bouche bée. Quand Sara lui demanda si elle voulait voir l'amazone, d'instinct elle secoua la tête : c'était contre le règlement. Puis elle se ravisa.

« Bon, d'accord.

— Dans une demi-heure je dois aller m'exercer, tu peux venir avec moi. »

Ainsi elles retournèrent au réfectoire, les longues tables avec les chaises posées dessus, au fond le projecteur. Angela était tentée de révéler son secret, qu'elle avait suivi Marì la nuit, qu'elle avait peur d'être arrêtée elle aussi, et que pour cette raison elle voulait montrer comment elle respectait bien le règlement. Mieux que tout le monde, mieux que Sara même. Mais quand sa sœur lança le reportage et que s'animèrent l'oasis et sa profusion de palmiers, un pincement figea les mots dans sa gorge et l'empêcha de parler, secrets et confidences s'évanouirent en un éclair, effacés par le désir vain de traverser l'écran improvisé et de s'aventurer dans ce monde en noir et blanc où, quelque part, l'attendait sa maman. Ses pensées filtrèrent en une unique syllabe, une invocation bredouillée à la Madone, aussitôt transformée en un bourdonnement privé de sens. Sara poussa un petit cri à l'apparition de cette femme qui, en effet, pouvait être leur amazone, mais qui pouvait également ne pas l'être, dit Angela en scrutant les personnes autour.

« Tu n'as pas vu papa et maman sur les images du marché ?

— Mais qu'est-ce que ça peut faire ?

— Remontre-les-moi, il faut chercher.

— S'ils y étaient je te l'aurais dit.

— Non, parce que tu penses qu'à ton amazone. »

Sara passa une main sur son visage et poussa sa sœur loin d'elle, avec force, comme pour écarter un danger. Puis, avant d'éteindre le projecteur d'un coup, en tirant sur la prise, elle grommela sèchement : « Pourquoi on ne m'a pas envoyée dans une autre colonie… ? »

5.

LA STAMPA

Vendredi 14 février 1941, an XIX

LES RENCONTRES ENTRE LE DUCE ET FRANCO

Deux vapeurs coulés par les Allemands bloquent le Canal de Suez

Violentes frappes de la Luftwaffe sur Malte et la Cyrénaïque.

Dans l'aile droite, au premier étage, en vidant les chambres simples de certaines surveillantes qui durent se mettre par deux, on avait installé des salles de classe. Des bureaux vieux de cent ans derrière lesquels rêver les yeux ouverts à la vie qu'elles ne vivaient plus : l'école du village, au retour les sentiers jusqu'à la maison ; seules les pages des manuels restaient les mêmes. Sur le sien Angela avait dessiné une fleur autour de l'année d'impression. Le maître ne l'avait pas remarquée, il était tellement différent de l'expert en tortues du quatrième rivage. C'était un monsieur d'au moins cinquante ans au langage pompeux et aux grandes moustaches grises retroussées, un parent éloigné du roi. En classe avec lui elles étaient dans une autre dimension, où la guerre n'existait pas, où il fallait seulement écrire dans un italien correct, avoir de bonnes notes et se distinguer. « Ta maman serait fière », leur disait-on. Ainsi Angela étudiait avec application, elle avait eu 10 sur 10 à sa rédaction sur l'Empire et le sacrifice des parents qui s'étaient privés de leurs filles. Sara, en revanche, avait rendu copie blanche et la Romagnole l'avait punie en lui faisant éplucher les carottes.

Les organisées du 1er manipule, âgées de cinq ans à peine, ne devaient pas étudier ; tout au plus, entre deux dessins, elles apprenaient les lettres de l'alphabet et les nombres. Après les leçons, Margherita achevait ses sœurs en les pressant de questions sur les cahiers, les encriers, le tableau, mais Angela voulait savoir ce qu'elle avait appris, alors la cadette lui montrait un tas de feuilles toutes semblables, sur lesquelles elle avait essayé de tracer le peu de lettres qu'elle connaissait : son initiale, c'était facile, elle la voyait sur les uniformes, sur les murs, les couverts, et même aux coins des rues en allant à la messe le dimanche matin. Sur le papier les lettres devenaient vite des images : la messe une église, le matin un soleil haut dans le ciel. Margherita aurait voulu savoir écrire ces mots en entier et ses sœurs l'avaient narguée, elle verrait bientôt si c'est amusant quand le maître te met 5 sur 10 ou quand il te tape sur les doigts à la moindre erreur d'arithmétique. Pourtant un jour, l'horloge indiquait 8 h 30, la maîtresse des Filles de la Louve tardait à arriver, alors sans demander la permission, espérant qu'on ne l'enverrait pas dans le trou pour si peu, Margherita sortit dans le couloir.

Par la porte entrouverte elle vit que la classe des Petites Italiennes était plus grande, les rangées de pupitres longues et serrées. Le maître aux moustaches retroussées écrivait une phrase au tableau. Angela était assise au deuxième rang à côté de la fenêtre, s'efforçant de suivre les explications et de rattraper tout ce que, à la maison, en manquant des semaines d'école, elle n'avait jamais appris. Elle ne s'aperçut de rien, jusqu'à ce que du coin de l'œil elle devine un corps en mouvement : profitant que le maître avait le dos tourné, Margherita s'était faufilée dans la salle – pas de velours et index sur les lèvres –, pour aller se cacher derrière une chaise.

« Maintenant, interrogation ! »

Luisa frémissait et s'agitait pour être interrogée.

« Silence ! » intima le maître en frappant sur l'estrade avec sa baguette en bois avant de se retourner pour effacer le tableau. Margherita recula encore, tandis que les élèves lui murmuraient qu'elle était folle, qu'elle devait sortir tout de suite ; une organisée aux oreilles décollées et aux cheveux noirs, un mince duvet sur son crâne rasé, tenta de lui faire un croche-pied.

Margherita avait atteint le dernier rang, où une chaise libre près d'une étagère semblait l'attendre. Elle la déplaça avec précaution.

« C'est mon bureau ! » siffla entre ses dents l'organisée assise sur la chaise voisine. Ses cheveux blonds avaient repoussé d'au moins un centimètre depuis le dernier rasage et elle avait l'air d'un hérisson albinos.

« Je veux juste écouter la leçon, je ne vais pas t'embêter, chuchota Margherita en indiquant sa plume et son cahier. Je peux essayer ?

— Non », répondit l'autre en lui donnant un coup de coude, très léger, pour l'éloigner.

Quand le maître demanda s'il y avait une autre volontaire, Margherita se leva d'un bond. Un silence glacial envahit la classe tandis que l'instituteur la regardait en battant des paupières, une, deux fois, et en lui ordonnant de se dépêcher, car ils n'avaient pas toute la journée.

Margherita courut au tableau et saisit la craie ; elle était étrange entre ses doigts, elle laissait une pellicule à la fois lisse et râpeuse. L'espace noir, vide, attendait sa main inexperte, alors s'éleva la voix de Luisa :

« C'est pas juste ! Elle n'est même pas de notre classe ! Elle ne doit pas faire ces exercices ! »

Le maître fixa l'élève qui soufflait et ronchonnait coincée derrière son pupitre, il lissa ses moustaches, retira la craie des mains de Margherita et la toisa de la tête aux pieds.

« Organisée, quel est ton numéro de matricule ? »

La fillette observa le groupe de Petites Italiennes qui semblaient soudain grandes comme les arbres de la pinède, et fortes comme les pirates du cinéma, Luisa prête à l'étrangler.

De sa rangée, Angela, les yeux brillants, dit en s'adressant à Luisa :

« Interrompre les leçons est interdit par le règlement ! Tu aurais dû lever la main ! Les chemises noires vont venir te chercher ! »

Ensuite, tout se passa très vite : Margherita attrapa le chiffon, elle visa loin, vers Luisa, et elle le lança. Sans regarder si elle avait atteint sa cible, elle se précipita dans le couloir et poussa la porte de sa classe. Sa place au premier rang était toujours là et elle alla s'asseoir, essoufflée et les yeux gonflés, pendant que la maîtresse lui demandait où elle était et qu'elle bredouillait une excuse, un mensonge, l'envie de faire pipi, les toilettes.

De l'autre côté du mur, le chiffon était encore par terre, derrière Luisa, qui s'était penchée pour l'éviter, et Angela dut le ramasser. Le maître la menaça de coups de baguette si elle agressait à nouveau ses camarades et il la mit au piquet, au fond de la salle.

Durant le reste de la leçon, un marmonnement inquiet continua à serpenter entre les élèves, et des messages secrets découpés dans les dernières pages des cahiers circulèrent de bureau en bureau, tandis que Luisa faisait l'exercice au tableau, sous le regard absent du maître.

Ce jour-là toutefois le destin ne semblait pas vouloir que les leçons suivent leur cours régulier d'explications et d'attente spasmodique du déjeuner, car une demi-heure après, quand Luisa regagna sa place, se présenta à la tour une délégation de Balilla.

Elles les aperçurent depuis le premier étage. Des garçons tels des soldats de plomb qui marchaient sur le bord de mer et longeaient le périmètre de l'enceinte pour enfin déboucher de la végétation de la pinède, alors que les horloges indiquaient 11 h 01.

Dans la classe des organisées de neuf et dix ans, avant même que les mains se lèvent pour demander la permission de descendre – permission que l'instituteur n'avait aucune intention d'accorder –, Sara s'employa à arracher le bouton de sa jupe, et elle feignit d'avoir perdu l'unique attache d'un vêtement déjà large pour son corps aminci par la diète forcée de la guerre.

« Je ne sais pas où je l'ai perdu, dit-elle en abaissant sa voix implorante, si les demoiselles me voient… »

Le jeune maître, imberbe et rachitique, qui paraissait lui aussi avoir besoin d'une cure héliothérapique, se laissa attendrir et lui donna dix minutes pour descendre chercher un nouveau bouton et remonter avant qu'ils commencent à lire un texte sur le Risorgimento. Il lui intima de ne pas en profiter pour bavarder avec les surveillantes, en lui rappelant que si elle traînait dans les couloirs il lui mettrait un 2 de conduite. La menace ne produisit aucun effet sur Sara, qui l'oublia aussitôt sortie de la classe et courut au rez-de-chaussée, sa main droite détachant l'épingle de son écharpe pour la fixer à la boutonnière de sa jupe.

Ils étaient alignés devant elle tandis qu'un homme vociférait dans le bureau de la directrice, un discours qu'aucun d'eux n'aurait dû entendre.

« À nous ! » lui lancèrent-ils en guise de salut. Sara se taisait. Elle s'approcha et tourna autour des garçons comme si c'étaient des animaux dans un zoo.

L'uniforme des Balilla lui rappelait également la maison, les cérémonies du samedi matin.

« Sur ordre exprès du Commandement provincial ! Il va falloir les entraîner au mieux, les principales autorités seront présentes. Une récompense est prévue pour motiver nos organisés. »

La directrice répondait d'une voix soumise, pendant que Sara étudiait les uniformes de près. En tous points identiques à ceux des Balilla de son école, mais plus neufs et moins froissés.

« Vous repassez vos vêtements ? demanda-t-elle, et personne ne répondit. Nous, ici, on lave, on repasse, on coud. Et on tricote aussi des chaussettes pour les soldats au front. Vous y allez, au front ?

— Dès qu'on aura l'âge, affirma le dernier de la rangée en regardant droit devant lui, le torse bombé et la tête haute.

— Mais la guerre ne va pas durer toujours.

— La guerre durera le temps nécessaire au triomphe de l'Empire », répliqua le premier de la rangée.

Sara le rejoignit, elle le fixa et lui rit au nez.

« La guerre va bientôt finir et on va rentrer chez nous !

— Je ne veux pas retourner en Libye, moi, je veux aller à Turin ! » s'exclama un garçon au visage poupin et rougeaud.

Sara le regarda mieux. Elle lui ôta son bonnet, le lui remit et soudain elle le reconnut :

« Agenore ! Salut ! »

Elle enfonça un doigt dans ses joues, comme si c'étaient deux boules de glace. Elle rougit en le touchant ainsi et se rendit compte que, s'ils avaient été seuls, elle l'aurait pris dans ses bras ou lui aurait fait un bisou. Il s'illumina et lui sourit ; il redevint sérieux quand ses camarades commencèrent à ricaner et, avant qu'ils puissent dire quoi que ce soit, il les rappela à l'ordre, d'une voix forte, en répétant les consignes de leur vice-commandant. Ses joues tremblèrent lorsqu'il souffla en guise de conclusion et les Balilla reformèrent leurs rangs, les mentons à nouveau relevés, les mousquets le long du corps, les bras immobiles.

Sara s'étonnait encore de ce face-à-face après des mois passés sans voir de garçons, elle glissa qu'ils étaient beaux, qu'ils se portaient bien, très bien, comparés aux organisées de la tour tellement maigres désormais, et elle leur demanda s'ils avaient de la chicorée dans la soupe.

« La gamelle n'est pas essentielle dans la vie du vrai Balilla. La gamelle, c'est ordinaire », répondit le premier de la rangée.

Sara le toisa de haut en bas, il n'avait pas l'air sympathique d'Agenore et ne lui faisait clairement pas le même effet : elle aurait voulu le gifler plus que l'embrasser. Elle lui demanda néanmoins comment il s'appelait.

« Balilla Pacinelli Giancarlo.

— Tu ne peux pas dire juste Giancarlo ?

— Non, c'est comme ça qu'on dit.

— Bien, Balilla Giancarlo, que faites-vous ici ?

— Notre vice-commandant s'entretient avec votre directrice, sur une question d'urgence majeure : l'ordre a été donné d'organiser un concours. Une compétition entre les colonies pour la fin du quadrimestre, en avril. Le concours de la meilleure parade.

— Et qu'est-ce qu'on gagne ?

— Il y a une belle récompense... mais on ne sait pas encore laquelle.

— Bah, défiler, c'est facile, lança Sara en manipulant des bâtons invisibles comme elle l'avait appris à six ans, lors du premier anniversaire de la fondation de l'Empire. *Hop !* et là, on se donne la main et on fait une ronde toutes ensemble.

— Nous, les Balilla, on ne se donne pas la main. »

Sara commença une nouvelle chorégraphie et, après une pirouette, ses yeux s'arrêtèrent sur un illustré qui dépassait de la poche d'un des garçons.

« C'est quoi ça ? » demanda-t-elle en attrapant le fascicule.

Sur la couverture trônait le mot *L'ASTUCIEUX*, et dessous en petit le titre de l'histoire : *Tarzan*. Les bords étaient cornés et, au milieu de la troisième page, une goutte d'eau avait fait une grande tache ronde sur la vignette où Tarzan fendait un tronc d'arbre d'un coup de pied. Huit pages colorées au fil desquelles Tarzan bravait tous les dangers, accompagné d'une fille en combinaison moulante bleu et rouge, un diadème argenté dans ses cheveux longs et sombres. En dernière page, il y avait aussi une colonne avec l'extrait d'un roman intitulé *Le Pays sans ciel* de Giorgio Scerbanenco.

Sara approcha les pages de ses yeux et étudia le texte en détail, puis elle revint aux dessins, au bijou surtout et à la fille très belle, comme une star de cinéma.

« Mais elle a jamais lu *Tarzan* ? se moqua le Balilla.

— Bon, ce numéro est très vieux, expliqua Agenore, on le connaît par cœur, un garçon du 7e manipule nous l'a donné il y a un mois. Dès que mon papa m'envoie de l'argent, je m'en achète un nouveau. »

Sara était arrivée à la page 4, en sautant des mots, juste pour comprendre le sens de l'histoire.

Agenore en profita pour dire :

« On peut leur laisser. Ce sont des filles, elles n'ont même pas de mousquet.

— J'aimerais bien avoir un mousquet, moi ! fit Sara. Dans mon village, mes camarades de classe en avaient mais… avec des fausses cartouches. »

Agenore avança d'un pas pour montrer son arme. Il lui expliqua qu'il fallait en prendre soin chaque jour, la nettoyer et la ranger dans son étui. S'assurer qu'elle ne s'enraye pas. Et qu'elle ne tombe pas entre de mauvaises mains.

« À quoi ça sert d'avoir un fusil si vous ne pouvez pas l'utiliser pour de vrai ? » demanda Sara, mais la voix de la directrice résonna dans le hall, telle une mitrailleuse, tandis que la grande porte s'ouvrait lentement.

Sara détala, en serrant contre elle Tarzan et l'héroïne au diadème argenté, pour aller se cacher dans les toilettes. Tapie dans un coin, elle écouta les politesses adressées au vice-commandant qui prenait congé, puis les pas des Balilla qui s'éloignaient de la tour. Alors elle se leva et courut réclamer une aiguille et du fil pour recoudre son bouton.

Elle regagna sa classe à la dixième minute, s'assit à son bureau, des garçons en uniforme plein les yeux, entre huit et quinze ans, petits grands ronds minces, et pour finir elle regretta de ne pas avoir demandé si dans leur colonie aussi il y avait un trou, s'ils y étaient déjà allés, et si les enfants en ressortaient étranges, inversés, comme on le racontait, puis elle espéra les revoir pour enfoncer à nouveau son doigt dans la joue tendre d'Agenore.

6.

LA STAMPA

Samedi 1er mars 1941, an XIX

146 000 TONNES DE NAVIRES COULÉS EN 24 HEURES

La fin de l'Angleterre et de son empire.

Blindés britanniques bombardés en Libye par des avions italo-allemands

---

Nouvelles attaques sur Koufra et Al-Jaghboub repoussées – En Somalie : Mogadiscio évacuée, la bataille se poursuit.

Le compte à rebours pour la parade avait été inscrit sur les bordures blanches des pages d'un vieux quotidien, et chaque jour elles calculaient combien de temps il restait.

Ce matin-là, Margherita se regardait une dernière fois dans le miroir des toilettes avant de descendre. Elle était habillée à la perfection, les surveillantes la féliciteraient. La directrice aussi sans doute. Elle lissa sa jupe avec ses mains, tentant de faire disparaître un pli rebelle, puis elle observa les organisées qui lui tournaient autour.

« Quoi ? lui dit Sveva. T'as un problème ? Tu veux ma photo ?

— Non, je ne veux pas ta photo.

— Si, t'arrêtes pas de nous regarder, moi, Enrica et Monica. De toute façon, tu ne seras jamais aussi belle que nous. »

Margherita se retint de rire, mit ses mains sur ses hanches et se rengorgea comme le paon qu'elle avait vu dans le manuel d'Angela.

« C'est pas parce que vous êtes belles, c'est pour voir si vous respectez le règlement. Sinon je vais le dire à la directrice.

— Bien sûr qu'on respecte le règlement.

— Mais ta ceinture est mal mise, le nœud est de travers, tu dois le serrer plus. »

Sveva ouvrit la bouche pour répliquer et n'émit qu'un son étranglé : le bandeau autour de sa taille était tout tordu. Elle s'approcha du miroir pour l'ajuster mais il fallait faire la queue. Elle doubla tout le monde et commença à tirer sur sa ceinture, pendant que les organisées protestaient en disant que c'était toujours la même arrogante, et qu'en plus elles allaient juste au réfectoire qui pour un après-midi se transformait en cinéma.

Appuyée contre le mur, Margherita continuait à observer le reflet de Sveva dans le miroir. Elles se défièrent d'un coup d'œil. Mais sitôt dans le couloir, Margherita oublia Sveva et sa ceinture pour se mettre à courir, en faisant claquer ses souliers, comme si des avions arrivaient pour les bombarder.

Lorsqu'elles se rassemblèrent dans le réfectoire, Sara était déjà à côté du projecteur. Elle avait été la meilleure apprentie de M. Dini alors, après des semaines d'entraînement, on lui avait confié la première projection officielle. Elle portait une blouse à cinq poches et elle souriait.

« Je peux essayer ? lui demanda Angela, mais Sara secoua la tête et l'éloigna de la table.

— Ne reste pas là, c'est dangereux ! La pellicule peut prendre feu. Va t'asseoir, ça commence dans cinq minutes.

— En vrai, ça commence quand tu veux.

— Justement, dans cinq minutes.

— Pas la peine de faire la fière », lança Angela. Elle lui rit au nez en essayant encore de toucher le projecteur, au moins du bout de son doigt.

Au quatrième rang en partant du fond, Margherita se contorsionnait sur sa chaise pour les voir. Elle aussi aurait voulu s'approcher, parler à Sara, lui poser mille questions sur la machine, les boutons, les manivelles, et en particulier sur la pellicule qu'elle allait projeter. Elle aurait voulu, oui, mais elle n'osait pas.

« Laisse tomber, c'est une fayote, dit Francesca en tirant Angela par l'épaule et en l'emmenant au troisième rang. Elle a léché les pieds de toutes les surveillantes pour arriver là.

— Sara n'est pas une fayote. Ce sont les surveillantes qui lui font faire ça. Mais ça ne lui plaît pas.

— Ah oui ? Imagine si ça lui plaisait. »

La salle du réfectoire était déjà froide, il fallait faire un effort pour garder les yeux ouverts et l'esprit alerte, car sur les chaises, bien qu'inconfortables, avec les lumières que les demoiselles étaient en train d'éteindre, l'envie de dormir grandissait en même temps que l'obscurité.

Dans la pénombre Sara prit la bobine, elle la positionna et se répéta chaque geste à voix basse. La directrice passa la porte, elle fit signe à la Fluette d'éteindre la dernière lumière et, sa Fillipagani autour du cou, elle s'approcha du mur blanc.

Quand Sara démarra le projecteur, il se mit à vrombir et à grincer derrière le cliquetis des engrenages. Début du compte à rebours. Arrêt sur image, la parole à la directrice.

« Nous devons définir les détails de notre chorégraphie. C'est un exercice délicat, qui requiert la plus grande attention. Cette parade est un événement crucial pour notre colonie, et pour chacune d'entre vous, car si vous gagnez le premier prix vous pourrez échanger par radio avec vos familles. »

Un chuchotement joyeux se propagea de bouche en bouche.

« Je savais que vous seriez sensibles à cette nouvelle... Mais n'oublions pas notre mission d'éducatrices. L'organisation de cette séance de projection est confiée à notre plus fervente chef d'escouade. Matricule 12-16-40, pendant que vos camarades seront sous le charme des *Fiancés*, toi et les autres chefs d'escouade devrez veiller au respect de l'ordre et de la discipline. Nous serons, les demoiselles et moi-même, en réunion juste à côté, et je vous préviens que s'il y a du chahut nous l'entendrons immédiatement. »

Leurs pas brisèrent le silence, et la directrice ferma la porte. Sara hésita, dans ce calme d'outre-tombe, avant de tourner le bouton.

Une musique somptueuse accompagna l'apparition d'un ciel étoilé, qui devint une explosion de feu d'artifice au milieu de laquelle se détachèrent les lettres LUX FILM. Le bruit du projecteur se confondit peu à peu avec les voix des personnages, tandis que Don Abbondio, embarrassé et maladroit, rencontrait les deux sbires de don Rodrigo.

Sara fixait le mur, une oreille attentive aux organisées, l'autre au cliquetis de la bobine, prête à repérer un dysfonctionnement, un ralentissement qui gâcherait le spectacle.

Au troisième rang Angela et Francesca susurraient, en se moquant des acteurs. Entre deux rires étouffés, elles échangeaient des boutades qu'elles seules pouvaient entendre.

« *Pour aujourd'hui tout est fini,* disait Renzo. *Oui, Lucia. Don Rodrigo a menacé le curé de le tuer s'il nous marie.* »

Mais à sa voix se superposa celle de Luisa, qui au premier rang tourna le dos aux acteurs et lança :

« On doit gagner le concours. Je ne veux pas perdre. Je veux le premier prix !

— Moi, j'en ai rien à faire du prix, dit Monica. Je veux juste parler à ma maman. »

Un chœur timide reprit les paroles de Monica, alors Sara fut contrainte de mettre l'appareil en pause et de grimper sur une chaise pour les sermonner jusqu'à ce qu'elle parvienne, avec l'aide des autres chefs d'escouade, à rétablir l'ordre.

« C'est amusant la parade, enchaîna Sara, sauf que personne ne nous a encore appris une chorégraphie complète. Alors dansons à notre manière. Une minute et… »

Le brouhaha montait dans la salle tandis que Sara retirait *Les Fiancés* du projecteur. D'une des poches de sa blouse, elle sortit une bobine plus petite. Peu après, le réfectoire se remplit d'une musique joyeuse : sur le mur un orchestre de dix musiciens passait d'une ballade à l'autre, répandant une vague d'énergie. À cet instant seulement les organisées comprirent que la chef d'escouade était de leur côté.

« On danse ? proposa Francesca en prenant le bras d'Angela.

— Oui ! Sara a toujours les meilleures idées. »

Elles trouvèrent vite le rythme. En couples et en petits groupes, elles se donnèrent la main et ébauchèrent les premiers pas, en s'aidant pour les pirouettes. Sara abandonna le projecteur pour se faufiler entre les fillettes en sautant sur un pied puis sur l'autre, et dans cette houle d'épaules, de têtes, de mains et de bras, elle nagea jusqu'à Angela.

Elle lui prit la main. Elle lui sourit. Elle la tira vers elle et la repoussa loin.

Elles virevoltaient, légères, sautillaient et inventaient des mouvements, sans se perdre de vue, riant aux éclats.

« Tu vois, lança soudain Sara, je ne suis pas une fayote.

— Il faut gagner, je veux parler à maman, dit Angela.

— Peut-être qu'on arrivera à parler avec maman avant », glissa l'aînée, sibylline.

Même si elle aurait dû savoir que Sara avait toujours une nouvelle idée, meilleure que les autres, Angela secoua la tête et dit qu'il ne fallait pas se faire d'illusions, qu'elles savaient où finissaient les lettres, et qu'il valait mieux attendre la liaison radio. C'était mieux que ne rien attendre du tout.

Sara répondit par une unique fossette énigmatique.

Elles dansèrent dans une fête sans paroles, des corps et des mouvements non coordonnés. Aucune consigne pour le défilé, aucune obligation d'être synchronisées.

Des virevoltes d'une amie à l'autre. Se sourire en se regardant dans les yeux. Se marcher sur les pieds et rire à nouveau. Oser une roue, une cabriole.

Rachele marchait sur les mains. Luisa tenta de l'imiter mais ses jambes retombaient tout de suite au sol. Margherita allongea un bras pour l'aider et elles restèrent ainsi une bonne minute, jusqu'à ce que Luisa se remette sur ses pieds et qu'à vingt elles forment une grande ronde. Le seul but était de réussir à ne pas s'arrêter.

Puis, au bout de dix minutes, la musique cessa. La bobine faisait son dernier tour quand la porte s'ouvrit d'un coup. La Romagnole se tenait sur le seuil. Elle les regarda avec une expression grave et acerbe, rare chez elle.

« Vous allez me la regarder cette pellicule, sapristi, et jusqu'à la fin, sinon l'autre vous mettra toutes dans le trou. »

7.

LA STAMPA

Mercredi 12 mars 1941, an XIX

LE PILONNAGE AÉRIEN CONTINUE SUR L'ANGLETERRE, MALTE ET LA LIBYE

Front grec : actions locales dans tous les secteurs – Al-Jaghboub : nouvelle attaque repoussée – Cyrénaïque : chars anglais détruits – Érythrée : 30 véhicules ennemis incendiés.

On pouvait entendre chaque goutte tomber, une pluie fine mais constante. L'orage durait depuis plusieurs heures. Il avait éclaté soudainement, dans la nuit, pendant qu'elles dormaient. La Romagnole dit qu'avec deux ou trois degrés de moins il aurait neigé, même sur la mer. Il neigeait, dans ces contrées, jusqu'à la mi-mars.

Les vagues furieuses et infatigables avaient mangé la plage et venaient lécher la grille autour de la tour. La route goudronnée était creusée de trous profonds. Le vent soufflait de l'ouest, dévalant des Alpes apuanes vers la côte, charriant avec lui l'haleine glacée des cimes, les odeurs des bois et des bêtes. C'était l'odeur de la guerre, de l'attente sans fin, du mirage du retour.

La mer comme de l'eau de lessive, puissante et menaçante, bouillonnait même après le passage de nuages en dissolution à l'horizon. Dans la tour la vie suivait son cours, malgré un déchaînement de flots au-dehors, qui jaillissait du centre de la terre et entrait directement dans l'estomac, ainsi la faim finissait mélangée à la tempête, les bras et les jambes secoués par un séisme intérieur. C'était l'après-midi où Sara avait rédigé une lettre, trouvant le courage de demander à la Romagnole de participer à l'affranchissement, dérobé dans la table de chevet d'une demoiselle pendant son tour de ménage.

Elle avait d'abord écrit :

Chère maman et cher papa,

Nous n'avons pas de vos nouvelles depuis dix mois. La radio parle de la Libye mais on n'y comprend jamais rien. Les journaux donnent juste les noms des batailles, mais vous allez bien ? Notre maison existe encore ? Vous avez reçu nos lettres ? Angela a découvert que parfois les surveillantes les brûlent. Voici l'adresse exacte de la tour. Je vous en prie, venez nous chercher. On ne veut plus rester ici. La directrice est une menteuse, les surveillantes n'en ont rien à faire de nous. Le Duce ne nous a pas envoyées en vacances, nous passons notre temps à nettoyer et à cuisiner.

Avant de signer, toutefois, elle avait hésité, elle avait pris une autre feuille et déchiré la précédente, après avoir recopié les premières lignes. Puis elle avait écrit :

Chère maman et cher papa,

Nous n'avons pas de vos nouvelles depuis dix mois. La radio parle de la Libye mais on n'y comprend jamais rien. Vous allez bien ? Notre maison existe encore ? Vous avez reçu nos lettres ? Voici l'adresse exacte où nous envoyer de vos nouvelles. Si on vous manque, venez nous chercher.

Mais ne vous inquiétez pas pour nous, on reste ensemble et on s'entraide. On s'occupe bien de nous ici, on étudie et on joue toute la journée, on mange beaucoup. La nuit on dort tranquilles et au réveil le soleil brille toujours.

Nous espérons vous revoir bientôt,

Sara, Angela et Margherita

Elle avait signé de leurs trois noms, même si pour le moment elle n'avait pas mis ses sœurs dans le secret.

La nuit tomba sur leurs têtes en les écrasant, en les pressant contre leurs oreillers, pour les contraindre à obéir jusque dans leur sommeil : ni pipi ni cauchemars, interdiction de se donner la main, interdiction de rêver.

Et pourtant, Sara rêvait. Les yeux grands ouverts et les bras froids sous sa couverture trop fine, ce n'était pas la première nuit qu'elle passait sans dormir, immobile dans le noir et dans ses pensées. Elle décida de se lever, elle prit ses vêtements et avança sur la pointe des pieds dans l'obscurité. Au rez-de-chaussée elle s'habilla, se chaussa, et comme dehors il ne pleuvait plus, elle inspira profondément, à s'en faire exploser les poumons, et sortit.

L'hiver on pouvait mourir de froid si on n'avait pas le bon manteau, tout comme la nuit où Sara s'échappa. Elle était là, debout sur le rivage, prête à suivre le chemin qui de jour les menait en ville. Elle avait laissé une fenêtre entrouverte, anticipant son retour, et escaladé la grille avec peine. Elle s'était retenue à bout de bras avant de sauter, trop petite pour atteindre tout de suite le sol. De la mer provenaient des rugissements bien plus profonds que les vagues, et le ciel se zébrait d'éclairs jaunes et rouges, loin vers la Sardaigne ou la Ligurie, où combattaient les croiseurs de la marine.

Après quelques pas, en s'éloignant de l'enceinte de la tour, Sara se rendit compte de son imprudence. Les surveillantes faisaient des rondes à dix heures, à onze heures, à minuit, et elle n'avait aucune idée de l'heure qu'il était. Elle croyait ne pas avoir fermé l'œil, mais une fois couchée elle pouvait avoir dormi trois ou quatre heures. La pensée de marcher seule, dehors, en pleine nuit, fit soudain trembler ses jambes. Elle n'était plus si sûre de vouloir courir tant de risques pour poster une lettre.

Les vagues grondaient et l'assaillit la peur qu'une tempête monstrueuse se lève dans le noir, capable d'engloutir sable cailloux enfants, pour l'entraîner dans les abysses où personne ne la trouverait plus. Puis dans le silence s'insinua un grincement régulier, et Sara aperçut un phare vacillant avancer vers la tour. Elle s'aplatit en espérant ne pas être vue, et elle écouta les pas aux abords du portail qui donnait sur la plage, fermé nuit et jour par son cadenas, à présent éclairé par le faisceau d'une Fillipagani : il y avait deux adultes, un homme avec un pantalon large, une barbe et des cheveux très longs, ébouriffés, et une femme menue, qui ressemblait beaucoup à la Docile, d'ailleurs c'était elle.

« Tu dois partir, tu n'es pas en sécurité ici. Elles sont deux à travailler pour eux dans la tour, dit la femme.

— Alors tu n'es pas en sécurité non plus.

— Pour moi c'est différent, je ne suis pas un déserteur.

— Un réfractaire, pas un déserteur.

— Dans tous les cas, s'ils te trouvent…

— Mais il faut aller jusqu'au bout… Marì doit être vengée. Cette traîtresse doit mourir, répondit l'homme.

— Chaque chose en son temps. Tiens. »

Elle lui tendit un paquet. Il la salua en lui caressant la joue, et elle lui murmura de partir, il était vraiment tard.

La Fillipagani flotta le long de la grille et vers la plage, elle rencontra même les yeux de Sara, alors que les deux silhouettes s'étreignaient et s'embrassaient à travers les barreaux. Quand le faisceau revint sur l'homme, Sara vit que ses vêtements larges étaient sales et déchirés, comme s'il ne s'était pas changé depuis des semaines. Il se remit en selle et pédala, tandis que la surveillante le saluait en glissant qu'ils se reverraient bientôt. Une fois seule, elle éteignit sa lampe et s'appuya contre le portail.

Sara, toujours immobile, craignait qu'une respiration de trop ne la trahisse. La demoiselle ne faisait pas mine de bouger. Elle reniflait et ses aspirations saccadées devinrent rapidement des sanglots, si intenses que Sara se dit que c'était le bon moment.

Elle s'éclipsa, pas à pas, vigilante tel un chat guettant des canaris, l'humidité pénétrait son nez et son corps, ses souliers s'enfonçaient dans la boue, et elle poursuivit dans la nuit jusqu'à ce que les pleurs ne furent plus qu'un vagissement faible et distant à ses oreilles. Puis elle courut. Autour d'elle, le vide de la route côtière et les bâtiments imposants des autres colonies endormies. Elle les distinguait seulement quand les nervures électriques, hautes dans le ciel, annonçaient le tonnerre puissant, la peur vibrant dans son ventre, et se reflétaient sur les fenêtres bleutées, illuminant brièvement le chemin. Elle dépassa le parc qui semblait ne jamais finir et, après la dernière colonie, elle se faufila entre les maisons des riches, dans une rue sombre, ameutant les chiens de garde et les chats sauvages alors qu'elle projetait des gravillons qui heurtaient les murets. Plus loin, encore plus loin, jusqu'à la place, où un nouveau coup de tonnerre l'arrêta, non, un vrombissement sourd et constant plutôt. Une voiture de ronde roulait lentement, longeait les façades et l'empêchait d'accéder à la boîte aux lettres.

Sous son pull et son corsage, l'enveloppe collait à sa peau en sueur. Sara la serra contre elle et déglutit, cherchant une cachette.

Les portes, verrouillées.

Les maisons, fermées.

Le véhicule s'engagea dans la rue et, lorsqu'elle pressa le pas, il accéléra pour la rejoindre. Sara continuait à marcher droit devant elle.

« Alors, fit l'homme côté passager, tandis qu'ils la suivaient en ralentissant.

— Tu n'arrives pas à dormir ? demanda le conducteur.

— Ta maman sait que tu te promènes toute seule ? »

La voiture se gara, les deux hommes descendirent et Sara reconnut les uniformes des carabiniers. Elle aurait voulu s'enfuir, mais ses jambes raides et lourdes répétaient les mêmes pas, très lents, comme s'ils étaient commandés par les yeux des agents immobiles.

« D'où viens-tu ? demanda le plus grand, en essayant de l'attraper par le bras.

— Regarde ses vêtements, elle doit venir d'une des colonies, dit l'autre.

— Où allais-tu comme ça ?

— La colonie du XXVIII Octobre n'accueille que des garçons, et pareil pour Ettore Motta. Donc elle est soit à Ugo Pisa soit à la tour.

— Allez, monte, on te ramène.

— Tu as entendu ? Monte ! Pire que la colonie, tu sais, il y a la cellule. Si tu préfères… Cette nuit on a déjà ramassé deux putains et une rouge. Il nous manque juste une petite rôdeuse pour être au complet. »

Soudain, à la vue d'un rat qui frôla son pied droit avant de poursuivre sa promenade nocturne, ses jambes se débloquèrent et Sara sauta par-dessus une clôture, elle traversa un jardin mal entretenu, herbe haute et haies biscornues, puis, ombre parmi les ombres, elle rejoignit la rue parallèle où, quelque part, le rire d'une jeune fille mêlé au brouhaha d'autres voix plus profondes suggérait un endroit sûr, la vie de la nuit, une vie joyeuse, dans laquelle s'immerger ; Sara courut vers ces bruits, jusqu'à une maison de deux étages aux fenêtres éclairées, ornées de rideaux précieux et colorés, un va-et-vient d'hommes de tous âges à l'entrée, des jeunes et même trois Balilla de douze ou treize ans. Sara se colla à l'un d'entre eux et s'insinua dans la cohue masculine en se demandant pourquoi ils faisaient la queue. Une dame parée d'éblouissantes dentelles rouges et noires apparut derrière un comptoir et lança : « Au suivant ! » Un des hommes dit que c'était la sous-maîtresse. Sara lut les écriteaux sur les murs revêtus de moquette vert émeraude et tenta de comprendre où elle était tombée.

Il y avait dix autres femmes sur les marches de l'escalier. Une aux cheveux roux et courts, bouclés sur le front, portait une combinaison transparente qui dévoilait ses seins ronds, si petits qu'ils auraient pu tenir dans ses mains enfantines. Une très grande, aux longs cheveux de jais et aux ongles rose pêche, était en revanche complètement nue, à l'exception d'une culotte mauve, et tenait entre ses doigts un fume-cigarette argenté. Son visage félin rayonna d'un large sourire quand une jeune fille à côté d'elle, une blonde aux cheveux très courts et au nez épaté, fit une pirouette pour le plaisir des clients. Elle ressemblait à une organisée de quinze ou seize ans, arrivée par erreur au milieu d'un bal masqué sans avoir eu le temps de s'habiller, avec un corsage en dentelle noir et des bas résille.

Dans la splendeur des corps qui allaient et venaient sur une passerelle réservée aux clients, personne ne faisait attention à Sara, tous occupés à fixer l'escalier et à faire la queue devant la belle dame maquillée et dénudée qui recevait de l'argent en échange de tickets jaunes distribués à la hâte. La dame fut la seule à la remarquer. Elle l'appela en sifflant et lui ordonna de la rejoindre derrière le comptoir, comme si c'était un petit chien. Sans cesser d'encaisser et de tendre ses tickets, elle lui demanda qui elle cherchait ici, car ce n'était pas un endroit pour elle.

« Aidez-moi, je vous en prie, ils sont à ma recherche ! Je vous en prie ! » chuchota Sara.

La femme replaça une boucle tombée sur son front, souffla et étudia la file d'attente. Elle retourna l'écriteau qui pendait d'un côté du comptoir en annonçant qu'elle fermait la caisse deux minutes, puis elle tira le rideau en velours pourpre, transformant l'étroite niche en une féérie de couleurs et de senteurs.

« Mais qui te recherche ? demanda-t-elle tout bas à la fillette assise à ses pieds.

— S'il vous plaît, je ne veux pas être punie ! »

Les deux carabiniers entrèrent et la cacophonie d'hommes et de soupirs s'éteignit à la vue des uniformes. La dame jeta un coup d'œil vers la porte, et elle indiqua un placard au fond de la niche où étaient empilés des blocs de billets jaunes, des boîtes en métal et en carton. Sara se glissa entre deux piles. La sous-maîtresse tira le rideau et, dans une profusion de politesses, elle sourit aux nouveaux arrivés.

Sara l'écouta en retenant son souffle, les jambes tremblantes, maudissant l'idée de sortir la nuit pour poster une lettre à sa mère.

« Où est-elle ? lança le grand carabinier.

— Bonsoir messieurs, répondit la dame parfumée.

— Vous l'avez cachée ? fit le petit.

— Qui, si je peux me permettre ? Vous cherchez une fille en particulier ? Je vous rappelle qu'il faut payer d'abord. À la bonne franquette, en doublette, ou vous préférez une demi-heure ?

— La gamine, on veut la gamine. »

Un gloussement jubilatoire s'échappa de la bouche de la sous-maîtresse et voleta dans l'air pour aller se poser sur les épaules des deux hommes en uniforme, se brisant sur leurs insignes.

« Ah ça, non. Mes filles ne sont pas à vendre.

— Qu'est-ce que vous racontez ? Nous cherchons une fillette qui traînait dans la rue.

— Les enfants n'entrent pas ici, garçons ou filles peu importe, seulement les jeunes hommes pour leur première expérience, comme ces Balilla. Ce sont eux que vous cherchez peut-être ? Vous ne pensez pas qu'ils ont droit à leur première fois ? Comment voulez-vous qu'ils affirment leur virilité sinon ? Et ces jeunes femmes sont toutes fichées chez vous, donc vous savez bien qu'il n'y a pas de fillette. Mais allez-y, contrôlez. Avec discrétion, par contre, hein. Voilà, la demi-heure est terminée, vous pouvez les interroger. Je vous en prie. Messieurs, un peu de patience, laissons-les travailler, c'est pour notre sécurité à tous ! »

Les prostituées retournèrent rapidement à l'étage avec leurs clients. Après la promesse d'une heure offerte à chacun par la maison, les carabiniers finirent par admettre que la fillette n'avait pas pu entrer, personne ne semblait l'avoir vue dans cette confusion, et ils partirent en saluant poliment.

La tenancière regagna son comptoir, écarta le rideau et dit :

« Comment tu t'appelles ? »

Sara ouvrit la bouche, puis elle la referma, se demandant à quel point elle pouvait avoir confiance, enfin elle sourit et mentit :

« Je m'appelle Luisa. Luisa D'Urbani, je viens du quatrième rivage, je suis en colonie ici, à la tour Balilla.

— Que tu es pâle, on te donne à manger là-bas ? »

Sara acquiesça d'un signe de tête, craignant encore que les carabiniers ne l'entendent. Elle aurait pu raconter les soupes à l'eau et aux herbes sauvages, les portions de plus en plus maigres, les semelles usées à force de monter et descendre la rampe, mais la prudence l'incita à parler le moins possible et à sourire abondamment, avec de grands yeux.

« Tu risques gros, trésor. Écoute, à l'aube une de mes employées rentre chez elle à bicyclette. Tu pourras repartir avec elle. Au moins, si on vous arrête, elle dira que tu es sa fille. Tu enfileras ça, par contre, il ne faut pas qu'on te voie avec l'uniforme de la colonie. Viens par là, c'est un peu bruyant mais essaie de te reposer. Prends ce que tu veux mais laisses-en aux autres. »

Elle lui tendit un châle noir et la conduisit au bout d'un couloir, derrière une porte avec l'inscription PRIVÉ peinte en jaune sur le bois, dans une pièce où trônait une table garnie de pain et de fromage, de gâteaux et de biscuits, de fruits, de carafes d'eau et de pichets de vin. Il y avait même une bouteille de lait. Sara se servit en mangeant directement dans les plats, en découpant des tranches, des lamelles, des petites parts à répétition, et elle continua à dévorer quand une jeune femme, de l'âge de Marì, entra. Elle portait une culotte noire en dentelle et une combinaison transparente sans soutien-gorge. Des traits noirs sur les yeux, les paupières saupoudrées de paillettes, des cils très longs et des boucles parfaites, comme dans les publicités des quotidiens. Les lèvres posées sur le bord de son verre de lait, Sara eut l'impression qu'une des pellicules qu'elle projetait était devenue réalité. La jeune femme resta très sérieuse, des yeux vides sur un corps délié. Elle prit une serviette, coupa un morceau de pecorino et, en mâchant lentement, elle fixa l'intruse. Puis elle s'alluma une cigarette.

« Tu es la nièce de Lina ? » demanda-t-elle avec un accent milanais.

Sara avala sa dernière gorgée de lait.

« Qui est Lina ?

— Petite mais finaude. Elle t'a bien éduquée.

— C'est la dame ?

— Évidemment, petite tête. Alors, ça te plaît ici ? Tu veux y travailler quand tu seras grande ?

— Je sais pas.

— On se fait pas mal d'argent. Mais avec la guerre… s'il n'y a plus d'hommes en ville, avec qui on travaille nous ? Avec les vieux et les gamins ?

— C'est quoi votre travail ?

— Ben… Lina a dû t'expliquer.

— C'est quoi cette poudre qui brille ?

— Tu aimes ? Ça s'appelle de la poudre d'étoiles. Une amie me l'a envoyée de Paris, il paraît que c'est la dernière mode. » Elle effleura ses paupières pour récupérer un peu de paillettes qu'elle appliqua sur les yeux de Sara.

La fillette ouvrit grand la bouche dans une grimace de stupeur qui se transforma vite en bâillement et la jeune femme lui montra un meuble large et bas, sous la fenêtre.

« Tu peux prendre une couverture et un coussin. Je finis dans deux heures. »

Elle ne tarda pas à s'endormir et ce fut Lina qui la réveilla. Elle était accompagnée de son employée qui, encore maquillée, ôta sa combinaison et enfila des collants, une robe en laine bleue, un chandail blanc. Elle disparut quelques minutes dans le couloir et quand elle revint, démaquillée, elle paraissait plus jeune.

« Voilà, dit-elle en lui prenant la main, on peut y aller. »

Alors Sara sortit sa lettre et, avant de saluer Lina, elle sollicita son aide.

« Vous pouvez me la poster, s'il vous plaît ? »

La femme retoucha son rouge à lèvres, fit claquer sa langue à la lecture de l'adresse et se tut un instant.

« De toute façon ils sont en train de rapatrier les Italiens de Libye.

— Mais maman nous attend, à la maison.

— Ta maman… Tu as fugué pour ça ? Dans ce cas faites un détour par la place et mettez-la dans la boîte. »

Après une avalanche de recommandations, Lina lui glissa dans les mains une serviette pleine de biscuits et elle les salua. Elles pédalèrent en silence dans la nuit qui pâlissait, car la sous-maîtresse leur avait dit de ne pas trop parler, pour ne pas éveiller les soupçons. La boîte aux lettres engloutit l'enveloppe, puis direction la tour à vive allure. Au loin déjà, derrière les montagnes, le ciel devenait orange, et la nuit régnait encore sur la mer. La jeune femme laissa Sara devant le portail, elle reprit le châle et la sermonna, parce que c'était dangereux pour une petite fille de sortir seule la nuit, et en même temps elle l'invita à revenir les voir, promettant de lui apprendre à se maquiller. Les paupières scintillantes, Sara escalada la grille et chercha la fenêtre entrouverte, mais les surveillantes l'avaient fermée et elle ne pouvait plus rentrer. Alors elle brisa la vitre avec une pierre et se faufila à l'intérieur. En se hissant elle lâcha la serviette et les biscuits s'éparpillèrent sur le sol. Pas le temps de les ramasser. Elle s'arrêta aux toilettes, déjà habillée, avec ses souliers boueux. Elle les lava rapidement, se rinça le visage, et quand à 6 h 30 la surveillante aux yeux bleus chargée de réveiller sa chambrée la trouva, elle ne parvint pas à lui donner une bonne explication. Elle bredouilla qu'elle voulait être parfaite, qu'elle avait sali ses chaussures la veille et qu'elle avait peur d'être punie.

« Tu ne seras pas punie pour avoir sali tes chaussures, dit la surveillante, mais maintenant file dans ton lit, on ne sort pas de sa chambrée avant le réveil. C'est compris ? »

Sara acquiesça, elle s'abandonna à la conque moelleuse de son matelas et serra fort les paupières, en espérant que la lettre arrive vite.

Le soleil resplendissait quand la voix de la directrice résonna dans la spirale de la rampe jusqu'à leurs lits et la réveilla.

« Debout tout le monde ! » intimait-elle en tapant avec ses doigts sur la balustrade.

Les organisées se levèrent et se penchèrent l'une après l'autre le long de la spirale. D'un ton vibrant de colère, la directrice expliqua la raison de son empressement. Elle avait beau s'efforcer de parler calmement, toutes eurent l'impression qu'elle criait.

Deux chemises noires s'étaient présentés à la tour vers six heures, pour signaler la fugue nocturne d'une fillette. Selon le rapport signé par deux carabiniers de garde, elle avait affirmé répondre au prénom de Luisa. La description correspondait. La vitre cassée avait confirmé la fugue.

Alignées le long de la rampe, les organisées assistaient muettes à la furie incontrôlable. La directrice attrapa Luisa par le bras et lui demanda si elle voulait bien expliquer sa conduite déplorable, si elle était consciente d'avoir attiré encore une fois l'attention des autorités sur leur malheureuse colonie déjà frappée par tant de déboires, si ça valait la peine de causer tous ces problèmes pour une poignée de biscuits.

« Non, madame la directrice. Vous vous trompez, c'est faux, c'est pas moi ! »

La réponse de Luisa suscita un bourdonnement de stupeur et d'horreur, qui se confondaient sur les lèvres et les visages, car aucune ne s'était jamais adressée à la directrice sur ce ton. Les organisées observèrent, figées, chaque geste des surveillantes sans tenter de les arrêter : elles la prirent, la traînèrent, la poussèrent dans le couloir illuminé par une journée douce et tiède annonçant le printemps, elles lui mirent sur les yeux un bandeau noir.

Elles l'emmenèrent hors de la tour.

On ne la vit plus durant trois jours.

8.

LA STAMPA

Jeudi 20 mars 1941, an XIX

31 000 TONNES DE NAVIRES ANGLAIS COULÉS À PIC

La Société des Nations liquidée dans un petit bureau de Londres

---

Les chiffres scandés à haute voix nageaient dans l'air telles des torpilles à marche lente, une farandole de « un deux trois quatre », tandis que la Fluette passait entre les corps tendus qui s'entraînaient, dans le froid de la cour, sous le soleil de onze heures, un voile de lumière sans chaleur. Elles les avaient fait courir pendant dix minutes avant de les ranger par groupes, selon une disposition étudiée au millimètre. Au fond les plus grandes, contrôlées par la directrice en personne qui tenait à apporter sa contribution, et puis les autres par âge décroissant, jusqu'au premier rang où les petites marchaient en cercle, mains et bras tendus, sans réussir à se coordonner. La nécessité de suivre le rythme à chaque mouvement était devenue une source de querelle permanente : plus elles devaient rester unies pour gagner, plus s'investir dans les chorégraphies semblait inutile.

Ainsi, malgré son application, Margherita se perdait à chaque mouvement, entre un « quatre » et un « cinq » en général, prenant un retard d'une ou deux secondes qu'elle n'arrivait plus à rattraper. Elle insistait pour combler son retard en s'efforçant de faire comme si de rien n'était, comme si depuis le jour où elle avait appris à marcher la vie l'avait habituée à affronter le froid de la fin de l'hiver dans une cour en se baissant, en se penchant, en brandissant un petit cerceau au-dessus de sa tête, sur les côtés, les yeux au sol et le dos aussi raide qu'une planche à pain. Son regard était désormais toujours bas, dans cet été balayé par les pages des calendriers et des bulletins de guerre, par les lettres envoyées à ses parents et restées sans réponses, par les caresses de ses sœurs.

Le silence était devenu la condition indispensable pour s'adonner aux activités sans perdre sa concentration, et sur les murs des salles de classe, du réfectoire et des couloirs, à côté des slogans CROIRE OBÉIR COMBATTRE, DIEU PATRIE FAMILLE, la directrice avait fait inscrire à la peinture noire et en majuscules le mot SILENCE. Si on transgressait la règle, on passait deux jours dans le trou. Alors Margherita se taisait, si une Fille de la Louve lui parlait, elle l'ignorait et, en cas d'insistance, elle menaçait d'appeler une surveillante. Il n'avait pas fallu grand-chose pour perdre l'habitude de parler.

Ce matin-là, autour de Margherita, les organisées continuaient à tourner à droite quand elles auraient dû aller à gauche, à lever leur cerceau au lieu de le baisser, et deux d'entre elles s'étaient même tamponnées. La Romagnole les laissait faire, en riant et en les invitant à ne pas dormir debout, à éviter ce désastre devant la directrice, mais la Fluette, qui les observait à distance, quitta son manipule pour venir leur crier :

« Encore une fois, tu dois aller plus vite, et toi, tu dois ralentir, regarde comment tes camarades se penchent !

— C'est à moi de les entraîner, dit la Romagnole.

— Je vois, quel bon entraînement.

— J'utilise ma méthode, qui n'est pas la vôtre, ma chère.

— J'entraîne les Filles de la Louve pour les parades depuis plusieurs années et j'en recueille beaucoup de satisfaction.

— Ravie pour vous. Et j'imagine que c'est toujours votre unique satisfaction, pas vrai ? Mais dans la vie il y en a bien d'autres », conclut la Romagnole avec un geste que les fillettes ne comprirent pas, faisant aller et venir ses mains et ses bras d'avant en arrière, en avant et en arrière.

La Fluette comprit, en revanche, elle devint toute rouge, et comme sa collègue continuait à mimer ce coït interminable, elle la bloqua et l'obligea à s'arrêter.

« Ces obscénités devant les organisées…

— Les organisées en savent plus que vous et moi…

— Stop, ça suffit ! Je vous rappelle qu'ici je suis la plus gradée.

— Je croyais que la plus gradée était la directrice. Vous préférez qu'on en parle directement avec elle ? J'ai entendu dire qu'après avoir eu une rebelle dans ses rangs, elle tenait à assainir le personnel de la colonie.

— Veillez plutôt à ce que votre groupe suive le bon rythme. Elles n'ont aucune coordination. Je sais d'expérience qu'avec ces filles-là, quelques semaines pour préparer une parade c'est rien du tout.

— Elles sont petites, que voulez-vous faire ? Elles s'appliquent, hein... elles font de leur mieux... et même si à la fin, avec toute la volonté qu'elles y mettent, elles ne suivent pas exactement le bon rythme...

— Non, non ! C'est absolument impossible, vous vous rendez compte ? Ce serait une honte pour toute la...

— Je comprends, mademoiselle, vous verrez, elles se déplaceront bientôt comme un corps de ballet de la Scala. Vous savez ce que c'est, la Scala ? Parce que tout le monde ne le sait pas. Les danseuses sont aussi maigres que vous mais quand elles se lâchent, elles se lâchent... »

La Romagnole répéta son geste. Les fillettes l'imitèrent à l'unisson, suivant le va-et-vient de ses bras et de ses mains. Même Margherita se laissa entraîner, la dernière, d'abord sérieuse et de plus en plus amusée ; un sourire lui échappa, puis un éclat de rire contagieux. Tout le manipule riait avec la Romagnole, alors la Fluette la fixa d'un regard rageur, bouillonnant en silence, avant de tourner les talons sans desserrer les lèvres et de rejoindre lentement ses organisées de onze ans, en criant de plus belle et en tapant des pieds pour compter à tue-tête :

« Un deux trois quatre, cinq six sept huit. »

La Romagnole cria à son tour et les Filles de la Louve reprirent leurs cerceaux. Après la pause et la rigolade, suivre le rythme paraissait moins difficile, car même en ayant retrouvé sérieux et application, intérieurement beaucoup riaient encore.

Margherita riait. Elle aurait continué à rire si, en tournant pour faire une vague de gauche à droite, elle n'avait pas trébuché et fini par terre. Un genou lui brûlait et ses paumes étaient écorchées. Mais surtout son cerceau avait filé en dessinant une courbe parfaite autour des autres manipules, avant de vaciller et de tomber sur le bord de la cour, entre les premières touffes d'herbe.

« Matricule 71-10-22, debout ! » cria la Fluette.

En se relevant péniblement, Margherita s'aperçut que son manipule avait déjà formé un cercle ; ses camarades se donnaient la main, elle était exclue et ne savait pas comment réintégrer le groupe. Elle essaya du côté d'Enrica, qui était silencieuse et discrète et qui ne parlait jamais avec elle, mais elle ne semblait pas la remarquer, et quand Margherita posa une main sur son avant-bras elle se déroba, en suivant la ronde. Elle s'approcha d'Anita qui, sans vergogne, se tourna face à elle et lui cracha au visage. Pour éviter le crachat elle se cacha sous ses bras, se retrouvant au centre du cercle avec des dizaines d'yeux sévères pointés sur elle et les rires d'Ilaria et de Monica, qui lui demandait si elle avait aimé la blague, si par hasard elle ne voulait pas appeler sa maman comme elle le faisait chaque nuit dans son sommeil, en les réveillant toutes, s'il ne valait pas mieux qu'elle aille dans une colonie de filles de quatre ans vu son comportement.

« On dirait une poupée, dit Monica. Et tu sais ce que je leur fais à mes poupées ? Je les fracasse sur mon bureau quand la nounou me voit pas, et ensuite je dis qu'elles sont tombées par terre. Parce que je suis riche, tu sais ? Pas comme toi qui es montée sur le bateau avec des serpillières sur le dos !

— Je suis sûre que chez toi, tu ne manges pas ce qu'on mange ici ! lança Enrica.

— Et qu'est-ce qu'il t'a fait le jardinier avec qui tu parles tout le temps ? Il t'a touchée entre les jambes ? » ajouta Ilaria en s'approchant pour glisser sa main libre sous sa jupe.

Margherita la poussa, elle lui arracha son cerceau et le lui enfila sur la tête, jusqu'au cou, en tirant fort pour lui faire mal.

« C'est ça, tire encore et on appelle la surveillante ! siffla Monica en lui faisant baisser les bras.

— Quand on retournera en Libye, reprit Ilaria, je dirai à mon papa de t'envoyer aux champs avec les autres nègres comme toi. Si tu ne te laves pas bien, tu ressembles vraiment à une petite négresse, j'ai vu tes cheveux noirs et frisés sur le bateau. Ou alors tu es juive ? Non, tu ressembles trop à celle qui vend des bananes près de chez moi. Ma nounou lui lance toujours des pièces mais sans s'approcher parce qu'elle pue.

— Elle pue ! Elle pue ! Elle pue ! » enchaînèrent les autres fillettes en chœur.

Margherita avait envie de s'enfuir, de les gifler. Cependant elle resta là, immobile à les écouter, en se promettant de tout raconter à Angela et à Sara, quand le coup de sifflet de la surveillante rompit enfin les rangs. Les mains se lâchèrent, les organisées coururent ranger les cerceaux dans le sac et alors seulement elle bougea, pour aller récupérer le sien.

9.

LA STAMPA

Mercredi 30 avril 1941, an XIX

COMMENT CORFOU A ÉTÉ OCCUPÉE

Le Pacte tripartite

Commission générale constituée à Rome sous la présidence de Galeazzo Ciano.

Le dernier matin d'avril Margherita se leva avant tout le monde et passa une demi-heure à se frotter avec l'éponge et le savon. Une demi-heure entière à se décrasser, jusqu'à se blesser. Des traînées rouges sur ses bras, comme des griffures. Des plaques sur ses jambes qui saignaient par endroits. La Romagnole la trouva ainsi.

« Sapristi ! Qu'est-ce que tu fabriques ? » s'écria-t-elle.

Margherita se laissa examiner de la tête aux pieds. Quand la Romagnole l'obligea à s'enrouler dans sa serviette pour se sécher en l'assaillant de questions, la petite ne parvint pas à lui donner une explication.

Pourtant elle savait ce qui s'était passé le jour précédent, durant l'entraînement, comme tous les autres jours de la semaine, mais les mots pour le raconter, elle ne les connaissait pas encore. Elle connaissait la peur, qui l'empêchait de boire au dîner pour éviter de mouiller son lit, et qui la tenait éveillée, immobile sous ses draps jusqu'à l'aube. La Romagnole ne savait rien de cette peur et attendait une réponse. Après de nombreuses circonvolutions, Margherita réussit à lui expliquer son problème : elle sentait mauvais, avant, et elle ne voulait plus sentir mauvais, maintenant.

« Mais ici vous sentez toutes un peu fort, c'est normal, tu sais. Quand on éteint les poêles, vous tremblez et transpirez pour vous réchauffer. Quand on les laisse allumés trop longtemps, vous transpirez parce qu'il fait chaud. Moi aussi je sens, et même la directrice… à distance on ne s'en rend pas compte, mais elle sent fort elle aussi.

— Mais moi je ne veux pas sentir mauvais. Je ne veux pas être magique non plus. Je veux juste jouer. La transpiration me dégoûte.

— Tu dois bien te laver ici, dit-elle en indiquant ses aisselles, tous les jours et éventuellement plusieurs fois par jour. Quand tu seras un peu plus grande, tu pourras mettre du parfum. Et de la poudre Borotalco. Tu en as ? »

Margherita secoua la tête.

« Ta maman et ton papa ont dû envoyer de l'argent, pour ton séjour ici. Rappelle-le-moi, et nous essaierons d'acheter quelque chose.

— Ils nous envoient rien. On leur écrit des lettres mais eux n'écrivent jamais. Maman n'est pas comme

Sara. Elle sait pas écrire. Elle travaille aux champs avec papa. »

La Romagnole la regarda et la tira près d'elle, l'essuya avec soin et, en lui donnant une tape sur le derrière, elle lui dit d'aller s'habiller, tranquillement, parce que ses amies venaient de se réveiller et qu'il leur faudrait du temps pour se préparer.

« Mes amies ?

— Oui, tu t'es levée avant elles aujourd'hui. Attention, ne recommence pas, les autres demoiselles ne seront pas aussi compréhensives. Tiens, tant qu'on y est, voilà la clé : prends un corsage propre dans l'armoire et mets celui-ci à laver.

— Mais c'est pas jour de lessive !

— Pour aujourd'hui, on va faire une exception, comme ça, on sera sûres que tu ne sens pas mauvais, d'accord ?

— D'accord », répondit Margherita, puis elle courut dans sa chambrée et se faufila entre les fillettes. « Mes amies », se répéta-t-elle en rejoignant son lit, en s'habillant à la hâte et en tirant ses draps et sa couverture.

Elle n'avait pas envie de prier. Elle observa le paysage à la fenêtre : l'effervescence des vagues qui, avant de s'évanouir sur le sable, se ramifiaient en torsades infiniment plus claires que les siennes. En tout cas, elle ne puait plus à présent, elle s'était lavée, abondamment, soigneusement.

Quand Sveva revint de la salle de bains et la vit collée à la fenêtre, elle lui demanda si elle s'était lavée et s'approcha pour la flairer.

« Je me suis lavée partout, là, et là, et aussi là, affirma Margherita en retroussant sa manche et en lui montrant son bras griffé. Alors tu peux pas dire que je pue, je sais que je pue pas. Et puis on est amies, tu peux pas me dire que je pue. Les amies ne puent pas.

— Qui te dit qu'on est amies ? »

Sveva éclata de rire et elle la flaira une dernière fois, déçue car Margherita, fraîche et dispose, sentait bon le savon et le propre, et avec cette odeur dans les narines elle ne pouvait pas lui répéter les paroles de la veille. Puis la Romagnole tapa dans ses mains, elle ordonna de se ranger pour descendre au lever du drapeau et quand une organisée lui demanda si elles pouvaient repasser à la salle de bains avant de descendre, elle dit non, alors Margherita pensa que la Romagnole était gentille, parfois, mais en fait elle était comme toutes les autres, une simple surveillante.

10.

LA STAMPA

Jeudi 8 mai 1941, an XIX

L'ÎLE DE SYRA DANS LES CYCLADES OCCUPÉE PAR LES TROUPES ITALIENNES

Où sont passés les soldats de Wavell ?

Les précieuses sculptures des musées de Cyrène dévastées par les troupes britanniques en fuite.

Les États-Unis vers la guerre

Les organisées qui se virent infliger cette punition racontaient toutes la même histoire. Le trou était situé au milieu de la pinède, quelque part entre les arbres. Seules la directrice et certaines surveillantes connaissaient son emplacement, au pied d'un pin maritime. Sur l'écorce était gravé un grand *M* innocent, qui pouvait apparaître comme un simple hommage de *camerata*[1]. Sans cet indice, le trou était impossible à repérer. Si une organisée avait voulu libérer une amie, elle n'aurait pas réussi.

À l'ouverture de la trappe, on avait juste le temps de voir que l'espace était très réduit, avec d'un côté une sorte de grille affilée comme un couteau, qui laissait passer beaucoup d'air et, à travers l'ombre des pins, les lueurs de l'aube.

Tout autour le noir, le monde des sons à sec : quand on était dans le trou, la guerre pouvait déferler sur la côte, engloutir maisons personnes arbres rues à l'insu de la recluse.

Aucune ne put éviter de faire des cauchemars, après le récit de Luisa, morcelé, amplifié les semaines suivantes. Durant tout le mois d'avril elles observèrent scrupuleusement le règlement, elles s'efforcèrent coûte que coûte de ne pas commettre d'erreurs, tandis qu'au fil des discussions les détails s'accumulaient, vrais ou inventés, créant la légende. Ainsi, hantée par un nouveau décalogue précisant ce qu'il fallait faire ou ne pas faire *si* on finissait dans le trou, ajouté à ce qu'il fallait faire ou ne pas faire pour ne jamais y aller, Margherita avait toujours du mal à s'endormir. Des nuits embrouillées, deux éveillée et trois épuisée, une les yeux écarquillés et cinq aux aguets les yeux entrouverts.

Puis un soir de mai Margherita serra ses paupières très fort et laissa affluer l'envie folle de repos, sans plus penser à la guerre, à ses grandes sœurs, unique

1. Nom que se donnaient entre eux les membres du parti fasciste.

résidu de *moi*, ni à la maison où l'attendaient sa maman et son papa. Elle n'était même plus sûre de se rappeler leurs voix. Et leur prénom, avaient-ils un prénom, ses parents ? Une fois sa maman lui avait fait goûter une datte. « Tu dois t'habituer, avait-elle dit. Maintenant nous vivons ici, et la nourriture d'ici est très différente », avait-elle ajouté en racontant que dans la ferme où elle vivait petite, avec ses sept sœurs, il n'y avait jamais assez à manger, et que son papa était beau, tout le monde l'appelait « le Beau », que son beau papa les emmenait, elle et ses sœurs, travailler aux champs et que de temps en temps, avec les restes des cochons, il faisait un saucisson qu'il donnait au chien au lieu de le donner à ses filles affamées. « Enfin, avait conclu sa maman sans se retourner, les chiens valent mieux que bien des personnes, ils sont fidèles, et on les appelle bêtes. »

En se remémorant ces paroles et cette voix feutrée, semblable à celle des surveillantes les moins sévères, Margherita relâcha ses paupières et finit par s'endormir.

Dans son rêve, sur la plage près de la maison, la Fluette poursuivait Sara et Angela avec une pelle, Margherita fuyait au milieu des vagues qui s'élevaient en l'air et emportaient tout, l'attirant au large où on n'avait pas pied, et elle continuait à nager, sans cesse, en essayant de regagner la rive, leur maison elle aussi soulevée et ballottée par les flots, et à la fin la mer s'asséchait et devenait désert. Elle marchait en laissant un sillage d'empreintes entre la côte et la porte de la maison, elle pouvait rejoindre sa maman qui avait de longues jambes et qui lui caressait la joue d'une main gigantesque, en promettant qu'elles rentreraient bientôt.

Quand Margherita ouvrit les yeux, sa chambrée se réveillait dans un frémissement de têtes et de corps. Dehors la lumière du jour était faible, comme peu avant l'aube. Désormais elles n'avaient qu'une seule et unique motivation pour se lever, manger, s'entraîner, étudier, dormir : la parade avait été reportée à la mi-août et elles devaient y arriver dans une forme encore plus exceptionnelle. Coordonnées et harmonisées tel un vol d'oiseaux migrateurs, et fortes de leur application et de leur sacrifice, fortes de la supériorité des manipules de la tour sur tous les autres, elles gagneraient le concours et parleraient enfin, après plus d'un an, avec leurs parents.

« Le podestat est là, lança la surveillante aux yeux bleus. Inspection surprise. Toutes debout devant votre lit ! »

Un frisson glacé parcourut le corps de Margherita de part en part, et elle s'exécuta. Dans le deuxième tour de rampe où donnait leur chambrée en spirale, le podestat avançait d'un pas lourd, lourd comme son corps au ventre gonflé, son double menton, les plis de ses vêtements piégés dans les plis de sa chair. Il les passa en revue une par une, escorté par la directrice.

« Ces organisées ne me semblent pas très propres, dit-il.

— Elles viennent de se lever, Excellence. Elles n'ont pas encore procédé à leur toilette du matin.

— Elles devraient malgré tout être plus propres. L'hygiène est la marque distinctive des races supérieures, y compris de la race italique.

— Les draps ont été changés il y a deux jours, vous pouvez vérifier dans le registre.

— Le Duce serait profondément déçu face à une telle négligence, précisément là où la nécessité de construire un futur solide pour l'Empire est la plus forte. »

La directrice soupira et fourra une main dans sa poche pour en extraire un rouleau de billets. Elle en saisit trois et les déposa dans la main tendue du podestat. Cependant, il ne bougea pas. Alors la directrice laissa tomber le reste dans sa paume ; aucune organisée n'avait jamais vu autant d'argent à la fois. Les doigts de l'homme se refermèrent et les billets disparurent en un éclair dans sa veste.

« Souhaitez-vous inspecter les étages supérieurs, Excellence ?

— Ce que j'ai vu me suffit. Je mettrai une appréciation globale favorable à l'ensemble de votre colonie, mais attention, la prochaine fois je veux trouver des escouades lavées et parfumées. »

L'homme descendit en se bouchant le nez. Le coup de trompette qui résonna pour le lever du drapeau, avec dix minutes de retard sur l'horaire établi, les ramena à la vie quotidienne. Les surveillantes ne parvinrent pas à contenir les curiosités, il y avait soudain quelqu'un de plus puissant que la directrice, et nombre de Petites Italiennes demandèrent si elle aussi, en cas de désobéissance, pouvait finir dans un trou.

« Elle peut finir en prison, si elle ne fait pas attention, dit la Romagnole.

— Comme Marì », ajouta Sara, et la Romagnole dit qu'elle ne voulait plus entendre parler de cette révolutionnaire indigne du titre de surveillante. Absorbée par les discussions, Sara dépassa manipules et demoiselles sans s'en apercevoir, et elle se retrouva à côté d'Angela, là où s'annonçait la fin de la descente.

Elles échangèrent un discret « coucou ». Elles parlaient dorénavant le minimum nécessaire – les saluts, les ordres et les prières –, un effort suprême. Au niveau des bureaux elles virent le facteur monter l'escalier, avec son énorme sacoche en cuir qui semblait près de l'entraîner vers le centre de la Terre. Comme tous les jours depuis qu'elle avait fugué pour poster sa lettre, Sara courut à sa rencontre. Elle ne lui demandait plus s'il n'avait pas trop chaud avec sa veste, si en pédalant il ne risquait pas de perdre sa casquette sur laquelle luisait le symbole du royaume d'Italie. Elle avait une seule question :

« Des lettres de Libye ?

— Non, toujours pas, mais demain peut-être.

— Je peux vérifier ?

— Tiens, regarde, celle-ci vient de Rome, celle-là de Florence, celle-là de l'Apuania, l'Apuania encore, les autres sont pour les surveillantes et la directrice, pour les organisées il n'y a rien. »

Le facteur sortit et se dirigea vers la route côtière. Sara l'aurait suivi si Angela ne l'avait pas retenue en la tirant par la main.

« On doit aller dans la cour, dit-elle.

— Ne le répète pas…, chuchota Sara.

— On ne recevra jamais de lettres, les nôtres ne partent pas.

— La mienne, si. Je l'ai postée moi-même, sans l'aide des demoiselles.

— Postée ? Quand ?

— Quand personne ne pouvait me voir. » Sara ricana, sournoise, en savourant son secret, et elle prit l'autre main d'Angela. « Ah, et je n'ai pas oublié quel jour on est : bon anniversaire ! »

Elle lui fit un bisou sur la joue droite, la serra dans ses bras, lui remit l'album de *Tarzan* et, durant quelques instants, Angela retrouva le visage de la grande sœur du quatrième rivage : drôle, nonchalante, qui avait toujours les meilleures idées. Celle qui arrivait à la faire sourire.

Les colonies des enfants de Libye comptent désormais un an et demi d'activité, depuis que le ministère de l'Afrique italienne a confié aux soins et au système éducatif de la GIL les 15 000 enfants de nos ruraux qui sur le quatrième rivage poursuivent, fidèles au commandement du DUCE, leur œuvre de producteurs et de soldats de la Patrie impériale.
La GIL les a accueillis, dès le début, avec une fierté glorieuse et un amour viril, comme les jeunes représentants d'un peuple assoiffé de justice qui retrouvait, parmi les « 20 000 colons » guidés par Italo Balbo, ses dispositions prédominantes pour le métier des armes, l'expansion fertile, l'avenir garanti.
[...]
D'abord répartis dans des colonies à caractère provisoire, remis aux études et au travail, éduqués par les mêmes dirigeants et enseignants qu'en Libye, les très jeunes *camerati* constituent aujourd'hui des

groupes organisés rattachés à la formation des villages cyrénaïques, à leur climat d'origine, tandis que nécessités structurelles, critères économiques, unités de commandement, etc., nous ont amenés à éliminer un rayonnement à grande échelle, avec des colonies disséminées dans toute l'Italie, pour former au contraire des regroupements compacts dans des provinces déterminées.

[...]

C'est la première fois que des milliers de jeunes sont rassemblés non pas pour une période brève, mais sur une base de continuité, au sein d'une organisation collective qui développera le système éducatif que la GIL a élaboré et réalisé à travers ses activités multiformes. [...] De cette façon, les dirigeants eux-mêmes exprimeront, dans leur travail quotidien, la passion et la solidarité qui lient tous les Italiens aux *camerati* du quatrième rivage : et s'unira au leur notre cri de victoire certaine.

Règlement des colonies pour les enfants de Libye et d'Afrique orientale,
édition 1942

LA GUERRE, 1941-1942

1.

LA STAMPA

Vendredi 15 août 1941, an XIX

ODESSA ET NIKOLAÏEV ENCERCLÉES

Effondrement imminent des forces soviétiques mobilisées pour défendre l'Ukraine occidentale.

La semaine avait été froide mais cet après-midi-là, le souffle du grégal ramena l'azur et la canicule. Avec la canicule, la fin du conflit. Avec la fin du conflit, le retour.

Ce désir affleurait dans tous les soupirs, tandis qu'elles se préparaient pour la parade. Regroupées par manipule. En marche compacte vers l'exhibition tant attendue, regardant inquiètes la tribune des chemises noires qui exprimeraient leur jugement, décideraient qui méritait la liaison radio et qui la convoitait inutilement. Des yeux adultes, inquisiteurs, couraient sur les centaines d'organisés, les Balilla, les filles du quatrième rivage, celles des colonies journalières de la GIL d'Apuania avec leurs nœuds blancs flambant neufs sur la tête, dénichés qui sait comment au beau milieu de la guerre, des fantaisies qui sentaient la vie à la maison, elles avaient déjà ce privilège : elles ne méritaient certainement pas une liaison radio avec leur père au front, elles qui passaient chaque nuit sous le même toit que leur mère. Ainsi Sara les fixait méchamment, sans respecter les bonnes manières fascistes, ce n'étaient pas des camarades mais des rivales et elle pouvait souhaiter qu'elles se trompent, qu'elles trébuchent et se cassent une jambe ou un bras, qu'elles confondent les pas, qu'elles ne soient pas en mesure. Elle priait pour que chaque petit corps, si semblable au sien et cependant si différent, tourne à gauche quand les autres iraient à droite, se baisse au lieu de se relever. Poussée par l'envie brûlante de se retrouver devant le microphone et de parler avec sa maman, Sara repensa à la proposition de Luisa, qui avait glissé aux organisées du 10e manipule une idée longuement méditée : il fallait récupérer le médicament contre la constipation et en mettre dans une marmite de lait à offrir à leurs adversaires. Après, ils se sentiraient tellement mal qu'ils ne pourraient pas participer au concours.

Des baïonnettes en ferraille contre des aiguilles à tricoter. Les soldats du futur contre les mères à venir. Car s'il y avait eu un prix pour celles qui savaient confectionner des trousseaux pour nouveau-nés, les Jeunes Italiennes de la tour Balilla, formées à la couture depuis plusieurs années, auraient conquis le podium. La seule qui n'avait pas l'obsession de briller et de se distinguer, redoutant trop les conséquences, c'était Angela, qui portait des chaussures neuves, la troisième paire en un an, pour une fois non déformées et sans l'odeur d'autres pieds. Le cuir noir était luisant de cirage et Angela courut les montrer à Sara. Le discours d'ouverture du podestat était à peine terminé et les surveillantes déployaient bras et énergie pour lancer le défilé.

Dans l'attente de leur passage, les filles de la tour rompirent les rangs. Un des photographes invités pour l'occasion pointait son objectif sur elles : rien ne l'intéressait plus que les organisées de Libye.

« Allons prendre la pose, lança Angela.

— J'ai pas envie, répondit Sara.

— Si la photo est réussie, on l'envoie à maman.

— Comment ?

— Comme tu as fait. Quand personne nous voit. Et peut-être qu'après maman nous enverra une photo d'elle.

— On lui demandera à la radio, si on gagne.

— Et si on perd ? Allez, c'est juste une photo. »

Sara se laissa entraîner vers le photographe. L'homme sourit, il régla son objectif et les invita à faire un vrai geste d'organisée. À cet instant la sœur aînée s'échappa pour aller se perdre dans la foule, et sur le cliché resta imprimée la frimousse d'Angela, sa main gauche retenant son bonnet blanc fouetté par le vent, l'autre main tendue vers les gradins, son menton relevé. Car l'on saluait ainsi, fièrement, les épaules droites, la poitrine bombée, une fillette en noir hiérarchique, la masse des organisés en arrière-fond tel un alignement automnal de peupliers au dos d'une colline. Pour toujours, sur le cliché, Angela saluerait le podestat et le préfet le long de la plage apuane. Il ne resterait rien de l'instant d'après où elle se tourna vers sa sœur, lui tira la langue et, avertie par la Romagnole, rejoignit en ricanant les rangs de son manipule dans lesquels s'était faufilée Margherita.

« Moi aussi je veux une photo ! » murmura la benjamine en évitant d'attirer l'attention des surveillantes.

Angela répondit tout bas :

« Après, Margherita, après.

— Vous m'oubliez toujours.

— C'est pas vrai.

— Juste parce que je suis la plus petite.

— On ne t'oublie jamais.

— Vous êtes comme maman. »

Les coups de trompette annoncèrent le début de la compétition. Les filles à gauche, les garçons à droite, sous les applaudissements et les appréciations du public : que les meilleurs gagnent. Le soleil du jour le plus chaud de tout l'été à pic sur le buste en marbre au centre de la cour de la colonie du XXVIII Octobre, le bâtiment d'un blanc éclatant derrière elles, les organisées du quatrième rivage se lancèrent. Elles devaient se mettre en lignes de dix, retenir leur souffle, avancer le pied droit, se regarder dans les yeux quelques secondes, s'éloigner et se rapprocher. En jupette noire et chemisier blanc, la tête haute vers la gloire de demain, elles formaient des cercles parfaits. Au roulement de tambour leurs corps se recroquevillèrent en dessinant des petits points puis, telles des algues qui se déploient au fond de la mer, une cascade de membres suivit les traces obliques restées sur le sable après les répétitions.

Sara était l'extrémité inférieure du « D », Angela l'extrémité gauche du « U », tandis que Rachele et Francesca se serraient l'une contre l'autre dans la partie incurvée, et au centre du « X », à l'intersection des deux branches, là où tout convergeait pour former le mot à célébrer, se trouvait Margherita.

Le photographe immortalisa leur discipline harmonieuse et au nouveau roulement de tambour, tel un seul corps, elles se séparèrent et se regroupèrent pour se mettre en boule une dernière fois, formant un faisceau et une croix gammée.

Bouches fermées et regards concentrés, épaules droites et ventres rentrés. Au coup de trompette final, les organisées se levèrent. Les Balilla aussi. Les pensées fixées sur le prix convoité, les minutes d'applaudissements comptées du bout des lèvres, les autres manipules auxquels se comparer durant le long après-midi, jusqu'à ce que la voix du podestat proclame la victoire du 5e manipule de la colonie du XXVIII Octobre. Les garçons avaient gagné. Aucune récompense ne les attendait en dehors du généreux goûter agrémenté des éloges pléthoriques des surveillantes qui tentaient vainement de les consoler, alors qu'elles se mettaient en rangs pour rentrer à la tour.

La déception serpentait de visage en visage, et la plus déçue de toutes était clairement Angela. Sara la chercha du regard et lui fit un sourire, mais elle se détourna. Il était difficile d'admettre qu'elles s'étaient trompées, d'avoir espéré en vain une victoire et, enfin, d'avoir espéré en vain parler à leur maman.

Les rangs des organisés formaient une longue colonne, mais on hésitait encore à siffler le départ.

D'autres centuries se dirigeaient déjà vers des colonies plus lointaines, et vers le dîner, après ce jour de fête au bord de la mer. Sur les bouches courut le bruit que, en guise de consolation, les manipules de la tour feraient une halte au kiosque à limonade devant la colonie Ettore Motta.

L'idée d'une récompense, même petite, rendit la marche plus légère. Main dans la main avec Francesca, Angela suivit le flux des pas en s'efforçant de laisser s'envoler sa tristesse.

Le kiosque à limonade était là, comme chaque dimanche d'été. Toutes désormais se rappelaient sa première apparition, en 1940, et la surprise de trouver une baraque joyeuse et colorée sur ce rivage. Les manipules s'arrêtèrent, puis les organisées commencèrent à se disperser avec d'énormes verres de limonade. Quand les verres manquèrent, on leur donna des tasses en métal.

La file progressait très lentement et toute notion d'ordre disparut. Une ribambelle de bonnets blancs encerclaient le kiosque dans une étreinte assoiffée. Angela et Francesca se retrouvèrent projetées en tête de la file, une tasse entre les mains. Le temps de se retourner, et la tasse de Francesca était déjà vide.

Angela hésitait, en revanche :

« On ne devrait pas boire de limonade. C'est pas dans le règlement.

— Je me moque du règlement, j'ai soif.

— Alors prends la mienne. »

Francesca l'avala en deux gorgées, et soupira de satisfaction.

« Tu ne sais pas ce que tu perds.

— Je préfère respecter le règlement.

— À ton avis, si je refais la queue je peux en avoir une autre ? J'en boirais des litres et des litres.

— Je ne sais pas, je ne crois pas que…

— Viens avec moi, et tu me donneras la tienne !

— Non, elles ont dit un verre chacune, pas plus. Mais pourquoi tu ne veux pas obéir ? »

La Fluette s'approcha, attirée par les jérémiades de Francesca.

« Tu dois accepter cette récompense telle qu'elle est, organisée. De toute façon la limonade est pleine de sucre, ce n'est pas idéal avec cette chaleur. Après tu auras encore plus soif.

— Tu vois ? Même la demoiselle le dit », marmonna Angela à l'oreille de Francesca.

La Docile les rejoignit en souriant, avec deux tasses. Elle en tendit une à la Fluette, qui refusa d'abord puis, face à son insistance cordiale, finit par accepter. Elle but une gorgée minuscule.

« C'est très gentil, lui dit-elle, il ne fallait pas vous déranger.

— C'est bien le moins, vous vous êtes démenée aussi aujourd'hui pour les encourager. »

La Docile leva sa tasse comme pour trinquer, mais la Fluette ne répondit pas à son geste et se limita à boire une autre gorgée par amitié, plus longue cette fois, qui lui fit tordre la bouche.

« La limonade, c'est pas pour moi. Maintenant vous devriez aller récupérer vos filles », conclut-elle en indiquant trois organisées de douze ans qui se disputaient une tasse de rab.

La Docile s'éloigna rapidement, en leur criant de se mettre en ligne et de donner leur numéro de matricule.

Francesca tenait toujours la main d'Angela, et fixait la tasse de la Fluette.

« Vous buvez pas ? hasarda-t-elle.

— Non, organisée, je n'aime vraiment pas ça. »

Elles échangèrent un coup d'œil, implorant pour Francesca, hostile pour la surveillante.

« On le mérite, on a fait un beau défilé et on n'aura même pas droit à la liaison radio. On était toutes en rythme. J'étais toujours en rythme, enchaîna Francesca, et la demoiselle baissa le bras.

— Je sais, c'était bien. Tiens. Ne dis à personne que je te l'ai donnée, et partage avec ton amie. »

Francesca sautilla de joie, elle prit la limonade et la tendit à Angela, qui repoussa la tasse.

« Que tu es casse-pieds ! »

Alors, en une gorgée sans fin, Francesca but jusqu'à la dernière goutte.

2.

Dans la timide lumière du soir, les néons encore éteints, le réfectoire était un concert de plats et de casseroles, de bavardages étouffés des organisées assises coude à coude, assurant n'avoir fait aucune erreur, ne pas avoir remarqué qu'Unetelle était à contretemps. Certaines parlaient de favoritisme, affirmant que les Balilla étaient les préférés du jury composé en majorité d'hommes. Puis, pendant le service, le silence de la déception s'était mêlé à la faim : les chaises crissaient et claquaient sur le carrelage quand on aurait dû entendre des voix de fillettes.

Parmi les chefs d'escouade qui servaient les entrées il y avait Sara qui, un jour sur deux, devait débarrasser et aider les surveillantes pour le dessert et les fruits, selon les indications du tableau des menus joint au règlement de la colonie. Pour les fêtes, comme l'Assomption, il n'y avait aucune exception mais la directrice, grâce au ravitaillement envoyé par le podestat, avait promis que le dîner serait abondant, les portions doublées pour toutes les organisées.

Le menu prévoyait soupe à l'oignon, rôti et d'autres surprises. Francesca et Rachele venaient de s'asseoir et, à côté d'Angela, elles papotaient, résignées et joyeuses, des robes, des chaussures et des sacs à main aperçus dans les publicités d'un vieux magazine trouvé sur la plage et sous le bras des dames qui assistaient à la parade. Désormais Angela ne faisait plus attention à leurs babillages, et au mutisme, bien plus obstiné que le sien, d'Antonella qui s'asseyait toujours en face d'elle pour être tranquille.

« Tu sais qu'aujourd'hui il y a même de la panna cotta ? lança Angela.

— C'est vrai ? Je croyais qu'on aurait de la salade de fruits, répondit Rachele.

— Je préfère la panna cotta. Si seulement elle était au chocolat... », ajouta Francesca.

À peine commença-t-elle à plonger sa cuillère dans la bouillie blanche qu'elle se plaignit de maux de tête. Personne n'y prêta attention, pas même elle, jusqu'à ce qu'elle devienne très pâle, les yeux excessivement noirs, les pupilles dilatées et monstrueuses.

« Je ne me sens pas très bien », murmura-t-elle à Rachele, qui s'empressa d'appeler une surveillante.

Quelques instants après, elle se mit à convulser. Elles l'évacuèrent à deux : la Docile la prit dans ses bras, et la directrice l'aida à tenir le corps déchaîné, les membres secoués de tremblements comme s'ils voulaient soudain se détacher. Francesca renversa la tête en arrière, la surveillante franchit la porte et, sous le regard atterré d'une grande partie des organisées, de Rachele et d'Angela, qui fixaient leur crème à moitié mangée comme une bombe sur le point d'exploser, la malade disparut du réfectoire.

Un bourdonnement inquiet se répandit. Angela n'était pas en mesure de répondre aux questions, Antonella encore moins. Elles ne savaient pas ce qu'elles avaient vu, même si ce visage presque méconnaissable, cette peau d'une pâleur verdâtre, étaient difficiles à oublier.

Rachele, en revanche, parlait en boucle. Dès qu'elle arrivait à la fin, elle reprenait au moment où Francesca l'avait tirée par la main, l'obligeant à interrompre la discussion qu'elle venait d'entamer avec Angela pour écouter ses plaintes. Elle avait mal à la tête. Elle avait la nausée. Et puis les convulsions. Alors la demoiselle était arrivée.

En attendant des nouvelles, la Fluette leur ordonna de rester assises, de poser les cuillères, car il fallait savoir s'il s'agissait d'une réaction allergique ou d'une intoxication. Et tandis qu'elle parlait, le blanc de la peur envahit son visage, elle se toucha la tête, elle était secouée de spasmes de douleur. Elle courut hors du réfectoire, et les autres surveillantes tentèrent de calmer les organisées. Elles disaient qu'il ne fallait pas boire non plus, au cas où l'eau soit contaminée, et toutes patientèrent.

Au bout d'une petite demi-heure, la directrice réapparut à l'entrée du réfectoire.

« Maintenant vous pouvez vous lever, dit-elle d'un ton solennel, et monter dans vos chambrées. »

Les questions qui fusèrent pour savoir comment allait Francesca, si elles pouvaient au moins la saluer, si c'était finalement la soupe à l'oignon, furent balayées d'un coup par l'infirmière qui accourut les larmes aux yeux, en criant de faire vite, d'appeler le médecin parce que son état avait empiré, elle allait mal, trop mal, et la surveillante aussi.

Quand elles retournèrent à l'infirmerie, la Fluette se reposait. Pour Francesca, en revanche, il n'y avait déjà plus rien à faire.

3.

Angela s'était enfouie sous son drap. La tête tournée vers le mur. Pour ne pas voir le lit vide à côté de celui de Rachele. Les Petites Italiennes sanglotaient dans leur chambrée, mais beaucoup s'étaient endormies en pleurant et ronflaient, en apparence sereines. Quelque part l'une d'elles récitait en alternance un *Repos éternel* et trois *Notre Père.*

Angela souleva son drap pour reprendre de l'air, elle couvrit à nouveau ses yeux en laissant une fente pour le nez, plongeant dans la blancheur d'un matin à la maison, quand sa maman, cette maman vague qu'elle commençait à oublier, lui répétait que c'était l'heure de se lever et qu'elle avait besoin d'un coup de main pour préparer le pain et le lait.

Dans la vie d'avant, tout avait un autre nom. Au réveil on mangeait le pain et le lait, il n'y avait pas un mot spécial dans le dictionnaire, il n'y avait pas de petit déjeuner, il y avait seulement « Angela, viens manger ton pain et ton lait, maman a préparé ton pain et ton lait », et c'était le lait de la chèvre, toute petite, oui, une biquette, alors rien à voir avec le lait de la colonie, il était crémeux, et quand elle le buvait elle n'avait pas faim tout de suite après. L'idée de la faim ramena sa pensée à Francesca, à la panna cotta abandonnée au bout de deux cuillères, aux cris étouffés.

Francesca n'avait pas survécu.

Le docteur, arrivé sur les chapeaux de roue, avait constaté le décès d'une voix incolore en soulignant qu'il était nécessaire d'informer les autorités, mais que si la directrice souhaitait procéder *différemment*, il pouvait trouver le moyen de certifier qu'il s'agissait d'une réaction allergique.

« Elle lui a donné un rouleau de billets gros comme ça, avait dit Rachele dans un flot continu de paroles. Luisa l'a vu. Il l'a mis dans sa poche, comme le podestat. Maintenant les demoiselles sont réunies dans le bureau de la directrice et peu importe si on reste seules. Tu te rends compte ? En fait, c'est tellement grave que même la directrice ne respecte plus le règlement. »

Angela lui avait tourné le dos, en glissant ses pieds sous le drap, espérant que Rachele se taise vite et trouvant malgré tout un certain réconfort dans cette voix. Lorsqu'elle avait fait une pause, elle l'avait incitée à continuer.

« Mais qui l'a empoisonnée ? Tu crois qu'il y a une empoisonneuse ? Ilaria dit que c'est à cause de Marì, que c'est une vengeance. Au fond on sait toutes que la Fluette l'a dénoncée. C'est normal, non ? Les demoiselles sont tellement méchantes. Que vont-elles faire maintenant ? Si les chemises noires reviennent je vais me pisser dessus, la dernière fois j'étais terrorisée. Pas toi ? »

Et comme ça, avec des questions dont elle n'attendait pas les réponses, jusqu'à neuf heures, quand la directrice était venue voir si elles allaient bien en leur proposant un comprimé et une bouteille d'eau fraîche du robinet qui ne devait pas leur faire peur. Angela avait dit qu'elle ne voulait rien, que ça ne l'intéressait pas, que le règlement n'indiquait pas quoi faire en cas de décès d'une organisée, et elle avait rabattu le drap sur sa tête. La directrice n'avait pas eu la force d'insister, et finalement ses pas s'étaient éloignés.

Au moins deux heures avaient dû s'écouler.

Angela sentit son matelas s'affaisser à ses pieds. Une main effleurer sa cheville. La voix de Sara.

« Angi, tu dors ?

— Oui, répondit-elle à travers le drap.

— Comment fais-tu pour me répondre si tu dors ?

— Je dors. » Le souffle tiède contre l'étoffe.

« Je te dérange ?

— Oui. » Un bras se souleva et le souffle se fraya un passage.

« Alors je m'en vais. Je voulais juste te dire que la Fluette pense que le poison était dans sa limonade, elles ont bu dans la même tasse.

— Je sais, j'ai vu. Elle en a bu très peu. Francesca par contre… »

Le poids sur le matelas disparut, il ondula et les ressorts grincèrent. Angela écarta son drap, elle recula pour s'adosser à la tête du lit et regarda sa sœur debout près d'elle, grave, grise. On pouvait presque croire que la peur avait semé quelques filaments blancs dans ses cheveux très courts.

« Mais pourquoi on a voulu l'empoisonner ? Pourquoi elle ? reprit Angela.

— C'est à la police de le découvrir.

— Non, pas les chemises noires. Ils vont encore nous interroger. L'autre fois ils m'ont fait mal au bras. Et ils ont menacé de nous séparer, Marghe, toi et moi. Ils m'ont dit plein de choses horribles.

— Oui, à moi aussi, mais je ne les ai pas écoutés.

— Et puis je lui avais dit de ne pas boire de limonade, même pas un verre, que c'était pas dans le règlement. Elle m'a ignorée. »

Sans lui demander la permission, Sara se rassit, les bras croisés. Le matelas se creusa à nouveau et ondula au gré de ses mouvements.

Elles échangèrent un regard, comme si c'était le premier depuis mille ans. Angela bougea pour se coller à sœur, se blottir dans sa chaleur. Une sensation qu'elles n'avaient pas éprouvée depuis la nuit où elles étaient sorties dans le jardin. C'était au tout début, avant que les mois effacent l'idée d'être sœurs, avant la colère si difficile à refréner. Ensemble elles n'auraient jamais peur, comme elles n'avaient pas eu peur à l'apparition de l'amazone. Puis un bruit de pas dans le couloir les alerta, le risque d'être punies soudain au centre de leurs pensées. Toutefois aucune surveillante n'approcha. Angela s'écarta pour faire de la place sur le lit.

« Tu restes encore un peu ? »

Sara s'allongea à côté d'elle. Elle la serra fort, sans avoir besoin de lui dire qu'elle était désolée, qu'elle s'était inquiétée, que si la tasse avec le poison était arrivée entre ses mains, elles n'auraient pas eu le temps de se reparler, entre sœurs.

« Alors tu n'es pas fâchée contre moi ? murmura Angela.

— On en parlera plus tard, il vaut mieux se reposer maintenant. »

Comme elles s'étaient endormies tant de fois, à la maison et là, dans le jardin de la tour, elles trouvèrent bientôt ensemble le chemin du sommeil, et pendant une bonne partie de la soirée plus rien ni personne ne les dérangea.

L'amazone arrivait sur un cheval argenté sans étoile ni médaillon, vêtue de blanc, elle aussi, un long drap replié semblable à la toile des tentes sur la plage en été. Une brise glaciale soufflait et c'est seulement après quelques pas, sur le toit, qu'Angela comprit que c'était un fantôme. Elle devinait les palmiers qui dansaient au vent à travers son corps. Ce n'était plus la nuit, mais un matin ensoleillé. La canicule faisait fondre le pendentif que Sara serrait entre ses doigts et le métal s'écoulait de ses paumes, par les côtés, crépitant sur le sol comme un œuf dans une poêle. L'amazone s'arrêta juste devant son lit, enserré par la cloison sinueuse de la chambrée. Ce n'était pas l'amazone, mais Francesca, qui s'approchait en flottant dans l'air, sous le plafond, et tendait une main violacée pour toucher son bras. Alors Angela se réveilla.

Un frémissement. De la tête aux pieds.

Le grincement aigu des ressorts du matelas.

Autour le noir dense de l'heure du non-sommeil. Cependant elle ne reconnaissait pas le silence habituel plein de fillettes endormies. La tour bouillonnait et au-dessus d'elle, penchée telle une infirmière prévenante, elle ne vit pas le fantôme de Francesca, mais sa sœur aînée.

« Angi, dépêche-toi ! On monte sur le toit.

— Qui ?

— Tout le monde. Tous les manipules.

— Mais qu'est-ce que tu dis… »

Angela referma les yeux. Ça devait faire partie de son rêve. Les organisées ne pouvaient pas s'activer ainsi, encore moins durant *son* heure de non-sommeil. Combien de fois elle les avait vues enfouies sous leurs draps, feignant de dormir si elles ne dormaient pas, les oreilles aux aguets de peur que n'arrive une surveillante.

« Elles ont toutes pris des somnifères. Sauf la Romagnole. Allez, réveille-toi ! insista Sara en lui tirant le bras.

— Alors tu n'es plus fâchée contre moi ? demanda Angela avant de se lever.

— Encore cette histoire ? » Sara souffla, elle chercha sa tresse qui lui manquait constamment et s'assit sur le lit vide de Rachele. « Ton amie est déjà partie. Elle devait faire pipi. »

Les autres couraient incrédules d'un bout à l'autre de la chambrée, en ricanant, se risquant à parler normalement, comme en plein jour, avouant que maintes fois elles avaient imaginé se lever et partir, libérées de la crainte d'être découvertes et punies.

« Je pensais que tu étais fâchée, dit Angela en s'obstinant à rester immobile, comme si l'agitation de ses camarades l'obligeait à faire exactement le contraire.

— J'*étais* fâchée. Maintenant je veux monter sur le toit. Comme à la maison. Avec toi.

— Il fait trop noir, je ne peux pas voir si tu as une fossette. »

Sara s'approcha, elle tenta à nouveau de la tirer, mais sa sœur avait beau être mince, un poids mort restait difficile à soulever.

Une caresse finit par la convaincre. Angela bondit sur ses pieds nus, d'instinct elle garda ses chaussures à la main – une habitude prise au fil des nuits –, et elle sortit.

Sans un mot, elles se joignirent au cortège ascendant. Un flot de jeunes filles enveloppées dans des pèlerines et des draps, décidées à se protéger au mieux et au plus simple du froid de la nuit, malgré l'été. Une sorte de voyage imaginaire, dans lequel on ne pouvait distinguer la réalité de la fantaisie. Angela sentit le gargouillement de son ventre vide, sa vue se brouilla et elle faillit trébucher. Elle s'agrippa d'une main à la balustrade et de l'autre au corps de Sara, puis les visages de ses camarades redevinrent nets : elles marchaient en désordre, par trois, par cinq ou seules, sans rythme, sans se préparer à tendre le bras pour saluer, seulement curieuses et ensommeillées. Des bougies éparses et deux Fillipagani éclairaient leurs pas. Angela serra les doigts de sa sœur et inclina la tête à droite puis à gauche, comme pour faire sortir l'eau de mer.

« Qu'est-ce qu'il y a ? dit Sara.

— J'ai faim, je n'ai pas assez mangé au dîner, chuchota Angela.

— Tu as faim après ce qui s'est passé ? »

Une vague d'organisées affluèrent de l'étage inférieur et les poussèrent brutalement. Lorsqu'elles arrivèrent sur le toit, elles découvrirent une bonne partie des manipules, assis éparpillés. La Romagnole et deux autres surveillantes se trouvaient au centre, avec des bougies. Un bourdonnement intrigué volait de bouche en bouche et quand une voix sévère, de chef d'escouade, annonça que les manipules étaient au complet, la Romagnole se leva.

Elle avait un long châle en coton blanc frangé qu'elle enroula autour de sa tête giflée par le vent et commença à parler :

« Organisées, vous connaissez toutes le motif de cette réunion. La directrice et certaines demoiselles veulent cacher la vérité. Il y a une meurtrière parmi nous. Une organisée courageuse, dont je ne dévoilerai pas l'identité, affirme avec certitude l'avoir vue verser un liquide dans la tasse de limonade qui a fini par pur hasard entre les mains de notre pauvre Francesca. »

Sara se pencha vers Angela, qui secoua la tête comme pour dire qu'elle n'avait pas témoigné.

« J'ai lu suffisamment de romans policiers pour savoir qu'elle a utilisé de la belladone. Le poison des sorcières. Seule une sorcière pouvait recourir à un tel procédé… À présent il est fondamental de rester unies et demain, quand l'inspecteur sera là, nous devrons toutes donner la même version des faits. On peut ignorer un témoin, mais on ne peut pas en ignorer cent ! »

La voix chaleureuse les anima et céda la place à des applaudissements discrets, qui s'amplifièrent et explosèrent en une salve puissante, avant de s'éteindre d'un coup.

« Chacune de vous ou de nous aurait pu connaître le sort de Francesca. Mais nous devons apprendre à ne pas avoir peur. Nous ne sommes pas seules et ensemble nous sommes fortes. »

La Romagnole se rassit, laissant la parole à une femme de service menue et timide, dont personne n'avait entendu la voix auparavant. La version à donner était très simple. Elles devaient dire qu'elles avaient vu la Docile verser quelque chose dans la tasse de limonade. Rien à ajouter.

Cependant le plan n'était pas si facile à réaliser : certaines fillettes avaient du mal à mémoriser l'intégralité du raisonnement. Beaucoup n'osaient pas mentir et répétaient la phrase d'une voix tremblante, les yeux baissés, pleines d'hésitation. La Romagnole les entraîna une par une, en les submergeant de questions, jusqu'à ce qu'elles soient prêtes pour le véritable interrogatoire, tandis que les étoiles glissaient derrière l'horizon et qu'un point jaune affleurait entre ciel et mer. Quand le point devint un croissant, plus de cinquante fillettes étaient capables de répéter le témoignage avec leurs propres mots.

« Ça suffira, conclut la Romagnole en ricanant, ça suffira, sapristi !

— Qu'est-ce qui suffira ? » lança alors une voix.

Les têtes se tournèrent, les respirations se bloquèrent. Seule la Romagnole garda les épaules larges, le dos droit, sans crainte.

Au sommet de l'escalier était apparue la directrice.

La journée serait longue, sans avoir dormi. Elles se traînèrent au petit déjeuner, mais personne n'avait dressé les tables et la cuisinière dit qu'elle se chargerait de les servir, à condition qu'elles se mettent en rangs.

Angela proposa tout de suite son aide, en citant l'article 20 *bis* du règlement, qui autorisait chaque organisée, dans des circonstances exceptionnelles, à assumer des tâches non attribuées par la directrice.

« Finalement c'est toi la fayote, dit Rachele.

— Elle fait ça parce qu'elle a peur », intervint Margherita qui connaissait le sujet.

Elles étaient déjà une vingtaine assises quand les surveillantes entrèrent et prirent le contrôle de la situation. Comme si de rien n'était. Comme si Francesca vivait encore. Comme si tout allait bien. Mais ça n'allait pas bien : la Docile manquait à l'appel, notèrent certaines.

« Je m'en occupe », dit la directrice péremptoire.

Puis elles leur ordonnèrent de se regrouper par manipules, alors Angela et Rachele durent retourner à cette table, où le soir précédent…

« Je ne veux pas rester là, murmura Angela.

— On doit petit-déjeuner. Si tu te lèves, tu sais ce qui t'attend.

— Il faut déplacer la table. On pourrait la mettre… »

La Romagnole leur proposa de rejoindre le manipule de Sara. Pour ce matin exceptionnellement, ajouta-t-elle en faisant taire du regard une demoiselle prête à objecter qu'elles ne pouvaient pas céder aux caprices des organisées.

Les Petites Italiennes du 5e manipule se serrèrent pour dégager deux places supplémentaires. Après cet élan, la Romagnole s'était assise et fixait le carrelage. Elle semblait avoir perdu l'envie de parler.

Les chefs d'escouade aidèrent à mettre le couvert et Sara en profita pour caresser le dos de sa sœur. Mais Angela sentait le vide à la table voisine, elle devait s'efforcer de ne pas regarder dans cette direction, de ne pas penser au moment où Francesca…

« On va être punies ? demanda Sara à la Romagnole en posant les dernières cuillères sur la table. Pourquoi il manque une surveillante ? »

La Romagnole toussota et lui ordonna :

« Matricule 12-16-40, mange et ne pose pas de questions. »

Pour toute réponse, Sara s'agenouilla entre Angela et Rachele de façon qu'elles seules puissent l'entendre :

« Quelqu'un lui a dit qu'on allait parler à la poli…

— Pas de police. Pas besoin. Francesca est morte d'une allergie. Une allergie à l'arôme de citron en poudre présent dans la limonade. La Docile aussi est allergique. La demoiselle qui lui a donné une tasse aurait dû le savoir et elle a été licenciée sur-le-champ. Nous allons former une organisée qui a presque dix-sept ans pour la remplacer. »

La Romagnole siffla ces paroles à la hâte, en regardant autour d'elle comme si elle espérait que toutes l'aient entendue. Sara se releva, mais Angela la tira à nouveau vers elle en fixant la Romagnole :

« C'est pas vrai ! C'est pas une allergie…

— Vous nous avez dit de raconter…, ajouta Sara.

— Écoutez-moi bien, la directrice et les autres vendraient leur âme au diable pour une bouchée de pain. Que pouvons-nous faire, nous, si tout va de travers ? Si les gens se plient comme les roseaux du Santerno au passage de la crue ? Rien. Laissons-les se plier. Le problème, c'est que nous devrons nous plier aussi. Angelina, si tu ne retiens pas la leçon tu sais où tu vas finir ?

— Dans le trou ?

— Non, Angelina. Pire, bien pire. Tu vas finir dans un endroit pire que le trou. Alors tais-toi et reste assise. Vous êtes les seules, ici, à toujours faire des histoires. »

Le regard de la Romagnole n'avait jamais été aussi sérieux. Son goût du rire et de la vie s'était évaporé, elles ne la reconnaissaient plus.

Sara serra encore une fois sa main droite sur l'épaule d'Angela, elle l'étreignit légèrement en essayant de ne pas faire déborder son lait et en lui susurrant d'être forte, de ne pas avoir peur, puis elle se redressa et rejoignit sa place de chef d'escouade. Elle posa bruyamment sa tasse sur la table et, la tête basse, elle prit son petit déjeuner.

4.

LA STAMPA

Lundi 18 août 1941, an XIX

Les opérations se poursuivent avec succès sur tout l'immense front de la mer Blanche à la mer Noire – attaques aériennes diurnes sur l'Écosse septentrionale.

Intense activité aérienne en Méditerranée – Violents affrontements en Afrique orientale.

Elles l'avaient cherchée dans les titres de la deuxième page, dans les entrefilets minuscules, la nécrologie. Cependant personne ne s'intéressait au sort d'une Petite Italienne, une parmi tant d'autres, qui comptait encore moins que le garçon de neuf ans heurté par un train en saluant les soldats.

La ville se pressa à la cérémonie. Des visages creusés de femmes, d'hommes âgés, qui n'étaient pas avares de blasphèmes même dans la maison du Seigneur.

Elles, habillées comme pour un rassemblement, et non pour l'enterrement de Francesca.

Les yeux hagards, dans l'impossibilité de révéler la vérité. Il paraît que c'est une grave réaction allergique, marmonnaient les vieilles qui entraient au fur et à mesure et allaient s'asseoir dans les nefs latérales. Une brume d'encens flottait dans l'air, brouillait la vue, et l'odeur âcre qui entrait par le nez faisait tousser les plus faibles. Quatre fenêtres rectangulaires surplombaient les nefs, trop étroites pour éclairer : c'était le matin, et pourtant la lumière à l'intérieur n'évoquait que des crépuscules et des nuits sombres. Elles avaient marché plus de deux heures entre la tour et le dôme de Carrare, avec les surveillantes qui serinaient leurs histoires ennuyeuses, convaincues qu'il fallait les distraire, faisant l'éloge des marbres apuans et des bas-reliefs qu'elles pourraient admirer, insistant sur la scène de saint Georges contre le dragon sculptée par Donatello dans le marbre apuan, bien qu'initialement destinée à une autre cathédrale. Elles expliquèrent que le dragon était l'ennemi de guerre, comme saint Georges les soldats le combattaient et eux aussi bientôt le domineraient et l'anéantiraient. À chaque époque les dragons qu'elle mérite conclurent-elles.

À l'entrée du dôme, un homme élégant – un agent en civil, dit une commère – demanda à la directrice de le suivre. De son banc près d'une statue de saint anonyme, Sara l'observa, puis elle se remit à fixer le cercueil couvert de fleurs venues des jardins grâce au bouche-à-oreille. S'il n'y avait pas eu moyen d'obtenir l'argent pour un service funéraire complet, la GIL ne pouvait s'opposer à la générosité des citadins.

Depuis trois jours une partie des organisées pleurait, l'autre fixait le vide, et aucune ne parvenait encore à se consoler ou à consoler ses camarades. Les repas étaient consommés à contrecœur dans la peur constante de subir ce qu'avait subi Francesca. Sans trouver de meilleure solution, les surveillantes demandèrent aux chefs d'escouade de les aider à écraser de la camomille séchée avec un pilon. Attentives aux proportions, elles mêlèrent la poudre jaune aux plats pendant deux jours, jusqu'à épuisement des réserves.

Angela se moucha et serra entre ses doigts le carré de coton très fin. Elle ne voulait pas regarder la boîte peinte en blanc maladroitement, à coups de pinceau bâclés, par un menuisier qui avait extorqué de l'argent et des vivres pour improviser un cercueil malgré la pénurie de bois. Francesca était ailleurs, dans le sillage des jours précédents, d'un été passé à jouer dans l'eau. À faire la morte, oui, mais pour jouer seulement.

La Romagnole avait couvert son décolleté avec son châle à franges, en signe de respect, le visage très tendu. Pas uniquement à cause de l'enterrement. Personne n'avait réussi à savoir ce qu'elle et la directrice s'étaient dit.

Les tintements de cloches lugubres annoncèrent le début de la messe, à laquelle les organisées avaient décidé de participer à jeun. Le curé leur rappela qu'elles ne devaient *jamais* se sentir comme les *besprizorni* bolcheviques, ces orphelins errants dans la barbarie de la révolution rouge, car toutes provenaient d'un village bien précis, et comme elles de nombreux enfants se sacrifiaient aux quatre coins de l'Empire, loin de leur famille et du confort des temps de paix, pour le bien de la Patrie.

« En cette période sombre l'Esprit est notre guide, Dieu nous montre le chemin, à nous et au Duce, alors maintenant allons en paix et notre sœur Francesca plus que nous tous », conclut-il, tandis que les Balilla de la colonie Ettore Motta s'approchaient pour soulever le cercueil et l'emporter à l'extérieur.

À ce moment-là, quand on emmena Francesca, Sara sentit peser toute la vérité de ces journées, la boule de désespoir concentrée dans son ventre, et elle commença à crier. Elle disait que tout était à cause de la guerre, qu'elles ne voulaient pas rester ici. Elles voulaient rentrer à la maison. Elle criait en tournant le dos au cercueil. Elle pensait crier, mais sa voix n'était qu'un fil, et quand elle devint assez forte pour que tout le monde l'entende vraiment, quand elle dit que personne ne voulait rendre justice à Francesca, Angela s'était déjà frayé un chemin entre les organisées, franchissant en trois pas la distance qui les séparait. Elle colla une main sur sa bouche et l'implora de se taire. La directrice les dévisageait, alors Sara trouva le courage de lever le menton, de l'approcher et de la fixer droit dans les yeux.

« Vous nous avez fait travailler pendant des mois et à la fin on n'a eu droit qu'à un verre de limonade ! Regardez le résultat ! Laissez-nous parler avec nos parents ! La liaison radio ne peut pas être que pour les garçons ! C'est pas juste. »

Les paroissiens mirent cette scène sur le compte de la perte d'une amie, et on ne fit plus attention à elle. Les corps affluèrent à l'extérieur, laissant les deux sœurs et la directrice à côté de la colonne de marbre qui délimitait la nef. Une poignée de petites vieilles dans leur robe noir corbeau, un fichu sur la tête, entonna un chant qui perfora les tympans de ceux qui se trouvaient encore dans l'église.

« Organisée, ce n'est pas le moment de...

— Ils ont tous vu qu'on était les meilleures... Pourquoi les garçons ont gagné ? Si ça avait été nous, il n'y aurait pas eu de prix de consolation et Francesca ne serait pas morte. »

Angela tressaillit.

« Organisée, encore un mot et je t'envoie dans le trou !

— Le règlement ne dit pas qu'on peut boire de la limonade, intervint Angela. Vous êtes la directrice, vous devriez le savoir. C'est écrit nulle part ! On n'aurait pas dû faire une chose qui n'est pas dans le règlement ! »

La directrice lança une dernière menace silencieuse aux fillettes et sortit.

« Tout est ma faute, c'est moi qui aurais dû boire cette limonade ! déplora Angela.

— C'est ce que tu penses ? répliqua Sara en la défiant du regard. Ou tu as juste peur ? Moi, je n'ai pas peur, même si on n'a pas gagné la liaison radio. Même si maman ne nous répond pas.

— Selon moi, maman n'est plus là », trancha Angela les yeux baissés.

Elles restèrent en rangs serrés sur la droite de la place pour observer le véhicule d'un inconnu à l'allure de croque-mort qui chargea le cercueil et l'emporta. Loin d'elles. Plus d'amie. Plus de Francesca.

Au retour des funérailles le ciel sembla se couvrir de leur propre peine. Une pluie sans trêve, une journée et une nuit entières.

Le lendemain matin, au petit déjeuner, dans un réfectoire figé et apeuré, courait le bruit que la Docile ne travaillait plus dans la tour ; puis la directrice s'éclaircit la voix avant d'annoncer qu'à la suite de la disparition tragique de Francesca, le podestat leur accordait une liaison radio.

5.

LA STAMPA

Dimanche 7 septembre 1941, an XIX

TERRIBLE BATAILLE AUTOUR DE LENINGRAD

Dans le secteur de Gondar, sur le front d'une de nos places fortes protégée par un champ de mines, les Anglais, qui dans leurs tentatives d'approche précédentes avaient utilisé des brebis pour faire sauter les mines, ont à présent recours à de pauvres femmes de race esclave.

Un opérateur avait placé la caméra dans l'angle le plus sombre du réfectoire, à l'endroit exact où encore peu de temps auparavant on leur projetait des films. Il était 11 h 10 et dehors le soleil étincelait. Dans le couloir une nuée de cris et de chuchotements, car un autre opérateur debout devant la porte les empêchait d'entrer.

Il avait expliqué qu'ils devaient prendre les mesures, tester les mouvements des machines, contrôler la tenue des rails. Au sol, dès leur arrivée à 6 h 30, ils avaient installé un rail étroit sur lequel un chariot guiderait la deuxième caméra pour suivre l'entrée des organisées : on tournait le ciné-journal Luce à la tour Balilla.

Les fillettes ne s'intéressaient pas du tout aux techniques de tournage. Amassées entre les murs du couloir, elles serraient dans leurs doigts fébriles les notes préparées avec le plus grand soin : des textes limés et réécrits maintes fois, en enlevant un mot pour en ajouter deux, en se chronométrant pour être sûres de ne pas dépasser la minute que chacune avait à disposition.

« Je veux bien passer la première, dit Margherita en jouant des coudes pour se rapprocher de la porte.

— Hé, calme-toi, on va toutes lire notre message, lui lança Luisa.

— Tu dis ça parce que tu veux être la première. »

Margherita se remit à pousser et, n'arrivant pas à progresser debout, elle plia son billet, le glissa dans sa poche, prit une grande respiration, comme pour nager sous l'eau, puis elle plongea entre les jambes de ses camarades. En écartant des pieds et des mollets, malgré les coups et les protestations, elle avança vers la porte du réfectoire.

Lorsqu'elle émergea, l'opérateur était toujours là. Sans parler, il l'arrêta en faisant barrière avec sa main. Elle sourit quand même, car maintenant elle était la première.

« Oh, c'était ma place ! » s'écria l'organisée de treize ans qu'elle avait doublée. Soudain aux pieds de Margherita surgit Luisa, tel un monstre marin. Elle fit un bond de joie et se planta à côté de son amie.

« On entre ensemble, dit-elle. De toute façon, ma maman va sûrement tout rater.

— Organisées, qu'est-ce que vous fabriquez ? cria dans leur dos la directrice. Je vous ai vues, on réglera ça tout à l'heure, vous devez garder votre place dans la file ! »

Margherita et Luisa acquiescèrent en échangeant un regard complice : personne ne pourrait les doubler. Loin derrière, là où finissait le couloir et où commençait la rampe, les Petites Italiennes de huit ans murmuraient une prière à l'ange gardien pour que la liaison radio fonctionne et que leurs parents puissent les entendre.

Les mains jointes et les yeux clos, Angela priait aussi. Concentrée. À sa deuxième série de prières, elle ouvrit les yeux, elle observa les autres, alignées comme des statues sur la façade d'une cathédrale, avec leurs doigts très fins, et elle dit :

« Ils vont nous répondre après ? Quand on aura envoyé notre message, nos parents nous enverront le leur ?

— Non, organisée. La liaison radio ne fonctionne que vers la Libye, ils n'ont pas réussi à l'établir dans les deux sens. Tu es au courant que c'est la guerre, non ? répliqua la surveillante aux yeux bleus.

— Évidemment ! C'est pour ça qu'on est cloîtrées ici ! » cria Sara exaspérée depuis la rampe où elle attendait avec son manipule qui était descendu en dernier. Les organisées formaient une barrière infranchissable et elle se tournait vers le premier étage, hésitant presque à remonter.

La surveillante essaya non sans peine, piégée entre les corps, de parler dans sa direction :

« Matricule 12-16-40, un peu de respect ou tu ne liras pas ton message.

— Je sais que vous faites semblant. Vous mettez des micros et vous nous filmez pour le ciné-journal, mais où tout ça va finir ? Vous allez brûler les pellicules comme les lettres ? »

La Romagnole s'agita dans la masse, elle leva un bras et lança, autoritaire :

« Ça suffit, Saretta. Tu me fatigues aussi ! »

Sara susurra un « connasse » qu'entendirent uniquement les trois matricules autour d'elle. Dans son poing serré le papier avec le discours qu'elle voulait prononcer était tout chiffonné. Elle l'ouvrit très délicatement ; elle avait mis une semaine à décider ce qu'elle allait dire. Elle s'accroupit et le lissa sur le carrelage avec sa main. Une Petite Italienne éclata de rire en l'invitant à choisir : soit elle y croyait, à la liaison radio, soit elle pensait que tout était faux et alors ces précautions n'avaient pas de sens.

Sara continua à presser sa paume sur le papier en grommelant qu'elle ne pouvait pas comprendre.

Angela et Rachele se donnaient la main. Elles avaient écrit trois messages, le troisième était pour la famille de Francesca.

Rachele posa la tête sur l'épaule de son amie et ferma les yeux en lui disant de l'avertir si la file avançait. Angela fixait la muraille de corps et levait le nez pour mieux respirer.

« Si un *Pippo* vient nous bombarder, on fait quoi ? Le couloir est plein, on ne peut pas bouger, ajouta Rachele.

— On va au refuge, comme d'habitude.

— Moi je reste ici, et je meurs. »

La Fluette les écouta sans les sermonner. Elle s'éclaircit la voix pour attirer l'attention de la directrice, et elle cria :

« S'il vous plaît, laissez-nous entrer, les organisées commencent à s'agiter. »

L'homme devant la porte leva le bras pour s'excuser et lui faire signe de se calmer.

« On a presque fini, on installe les derniers micros.

— Tout ça pour un ciné-journal, lança une Fille de la Louve au cinquième rang.

— C'est clair, autant rester à Rome. Ou, à la place des micros, ils auraient pu nous apporter un peu de pain, lui répondit Sara depuis la rampe.

— Vous en avez, du pain, à l'Institut Luce ? Nous ici, on n'a plus rien ! » lui fit écho une autre organisée.

La voix de la directrice prit à nouveau le dessus, balayant la moindre bribe de chuchotement :

« Ça suffit ! Ça suffit, j'ai dit ! Celles qui se plaignent ou qui s'adressent directement aux opérateurs finiront…

— … dans le trou ! » conclurent en un chœur puissant les organisées.

Puis elles se turent. Imitant la nage sinueuse d'une gigantesque baleine qui prend de l'élan pour émerger de l'abysse, une vague monta et explosa, elle reflua de l'aile du réfectoire à l'aile des bureaux, elle se chargea de bourrades et de pas, et devant la porte le pauvre opérateur tendit bras et mains en implorant ses collègues de se dépêcher d'installer ces micros. La deuxième vague le projeta à terre, où il resta étourdi tandis qu'une marée de fillettes l'empêchait de se relever.

Les organisées se regroupèrent autour de l'espace où elles devaient prendre la parole quand Margherita les dépassa en trois sauts pour atteindre le micro. Elle tapa deux fois dans ses mains comme elle l'avait vu faire aux rassemblements, elle déplia son papier et toussota.

Un opérateur jeune comme un papa lui dit d'attendre le signal. Ils allaient commencer à filmer. Un autre homme protestait, exigeant que les organisées refassent une entrée ordonnée, comme dans les parades, deux par deux en se donnant la main.

« Alors, le coupa Margherita, je peux envoyer le message à ma maman ? »

Encore une minute, puis elle commença.

6.

LA STAMPA

Lundi 2 février 1942, an XX

LA RECONQUÊTE DE LA CYRÉNAÏQUE : BARCA DÉPASSÉE

Le Duce remet les médailles d'or et fait l'éloge des vétérans de la Révolution en armes

Rien ne changea après la liaison radio, à part l'attente, plus puissante, superstitieuse. Elles buvaient leur lait, au petit déjeuner, en susurrant à chaque gorgée « visite, oui, non », et encore « oui, non, oui, non, paquet, lettre, téléphone, visite, paquet, lettre, téléphone, visite », jusqu'à avoir fini, comme si la dose dans leur tasse pouvait déterminer le futur.

Après le renvoi de la Docile, un matin Antonia était entrée dans le réfectoire avec le tablier blanc, le chemisier gris clair et les chaussures noires des surveillantes. Les organisées n'étaient pas encore habituées à la vouvoyer. Ainsi quand elle entra dans leur classe à un peu plus de 8 h 30, alors qu'elles attendaient leur maître, Angela et ses camarades omirent de la saluer comme sa fonction l'exigeait.

Assise au premier rang, Angela tremblait de froid dans son pull élimé par des dizaines de lavages. La directrice interdisait d'apporter en classe manteaux et couvertures. Elle soutenait que le froid aguerrissait. En réalité, il les faisait juste claquer des dents.

Son incisive droite tremblait particulièrement, malgré ses efforts désespérés pour contrôler sa mâchoire. Elle espérait qu'il ne serait pas nécessaire de faire comme pour Sara et les autres ; que sa dent tomberait toute seule, sans douleur. Comme cela devait arriver à une Petite Italienne de presque neuf ans dont les quenottes s'étaient mises à bouger avec beaucoup de retard. Avant d'être congédiée par manque de moyens, l'infirmière lui avait dit de ne pas s'inquiéter : elles mangeaient si peu que même leurs dents peinaient à se développer et à s'en aller.

« Celles qui ont froid peuvent aller chercher leur manteau. » Antonia les regardait, sérieuse, mais elles ne bougèrent pas.

« La directrice ne veut pas, murmura Angela.

— Bravo, organisée, je voulais vous mettre à l'épreuve et personne ne s'est fait piéger. Vous aurez toutes un bon point de conduite. Votre maître ne viendra pas aujourd'hui, mais la directrice vous a préparé un sujet de rédaction.

— Il a oublié qu'il y avait école ? lança Rachele.

— Comment veux-tu qu'il oublie ? enchaîna Silvia. Il ne peut pas oublier. Il est maître d'école. »

Un insolite méli-mélo de voix provenait du couloir. Les autres classes devaient être dans la même situation.

« Silence ! Alors, le sujet est...

— Toi, je t'écoute pas, t'es pas une vraie surveillante ! s'exclama Luisa.

— Quoi ? dit Antonia en tendant le bras pour saisir sa baguette.

— Rien, mademoiselle, désolée. C'est l'absence de notre maître... »

Le brouhaha dans les classes s'était estompé. Elles avaient toutes leur plume à la main et leur cahier ouvert sur une page blanche.

Antonia dicta le sujet de la rédaction : « Une journée de printemps à la tour Balilla », puis elle les observa tandis qu'elles trempaient leur plume dans les encriers et écrivaient. Les minutes défilèrent.

À 10 h 45 des pas résonnèrent dans le couloir, la directrice apparut à la porte. Antonia oublia un instant qu'elle était surveillante et bondit sur ses pieds en faisant brimbaler sa chaise.

« Les leçons sont... suspendues. Suspendues jusqu'à nouvel ordre, expliqua la directrice. Nous avons reçu un télégramme du Comité régional. Les enseignants ont interrompu leur service. Ils sont appelés au front. Et les fonds pour l'école doivent être dévolus à d'autres fins.

— Et nous alors, comment on va faire ? demanda Cristina, une Petite Italienne du 3e manipule à la voix de chaton et aux yeux clairs en amande.

— Vous étudierez avec nous », répondit Antonia.

Avec son bras gauche elle leur fit signe de se lever et de sortir, mais elles restaient rivées à leurs pupitres, comme si ces explications ne suffisaient pas. Elles attendaient des réponses différentes.

« Les surveillantes ne sont pas des maîtresses ! » lança Rachele en tapant sur sa table.

Angela la fixa, incrédule devant son insolence : une remarque de ce genre pouvait valoir une journée dans le trou. Et dans le trou désormais, elles n'étaient même plus au pain et à l'eau car le pain manquait. On leur donnait seulement de l'eau.

« Celles qui ont fini leur rédaction peuvent sortir. Je vous attends toutes dans la cour, conclut la directrice avant de s'en aller.

— Mais il ff-ff-fait fr-fr-froid dans la-la... cour ! balbutia Ilaria, qui avait un corps long et fin comme une brindille, et qui à dix ans était dans la classe des plus petites car elle avait commencé l'école tardivement.

— Les soldats sur le front nord ont plus froid que nous, tu crois pas ? lui dit Luisa d'un ton plat, une simple constatation.

— C'est vrai. Le vôtre, à côté, est un tout petit sacrifice. Debout ! Vite ! » ordonna Antonia en avançant de trois pas pour faciliter l'accès au couloir.

Elles finissaient de se ranger par deux quand la Romagnole se présenta devant la porte. Elle s'excusa pour l'interruption et expliqua qu'un incident inattendu l'obligeait à convoquer les dernières organisées qui avaient nettoyé la cuisine. L'une d'elles avait cassé un lot de tasses et il fallait trouver la responsable : elle soupçonnait Angela et Rachele.

« Mais on n'a rien fait ! protesta Angela. C'est sûrement une erreur.

— Viens donc voir les dégâts que vous m'avez faits. »

La tête basse, les deux amies suivirent la Romagnole. Un bourdonnement s'éleva dans leur dos et Antonia, en essayant de prendre une grosse voix, imposa le silence mais personne ne l'écoutait.

Au bout du couloir elles montèrent au lieu de descendre vers la cuisine, au deuxième étage la Romagnole les poussa dans les toilettes, elle s'assura qu'elles étaient seules, elle ferma la porte puis changea de visage et de ton. Ses yeux brillaient. Ses mains s'agitaient. Sa voix déraillait tous les trois mots.

« Il faut faire vite. La directrice veut te dénoncer pour le principe. Rachele, on va descendre au rez-de-chaussée. Ensuite tu courras jusqu'au débarras. De là, tu te glisseras dans le jardin et tu escaladeras l'enceinte. La directrice va parler dix minutes, et aucune demoiselle n'osera l'interrompre juste parce qu'une Petite Italienne manque à l'appel. Tu as compris ? Tu dois t'enfuir.

— Pourquoi ? fit Angela. C'est lié à notre maître ?

— Non, rien à voir... Rachele... Parmi les télégrammes reçus, il y en a un qui dit que tes parents ont été arrêtés avec des faux papiers. Vous êtes juifs.

— Non, c'est pas vrai. » L'organisée secoua la tête avec détermination, mais elle était soudain de la couleur du marbre. « C'est pas vrai, répéta-t-elle dans un filet de voix.

— Rachele, avec moi, tu ne dois pas mentir.

— On n'est pas juifs. On est chrétiens. Des chrétiens de Venise. Ma maman et mon papa sont arrivés sur le quatrième rivage en 1938... je vous jure. J'avais cinq ans mais je me souviens de tout.

— Rachele, ils vont venir te chercher. Écoute-moi. Si tu fuis vers les montagnes, tu trouveras des gens pour t'aider, mais ne te fais pas attraper par les soldats, ne te fie à personne. »

Angela prit la main de son amie, elle l'étreignit en murmurant que ce n'était pas possible, que Rachele devait rester avec elle. Puis son visage changea. Le règlement appris par cœur le stipulait clairement : aucune Juive parmi les organisées.

« Angelina, essaie de comprendre... C'est la seule solution. Tu n'as qu'une chose à faire : si une demoiselle te demande où est Rachele, dis-lui qu'elle arrive, qu'elle est aux toilettes. Pour gagner un peu de temps.

— Mais elle n'a rien fait ! » s'écria Angela en serrant le corps immobile de son amie.

Dénuée de la moindre émotion, Rachele fixait le mur et écoutait leurs voix, telles des sirènes lointaines.

« Ils se sont trompés, le règlement est faux !

— Elle ne devrait pas être là. Tu connais le règlement », glissa la Romagnole à Angela dont les joues passaient du blanc au rouge, dont la voix s'élevait et retombait. Un tourbillon de colère l'obligeait à essuyer ses yeux du bout des doigts pour retenir les larmes.

Rachele s'écarta, elle expliqua tout bas que sa mère avait sollicité un maudit faussaire, qui les avait probablement dénoncés. Elle baissa le regard, se tourna et enfouit son visage dans la jupe de la surveillante, qui lui caressait la tête.

« Mais c'est mon amie », dit Angela.

Sur ces mots elles se séparèrent et ne dirent plus rien.

L'âme vide et le cœur endurci, Angela suivit la Romagnole. Elles descendirent ensemble dans la cour, et la Petite Italienne rejoignit ses camarades. Les visages qu'elle voyait tous les jours lui semblaient soudain étrangers. Reflets de lieux et de familles inconnus, de maisons abandonnées et perdues, de vies d'enfants comme des vestiges de royaumes déchus et disparus au fil des siècles. Et elle, au milieu, qui s'efforçait d'empêcher ses genoux de trembler.

La guerre signifiait peut-être la même chose pour les adultes : perdre ses amis et son travail, ne plus avoir de quoi manger ni s'habiller. Elle fixa une à une les surveillantes, leur mine toujours plus affligée, les rides creusées par les cris de colère, les ordres et les reproches, les mains lisses qui ne se fatiguaient jamais car le dur labeur revenait aux organisées. Elle devait trouver une solution, un moyen de partir. Avec Margherita et Sara, dans les montagnes comme Rachele. Fuir, loin des adultes. Un petit monde rien que pour elles.

La directrice arrondissait les mains autour de sa bouche pour amplifier sa voix affaiblie par la toux qui leur ordonnait de se dépêcher, de se mettre en rangs dans la cour et d'écouter les modifications au règlement.

Les organisées paraissaient être au complet et, après les signes des demoiselles qui confirmèrent les avoir comptées, la directrice tapa dans ses mains en exigeant le silence puis, debout à côté du buste du

Duce dont le socle se couvrait d'une mousse verte l'hiver, elle commença à détailler la nouvelle routine.

Désormais la journée commencerait à sept heures. Elles auraient une heure pour faire leur toilette, ranger les chambrées, préparer le linge à laver. Les employées chargées de la lessive et du repassage étaient congédiées. Les heures soustraites aux études devaient être consacrées aux nouvelles activités de soutien à l'effort de guerre : confection de vêtements pour les soldats, entretien quotidien du potager. La visite médicale hebdomadaire était supprimée : le médecin de la ville avait lui aussi été appelé au front. En cas de maladie ou de syndrome d'une durée supérieure à quarante-huit heures, elles seraient examinées par l'infirmière de garde missionnée par l'hôpital voisin. Les portions alimentaires seraient réduites, le goûter de l'après-midi ne pourrait plus être fourni. Celles qui seraient surprises en train de manger ou boire à distance des repas sans autorisation écrite de la directrice et de l'infirmière seraient sanctionnées. Ainsi parlait la directrice, mais *sanctionnées* n'avait qu'une seule signification : le trou. Les nouvelles règles furent exposées en à peine plus de cinq minutes, jusqu'à ce que la directrice conclue son discours en exhortant les organisées à comprendre ces sacrifices supplémentaires, durs mais nécessaires, que le Duce demandait pour gagner la guerre.

« Maintenant s'il vous plaît, avant de vous libérer, j'aurais besoin du matricule Rachele Milano. Organisée, en avant. »

Cette phrase glaça Angela, qui s'efforça de ne pas chercher la Romagnole du regard, mais ses yeux coururent dans sa direction.

Les Petites Italiennes du manipule chuchotaient : pas de Rachele, là, parmi elles, nulle part. Elles l'avaient vue pour la dernière fois lorsqu'elle était sortie de la classe avec Angela. Le constat se propagea de bouche en bouche jusqu'à la directrice, qui interpella la Romagnole :

« Mademoiselle, où est l'organisée ?

— Madame la directrice, je l'ai laissée aux toilettes avant de vous rejoindre. Je n'allais tout de même pas l'attendre. Ça semblait être la grosse commission, alors je suis descendue. »

La Romagnole éclata de son rire joyeux, léger, qui accompagnait ses répliques scabreuses, et quelques organisées l'imitèrent. Cependant sa voix détonnait avec son regard, perdu, pour une fois.

« Et toi, matricule 32-80-19, debout ! » lança la directrice à l'intention d'Angela, qui ne se leva pas.

Antonia dut la tirer et lui intimer de parler. Angela bougea les lèvres mais du fond de la cour une grande partie des organisées n'arrivait pas à l'entendre, et la directrice non plus.

« Organisée, sais-tu où est le matricule Milano oui ou non ? »

Angela secoua la tête, les yeux luisants, prête à exploser.

Ces paroles furent rapidement balayées par les nombreuses questions qui tourbillonnèrent dans la cour. Toutes attendaient un nouvel ordre.

« Trouvez-la, trancha enfin la directrice. Tout de suite. Nous devons la livrer aux autorités d'ici ce soir. Trouvez-la et vous aurez une belle récompense. La première qui la trouve aura droit à une double ration journalière. »

Angela aurait voulu crier à ses camarades de ne pas suivre cet ordre, de ne pas la chercher. En effet, personne ne comprenait la raison de tant d'empressement. Celles qui tentèrent d'obtenir des explications furent immédiatement menacées par les surveillantes : une autre question et c'était le trou. Seule la Romagnole évitait les avertissements. Angela essaya de l'approcher mais elle la chassa en lui tournant le dos. Il ne lui restait que Sara. Elle la trouva dans la pinède avec Margherita.

« Ne la cherchez pas, dit-elle.

— Qu'est-ce qu'elle a fait ? demanda Sara.

— Elle n'a rien fait, répondit sèchement Angela, espérant que sa parole suffise. Rien qui soit contraire au règlement. Absolument rien.

— Si on la trouve pas, on va dans le trou ? demanda Margherita, et sans attendre la réponse elle fila entre les arbres en appelant Rachele à pleine voix.

— Angi, qu'est-ce qui se passe ? reprit Sara qui écouta sa sœur jusqu'au dernier mot avant de la serrer dans ses bras. Tu sais de quel côté elle est allée ?

— Elle est sortie par le débarras et elle a dû escalader le mur d'enceinte.

— On peut dire qu'elle est allée vers la plage, qu'on a vu des traces. Comme ça, elles iront toutes là-bas et elles ne la trouveront pas. »

Munies de deux bâtons, elles se dirigèrent vers leur laurier-rose familier. Elles étaient face à la fenêtre du débarras. Sara cassa quelques branches puis, pour rendre le scénario plus crédible, elle se hissa sur les épaules d'Angela et cassa d'autres branches en hauteur. Elles laissèrent des fleurs par terre, éparpillées et meurtries. Enfin, tandis que Sara regagnait la pinède, Angela rejoignit Antonia.

« Mademoiselle, on a une piste ! »

Elle la guida jusqu'au laurier-rose et lui montra les branches cassées comme si quelqu'un s'y était accroché ou avait grimpé. Les plus hautes et les plus solides, qui devaient avoir plusieurs années, pouvaient supporter le corps frêle de Rachele.

« Bravo, fit Antonia, excellent indice. J'informe tout de suite la directrice. Toi, rassemble quelques camarades et allez voir vers la plage.

— Quelques camarades ?

— Oui, c'est une bonne piste mais on ne sait jamais, mieux vaut chercher dans toutes les directions. »

Angela tapa des pieds pour la saluer et promit de revenir triomphante, la proie accrochée à l'hameçon. En s'éloignant elle sentit un frisson le long de son dos, car de l'Antonia qui l'avait prise par la main et qui charmait les hommes il ne restait aucune trace.

Elle appela les filles les plus intelligentes qu'elle connaissait, en commençant par Luisa, et elle tenta de les mettre sur la fausse piste. Soudain l'alarme anti-aérienne retentit. Les organisées dispersées se précipitèrent vers le refuge en formant un long serpentin d'où s'échappaient des bonnets et des mouchoirs perdus ou piétinés.

Au milieu de la pinède, les yeux de Margherita s'affolaient : elle était à l'opposé de la tour.

Inutile d'espérer avoir le temps de revenir en arrière pour atteindre le refuge, alors elle avança encore, en regardant les arbres à droite et à gauche, quand elle aperçut le *M* gravé sur l'écorce. Il était à moitié caché par la dernière branche d'un lierre agrippé au tronc. Le vrombissement d'ailes et de moteurs se rapprochait au-dessus de la mer. Elle chercha le trou à tâtons, aventurant ses mains dans l'entrelacs des buissons, jusqu'à sentir le contact de la trappe métallique, et tandis que le sifflement aigu d'une bombe résonnait à ses oreilles, Margherita se laissa engloutir par le trou.

Le refuge se trouvait sous la rue la plus proche. Des murs en briques rouges froids et humides, des bancs de chaque côté, le souffle profond et retenu d'inconnus. Des gens couchés ou assis par terre, entre les chaussures étrangères. Ils étaient trop nombreux là-dessous. Dans le noir, matricules et manipules ne comptaient plus. Pêle-mêle, les organisées redevenaient de simples fillettes.

Durant la course Angela était déjà avec Sara et, entre les bancs et les citadins entassés, elle se blottit dans ses bras. Sa sœur la serra contre elle.

Les bombes vibraient dans les ventres, dans les gorges. À chaque déflagration on avait une impression étrange, la peur d'être sur le point d'exploser et la conscience que c'était impossible.

« Où est Marghe ? demanda soudain Angela en regardant sa sœur.

— Je ne sais pas. Ici, quelque part.

— Je ne l'ai pas vue.

— On ne voit rien avec ces trois bougies...

— Marghe ! Margherita, tu es là ? »

À deux mètres d'elles une femme à la voix hystérique leur dit de ne pas crier, de rester silencieuses car l'ennemi pouvait les entendre et les prendre pour cible.

Dans un coin, cependant, retentissaient les pleurs déchirants d'un nouveau-né. Angela croisa les doigts et commença à prier. En réalité elle priait surtout pour Rachele, pour que les bombes ne l'atteignent pas. Elle remerciait Dieu d'avoir envoyé les bombardiers au moment où ses camarades risquaient de s'aventurer plus loin dans la pinède et de la repérer.

En écrasant quelques pieds et en jouant des coudes, Chiara se fraya un chemin jusqu'à elles. Jusqu'à Angela.

« Angelina, toi tu sais où est Rachele, pas vrai ?

— Qu'est-ce que tu veux ? intervint Sara.

— Si tu le sais, tu dois nous le dire.

— Fiche-nous la paix ! s'exclama alors Angela en lui assenant une gifle qui résonna sur les parois de briques. Tu me dégoûtes à vouloir vendre tes amies pour manger.

— Tu vois que tu sais où elle est.

— Mais vous allez vous taire, oui ! lança à nouveau la femme à côté d'elles.

— Organisées, ça suffit ! intima la directrice, qui avançait difficilement entre les corps.

— Ce sont vos filles ? Vous ne pouvez pas les…

— Nous venons de la colonie. Ce ne sont les filles de personne. »

La terre trembla, une bombe tombée tout près, l'effondrement d'un édifice, les cris d'une jeune fille qui disait que c'était leur maison, qu'on leur avait pris leur maison, qu'ils n'avaient plus rien.

Une déferlante d'explosions, tantôt proches, tantôt lointaines, et Sara qui murmurait à l'oreille d'Angela pour se rassurer, elle avant sa sœur, qui serrait ses paupières avec force, persuadée que tout ça, c'était sa faute : les chemises noires dans la nuit, la mort de Francesca, la fuite de Rachele, la sévérité des surveillantes, le départ du quatrième rivage. C'était à elle d'y remédier, de trouver un moyen pour contrôler la course du temps et l'arrêter à avant la guerre, avant leur départ, quand le soleil brûlant signifiait maison et ennui, ampoules sur les mains et caresses – rares caresses – de leur maman, quand la vie était souriante et sûre. En attendant, le noir et le feu autour devenaient insupportables et, après un long soupir, Angela demanda à Sara de lui raconter encore une fois l'histoire de l'amazone.

7.

Dans le trou on pouvait voir les étoiles et les fées, les farfadets et les papillons. Il suffisait de se concentrer, d'ignorer la trappe entrouverte que Margherita retenait avec son pied pour éviter de rester enfermée. Il suffisait de faire comme si on n'entendait pas les bombes dehors.

En fermant les yeux, elle les voyait : l'amazone et sa maman discutaient et les attendaient, elles aussi. L'amazone voulait lui apprendre à monter à cheval. Les autres amazones vivaient dans une maison grande comme la tour, mais elles étaient toutes amies. Leurs vêtements étaient toujours blancs, par magie, et là, il faisait toujours beau : pas de pluie ni de neige, pas de Luisa ni de Sveva, un printemps sans fin, un endroit sûr.

Quand la tempête d'explosions cessa, à l'extérieur il faisait encore jour. Elle retrouva le chemin, dans la pinède les arbres étaient intacts, des cercles de fumée noire montaient dans le ciel un peu plus loin. La tour se dressait au-dessus d'elle et tout se taisait.

Elle ouvrit la porte principale qui donnait sur la cour et se glissa dans les couloirs silencieux, prudente.

Pour une fois, personne ne l'empêcherait de faire ce qu'elle voulait. Le règlement était fixé au mur, dans un cadre, et ne pouvait pas parler. Il ne pouvait pas raconter qu'elle se dirigeait vers le secrétariat, qu'elle ouvrait et refermait la porte derrière elle puis commençait à fouiller dans tous les coins, à la hâte, des piles et des piles de documents très difficiles à déchiffrer pour elle qui apprenait à lire depuis quelques mois, des lettres avec l'en-tête du Commandement provincial, du Commandement national, mais pas une miette de leur vie d'avant, même pas une photographie du jour de leur départ.

Lorsqu'elle entendit la rampe métallique grincer sous le poids d'un corps, elle entrebâilla la porte et observa. Les pas se rapprochaient et elle vit de dos une femme se traîner vers la sortie, un ballot à la main. La Romagnole.

Margherita la suivit en silence, triomphante : pour une fois c'était elle qui avait le pouvoir, qui assistait à une infraction au règlement. La femme posa son ballot pour pousser le battant et sortir, alors Margherita s'éclaircit la voix et lança un « Mademoiselle ! ».

La Romagnole bondit comme si elle avait entendu une autre explosion.

« Tu n'es pas au refuge ?

— Vous allez où ?

— Ça ne va pas s'arranger, tu sais. Retrouve tes sœurs et partez. Vous n'avez pas un parent en Italie ?

— Je sais pas. Je demanderai à Sara.

— Si vous restez ici, ce ne sera peut-être pas la guerre mais la faim qui vous tuera. Je m'en vais, ça fera déjà une bouche en moins à nourrir. »

Elles se regardèrent en parlant avec les yeux et les mains. La Romagnole l'implorait de ne rien dire à personne, le règlement pour le personnel des colonies ne prévoyait aucune autorisation ou dérogation, que des ordres pour elles aussi. Les bombes étaient devenues l'occasion de prendre la fuite.

Un dernier regard et Margherita leva le bras droit pour la saluer.

« Ciao », fit la Romagnole en sortant, mais la fillette lui courut après. Elle se jeta sur elle comme une aiguille sur un aimant. La Romagnole lui caressa la tête. Elle se pencha et lui donna un baiser sur le front. Le premier qu'elle recevait depuis bien longtemps et qu'elle n'était pas près d'oublier.

« Sapristi, va retrouver tes sœurs, ajouta-t-elle tandis que Margherita aurait tant voulu un autre baiser, et un autre encore. Elles au moins, elles t'aiment beaucoup. »

Une dernière caresse et la femme s'éloigna rapidement vers la pinède, avec son lourd ballot qui l'entraînait tantôt à droite, tantôt à gauche.

Margherita la laissa partir, les joues striées de larmes. Même pleurer, pleurer vraiment, était une sensation qu'elle avait oubliée, enfouie depuis des mois, depuis le jour où elles avaient embarqué sur le paquebot. Alors elle fila à la cuisine, où la préparation du déjeuner avait probablement été interrompue par la sirène, elle prit ce qu'elle pouvait, en essayant de donner l'illusion que certaines portions avaient été mal calibrées, les portions de pain en particulier, et elle monta dans sa chambrée. Elle dégagea son secret des plis de sa jupe, elle l'enveloppa dans un vieux torchon et le cacha à l'endroit où depuis quelque temps déjà, telle une petite souris, elle avait creusé son nid.

AUX MAMANS LOINTAINES

Rien n'est plus cher et agréable à une maman que de savoir ce que son enfant aime, dit, apprend.
Le désir de savoir est plus vif pour vous qui vivez loin de vos filles, qui ne pouvez pas profiter des trésors cachés dans leur cœur et qui lentement se dévoilent.
Mais vos tendres créatures ne sont pas loin de vous, étrangères à votre vie, comme vous le croyez peut-être à tort, elles sont toujours près de vous, et de même l'âme de ces fillettes inquiètes qui languissent après vos caresses rêvent de leur maisonnette.
À travers leurs pensées spontanément éprouvées, je vois toujours apparaître la figure de la maman laborieuse, à la bonté sans faille ; celle du papa fatigué, des frères qui eux aussi par le travail et par les armes coopèrent à la grandeur et à la puissance de notre chère Patrie.
[...]

L'adieu au rivage

La maison plus belle, plus harmonieuse grâce à leurs efforts, sera plus appréciée par les hommes, elle deviendra ce nid douillet [...] qui est l'objectif crucial dans la vie de la femme, fière de pouvoir répéter comme son antique aïeule :
J'ai pris soin de la maison, j'ai filé la laine.
Ainsi se dévoile en quelques mots le cœur de vos fillettes.

L'enseignante d'économie domestique,
la surveillante M. R., Colonie C. Balbo, Cattolica
QUATRIÈME RIVAGE,
SUPPLÉMENT AU COMPTE RENDU
DU COMMANDEMENT GÉNÉRAL GIL,
numéro 6, 15 août XX

LA FAIM, 1943

1.

LA STAMPA

Jeudi 21 janvier 1943, an XXI

Réalisations et développements du Pacte tripartite

NOUVELLES POSITIONS CONQUISES EN TUNISIE

Des escadrilles de bombardement infligent de graves pertes à l'ennemi et retardent son avancée en Tripolitaine.

Ainsi, dans l'immobilité, les mois et les semaines avaient filé. Tandis que les journaux s'accumulaient dans la salle de couture, où la lecture de romans avait été remplacée par celle des actualités, Angela dévorait le *Manuel des surveillantes de colonie* obtenu après des demandes insistantes. La directrice s'était étonnée de cette obstination, et elle l'avait encouragée à se préparer aux études qui l'attendaient si elle voulait suivre son parcours : école des maîtres, puis école des surveillantes de la GIL, puis trois années de service en colonie à la mer et à la montagne avant d'être promue au poste de directrice. Sara lui avait dit de ne pas croire son baratin, et Angela avait répondu, très sérieuse, qu'elle devait bien connaître le règlement, parce que maintenant elle aussi avait les meilleures idées. Margherita, de son côté, avait décidé de ne plus faire confiance à personne, pas même à sa grande sœur, et si la nourriture avait une couleur étrange elle ne mangeait pas.

À chaque moment de liberté, Sara allait se réfugier dans le réfectoire, la nuit parfois, quand elle n'arrivait pas à dormir. Entre une heure et deux heures, personne ne pouvait la surprendre, elle était la nouvelle gardienne de l'heure du non-sommeil.

Elle reconnaissait les boutons dans le noir : l'allumage, le levier de chargement de la bande qu'elle insérait à l'aveuglette, guidée par son instinct et le bout de ses doigts. Avant de démarrer la projection elle mettait l'appareil en pause et, en l'utilisant comme une Fillipagani, elle s'approchait du mur, grimpait sur la table la plus haute, retirait les photographies du Duce et du roi pour créer un écran blanc. Après quelques minutes à tirer insérer ajuster encastrer, elle lançait le film et le regardait sans aucun son, juste le claquement rythmé des engrenages. La pellicule se déroulait vers sa fin inexorable et repartait du début jusqu'à ce qu'elle sente à nouveau un poids sur ses paupières.

L'amazone se tournait doucement, elle la fixait avec ses yeux noirs, ancestraux, puis elle lui racontait l'histoire des dattes et de leur parfum, et sa fuite dans le désert. Une nuit elle lui avait révélé que personne ne l'avait mise en cage. Son cheval avait galopé avec elle jusqu'aux confins de la Tripolitaine et, continuant le long du littoral sans jamais poser un sabot sur l'asphalte, il avait filé en direction de Benghazi, dans les recoins de la Cyrénaïque où jadis étaient arrivées les premières amazones fuyant la Grèce, où ces jours-ci on parlait de résistance à l'avancée ennemie tandis que les voix de Radio Londres parlaient de conquête, de capitulation, de défaite. Ainsi, cette nuit de 1940, la jument s'était échappée pour emmener l'amazone à la frontière, puis la laisser poursuivre seule, vers l'Égypte, et enfin rejoindre à pied le village secret des antiques guerrières. Un village qui ressemblait à la colonie et à la tour, sauf qu'il était dans le désert, au cœur d'une oasis qui existait depuis des milliers d'années, depuis le temps des Perses et du roi Darius Ier, si cher au vieux maître d'école. Là, il y avait une reine au nom long et difficile à prononcer, qui voulait pour son royaume de l'eau pure et des fruits frais, du pain croustillant et des épices apportées par les marchands. Un village sans mères ni pères, de jeunes femmes immortelles, avec un médaillon doré sur le front et la peau blanche, noire ou d'autres couleurs, qui s'entraînaient du matin au soir à combattre et priaient la déesse Lune avant de s'endormir.

Sara avait essayé de convaincre ses sœurs de descendre avec elle regarder l'amazone, imaginer la vie lointaine de ces femmes inconnues et insaisissables, mais à sa dernière invitation Angela l'avait regardée de travers, en la bousculant pour les chasser, elle et ses discours privés de sens. Pour la cadette désormais, tout était voué au rêve de devenir grande. Les réserves d'encre véritable étant épuisées, avec une encre de baies cueillies dans les buissons de la pinède elle avait copié au verso de vieux formulaires de 1936 chaque page du manuel de la directrice, prétextant exercer ses mains, car à presque dix ans elle devait être capable d'écrire beaucoup et d'écrire bien, les hampes droites, les points-virgules distincts des deux-points, les voyelles fines. Le règlement toujours dans sa poche. Le rêve de grandir, à présent, était fait de jambes longues et de bras forts, pour devenir adulte dans cette guerre infinie, avec un salaire et une chambre à elle. Fini les dortoirs et les lits grinçants : place au bois massif, à l'armoire et à la lampe personnelles, aux vêtements neufs, à la mode. Et puis faire carrière, être promue directrice.

« Laisse-moi, je dois étudier. Dès que j'aurai l'âge je passerai l'examen…, avait-elle dit ce même après-midi à Sara. Je travaillerai ici, à la tour. D'autres enfants viendront du quatrième rivage et je les aiderai. Je ferai mon règlement. Un règlement différent.

— Quand tu auras l'âge pour l'examen, la guerre sera finie, avait répondu l'aînée.

— La guerre ne finira jamais. »

Elles s'étaient quittées là-dessus, divisées par l'idée que la guerre pouvait finir dans trois heures ou trois siècles, sans qu'elles revoient jamais la femme qui les avait mises au monde, et qu'elles avaient cessé de nommer.

2.

LA STAMPA

Lundi 22 mars 1943, an XXI

LE REICH EXALTE SES 542 000 MORTS

Les Alliés prétendent prendre l'Europe par la faim

Le prolongement du conflit aggrava la faim, qui telle une moisissure invisible transforma les sœurs, érodant peu à peu leur envie de jeux et de liberté, consumant leurs forces et leur capacité à réagir. Le seul désir en ouvrant les yeux était de trouver quelque chose à manger. Glaner en ville, frapper aux portes à tour de rôle et quémander une poignée de farine, jusqu'à en avoir assez pour faire du pain ou des pâtes.

Dans la tour et le jardin, entre-temps, tout avait continué à se dégrader comme s'était dégradé le front de Libye, sauvé en janvier 1942 et perdu en novembre, ainsi le racontaient les gens, depuis que là, à la tour, il n'y avait plus la radio ; on l'avait vendue à Noël pour quelques kilos de farine et dix savonnettes, toujours dans la réserve avec les derniers vivres. Pour garder son énergie on parlait peu, on pensait peu, on avançait avec une seule question moulinée dans toutes les têtes, « Comment manger ? », qui suscitait mille réponses différentes, la plupart impossibles à réaliser. Même si les forces de l'Axe avaient reconquis Benghazi et assailli Tobrouk, si elles reprenaient Bardia et lançaient des contre-offensives, à la colonie les temps de divertissement devenaient de plus en plus courts et limités. Chaque semaine une nouvelle tâche s'ajoutait à la longue liste des corvées quotidiennes. On ne visionnait plus de films, cependant il était impossible de trouver un acquéreur pour le projecteur. Une nuit on avait tenté de le dérober, en vain, grâce à la promptitude de la directrice qui avait fait fuir les voleurs d'une manière sur laquelle, malgré l'humeur morose, on essayait de broder : selon la légende dominante, la directrice avait un pistolet.

Mais le pistolet, hélas, ne pouvait rien face au manque de vivres. Ainsi début 1943, après des demandes répétées et insistantes, était arrivé à la tour un chargement de boîtes pour élever des vers à soie.

Produire pour vendre. Vendre pour manger. Accumuler les cocons soyeux de la guerre. Les manipules se relayaient dans cette nouvelle besogne, déjà une habitude. Rangée parmi eux, en ce glacial matin de mars, Margherita marchait. Le front crispé, les épaules secouées de frissons, le ventre vide. Au bout de quelques pas elles s'arrêtèrent. Une branche cassée leur barrait le chemin.

Sara passait en revue ses camarades, leur criant d'ajuster leur col et de redresser leur jupe tout en chuchotant : « On n'a pas trouvé de pain, demain la directrice va au marché noir, si on vend tous les livres on nous donnera peut-être de la farine de haricots, c'est ce que dit Antonia. »

Les Petites Italiennes l'écoutaient en fixant leurs chaussures, toujours plongées dans le silence, prêtes à acquiescer. Angela gardait la tête baissée à la limite du supportable. Écrasée par les privations, brisée par les mots susurrés à son passage : on disait qu'elle portait malheur, on l'appelait « la Guigne ». La toucher était devenu un mauvais présage. Quand elles se mettaient en rangs, personne n'osait plus lui donner la main.

Les troncs de la pinède étaient acérés sous les doigts d'Angela, qui les effleurait avec ses mains libres et s'arrêtait pour observer les fourmis monter et descendre. Seulement, si cela durait trop, elle bloquait la chaîne des pas. On lui cria de ne rien toucher, sinon les arbres allaient tomber. Elle s'interdit bientôt de les regarder.

Elles traversaient la pinède deux par deux, main dans la main. Sauf Angela. Elles traversaient la pinède, en mars de l'an XXI, depuis que la directrice avait repéré, de l'autre côté de la rivière après le pont, sur le terrain généreusement donné à la colonie, trois mûriers pour engraisser les vers. À tour de rôle, chaque manipule cueillait les feuilles puis rentrait nourrir les petites créatures : la soie était de l'or dans la nation en guerre.

Une semaine après la livraison, les boîtes étaient remplies de petits arceaux blancs. À la lumière du soleil on aurait dit les branchages d'un jardin enchanté. Les vers mâchaient les feuilles de mûrier, sans s'arrêter, sans dormir, et Sara leur avait expliqué : « Les vers ne dorment jamais jusqu'à ce qu'ils se transforment en papillons. »

Au moment où les manipules se relayaient pour la cueillette, Sara s'était approchée d'Angela pour lui confier son plan longuement médité.

« Si tu m'aides, on peut partir cette nuit, lâcha-t-elle d'un trait. Par contre, il faudra faire vite, je connais un endroit en ville avec plein de femmes qui nous aideront. »

Angela souffla et la repoussa.

« Ne me parle pas. Je vais te porter malheur.

— Mais non, c'est pas vrai.

— Si, c'est vrai. Francesca est morte, Rachele a dû s'enfuir, et c'étaient mes meilleures amies.

— Et moi ?

— Quoi toi ? Tu es ma sœur.

— Si on arrive à partir d'ici, on pourra vite rentrer chez nous. Il n'y a que toi qui n'y crois pas.

— On doit d'abord grandir pour changer les règlements. Tant qu'on est petites, on ne peut rien faire. Rien du tout. »

Angela la poussa à nouveau, plus fort, dans le coin de pré où elle marchait seule, autour d'elle le vide laissé par les autres. Une distance de trois pas à laquelle désormais elle était habituée.

« Arrête, Antonia va nous gronder. »

Angela reprit le chemin de la tour. À travers la pinède, le double coup de sifflet de la surveillante annonça l'ordre : récolter les cocons. Angela les détachait des brindilles en arceaux un par un. Avec délicatesse, pour ne pas abîmer le fil de soie.

Les détacher et les déposer dans les sacs, les sacs à patates qui servaient à transporter les lettres. La matinée passa très lentement, les cocons finissaient par être tous pareils, plus elle en ramassait plus ils semblaient nombreux, et quand enfin elles purent aller déjeuner, pas de récompense dans leur assiette mais du bouillon aux herbes.

Tandis qu'elles buvaient leur bouillon où flottaient quelques morceaux de viande qui devait être du rôti de bœuf, la directrice avait pesé les sacs. Elle annonça triomphante qu'elles avaient récolté trente-cinq bons kilos de cocons. Les Petites et les Jeunes Italiennes bondirent sur leurs pieds et s'embrassèrent, elles entonnèrent un hymne puis une chanson, hasardèrent des applaudissements. Sara, en revanche, n'applaudissait pas.

« T'as entendu ? dit Angela. Trente-cinq kilos.

— Oui.

— T'es pas contente ? On va gagner beaucoup d'argent.

— Nous non, la directrice oui », répliqua Sara en faisant mine de retourner s'asseoir, mais Margherita les rejoignit en courant.

Elle exultait et sautillait frénétiquement, comme si elle venait de gagner un aller simple Apuania-Tripoli.

« Ils sont beaux les vers à soie ! J'adore les regarder ! De près, ils sont encore plus beaux. Et puis ils se transforment en papillons ! » s'écria-t-elle en battant des mains.

Mais Sara saisit ses poignets et, bloquant ses mouvements, ferme, avec l'air de celle qui perce toujours les secrets avant les autres, elle dit :

« Non, ils ne se transforment pas en papillons.

— Bien sûr que si ! Tous les vers se transforment en papillons, intervint Angela, la voix terne et le visage pâle.

— Ceux-là, non.

— Comment, non ? On les sort des cocons, on garde la soie et ils s'envolent, insista Margherita en se libérant et en se massant doucement les poignets.

— On les tue avant qu'ils puissent se transformer, expliqua Sara en essayant de la fixer dans les yeux, un contact que sa petite sœur fuyait.

— C'est pas vrai.

— Demandez à la directrice, si vous ne me croyez pas. »

Ils n'étaient pas comme elles. Les vers ne souffraient pas.

Dans la soie, ils étaient comme endormis.

Ils ne dormaient pas comme les fillettes dans leurs chambrées en attendant la fin de la guerre.

Ils dormaient dans un autre monde.

Ils dormaient comme s'ils étaient morts, expliqua la directrice.

Ils dormaient et quand les fabricants de soie prenaient les cocons pour les mettre dans de l'eau très très chaude, les vers ne s'en apercevaient même pas.

C'étaient des vers à soie, ils n'étaient pas faits pour devenir des papillons.

3.

LA STAMPA

Dimanche 20 juin 1943, an XXI

ASSURER DES ARMES À LA PATRIE

La mobilisation des femmes nées entre 1919 et 1925 et des hommes nés entre 1907 et 1925 – Le travail obligatoire étendu aux Juifs des mêmes classes d'âge.

Onze heures du matin. Journée d'été dans la tempête. Pressées comme des lapins pour se réchauffer. Bras croisés pour se protéger du vent. Poings serrés. Le remous des vagues et les goélands sifflant haut dans le ciel, seuls bruits à leurs oreilles. Quand les dépenses au marché noir dépassèrent en une semaine les charges mensuelles de la tour, la directrice commença l'évacuation. Un fourgon embarqua les organisées de tous âges, là où des places se libéraient : à la montagne, sur la côte ligure, dans les pensionnats et les couvents, chez des parents proches ou moins proches, ailleurs. La directrice avait décidé de ne pas séparer les sœurs, même si selon le critère de l'âge

Margherita aurait dû aller à la colonie de Bordighera. Les surveillantes déverrouillèrent le cadenas qui fermait la grille, les mains teintées de rouille, sous les yeux des dernières fillettes. C'était le septième jour de transferts et le fourgon s'arrêta près de la plage, devant l'unique manipule restant.

Pas un mot, pas un frémissement de muscle. Les voyageuses s'entraidèrent pour monter à bord, on ne savait pas s'il valait mieux partir ou rester. Angela compta, de son manipule elles étaient dix à partir, d'autres se trouvaient déjà loin, et malheureusement Luisa n'était pas du convoi.

Au volant du fourgon, le chauffeur semblait figé jusque dans ses pensées. Immobile dans l'habitacle, sa vitre baissée d'un doigt pour laisser échapper la fumée de sa cigarette. De temps en temps il buvait dans une flasque. Il l'approchait de sa bouche, avalait une longue gorgée et la rangeait à un endroit que, derrière la portière, les yeux d'Angela ne pouvaient atteindre.

Antonia monta la dernière, sans valise : elle les accompagnait puis rentrait. La directrice lui remit un document tapé à la machine et lui fit mille recommandations. Ne pas s'arrêter en route. Ne pas donner plus d'argent au chauffeur. Ne pas revenir après dix-sept heures, trouver plutôt un endroit sûr pour dormir et repartir au lever du jour. Ne pas emprunter seule à pied la via dei Platani mais se faire accompagner jusqu'au portail.

« Que s'est-il encore passé ? demanda alors Antonia en s'efforçant de parler à voix basse.

— Rien, rien…, répondit la directrice embarrassée, sans trouver les mots, ce qui ne lui ressemblait pas. Des rumeurs… une fille de la ville… disparue depuis trois jours… Au marché noir on dit qu'il vaudrait mieux qu'elle soit morte. Ne va pas là-bas toute seule. Attends, tiens… »

Elle lui tendit un balluchon, quelque chose enveloppé dans les coupons d'étoffe des leçons de couture interrompues.

« Cache-le », ajouta-t-elle, puis elle s'éloigna pour observer le fourgon entier et son chargement humain. « Alors bon voyage, mes enfants. Nous prierons pour que tout se passe bien. »

Les fillettes ne pleurèrent pas au moment de se séparer, même celles qui restaient, du moins avant que Monica se détache du groupe saluant au portail et, en quelques enjambées, tente de sauter dans le véhicule prêt à prendre le large : une ribambelle de mains se tendirent vers elle, et si la directrice ne l'avait pas rattrapée au vol, elle serait partie aussi.

« Vous devez respecter l'ordre d'évacuation ! Ton tour viendra, tôt ou tard. »

Monica craqua et éclata en sanglots, dans la tenaille des bras de la directrice elle se démenait et donnait voix au désir de toutes : elles aussi voulaient une nouvelle maison, un lit douillet, un vrai repas. Angela ne pleurait pas. Le visage sans émotion, le cœur sans battements. Nul rêve d'un ailleurs. Seulement l'envie de s'endormir et d'oublier les trois dernières années.

Ses camarades laissaient leurs regards flotter sur la mer, sur les roues pleines de boue, sur la grille écaillée, pendant que la directrice donnait les ultimes consignes au chauffeur. Angela contempla la tour jusqu'au sommet, en repensant à quand elle l'avait vue pour la première fois. Le monde s'arrête, l'été de la guerre-éclair se couvre de gel, de pluie et d'années, oui, tellement d'années qu'elles n'arrivent plus à les compter et Angela se demande si ce n'est pas une erreur, si le temps ne fonctionne pas autrement que selon les mesures des grands, avec leurs horloges et leurs calendriers. Il faudrait le mesurer comme Sara mesure les photogrammes, en arrière puis en avant, car on ne sait pas si les photogrammes sont des mois, des siècles, des jours ou des années, ils pourraient même être des heures. C'est cela leur villégiature, voilà, une unique journée qui se répète sans cesse, un moment de mille ans.

Le fourgon s'ébranlait et vrombissait tandis que le chauffeur démarrait et s'éloignait, laissant les trois sœurs et les dernières organisées de la tour.

Par habitude, Sara se mit à les compter. En tout elles étaient vingt-cinq, désormais, vingt-sept avec Antonia et la directrice. Elles auraient peut-être des portions plus abondantes.

Quelques pas et elles seraient à l'abri, dans le réfectoire, prêtes à avaler un bouillon qui n'apaisait pas la faim mais qui réchauffait les os ; elles l'attendaient toutes, car on pouvait claquer des dents en été, presque comme en hiver, à cause de la faim. Elles entendirent le portail et le cadenas se refermer et, à l'intérieur, elles se dispersèrent. Sara frôla Margherita et lui caressa une joue, s'étonnant de la trouver toujours plus grande. Elle se demanda comment elle pouvait grandir autant. Peut-être qu'avant la fin de la guerre elle les dépasserait et commencerait à leur donner des ordres, comme si elle et Angela étaient les plus jeunes.

« L'hiver prochain, il faudra construire une cheminée, dit alors Sara, en changeant le cours de sa pensée et de ses mots. Comme dans cette histoire des deux enfants et de la maison en pain d'épices. Hansel et…

— … Gretel, intervint Monica qui s'était tournée pour les écouter. Hansel et Gretel.

— Mais après ils finissent dans la marmite de la sorcière qui veut les manger, s'inquiéta Margherita.

— On est nombreuses. Aucune sorcière ne pourra nous manger, la rassura Sara.

— Et puis d'abord les sorcières n'existent pas, murmura Anita.

— Si, elles existent. Dans mon village il y en a une. Elle fait disparaître les vieux et si elle te fixe dans les yeux tu dois lui dire d'aller au diable, comme ça, elle te laisse tranquille, expliqua Monica. Si elle veut te donner une pièce, tu dois la prendre avec des gants parce que si tu la touches elle peut venir t'enlever pendant ton sommeil et on te revoit plus.

— De toute façon il faut de l'argent pour construire une cheminée, et la directrice n'en a pas, enchaîna Luisa en se penchant et en agitant son doigt en l'air comme la baguette d'une maîtresse pointée vers un tableau imaginaire.

— Elle en a. Dans son soutien-gorge, rectifia Margherita.

— Comment tu le sais, toi ? lança Monica en la toisant.

— Tout le monde le sait », trancha Sara en criant pour couvrir toutes les voix.

Elles continuèrent à marcher et à comploter. Margherita se dirigea à pas pressés vers le réfectoire en tenant Sara par la main, et elle fila droit à la table où était assise Angela. Elle la tira par la manche, doucement, comme pour la réveiller d'un long sommeil, puis elle les regarda l'une et l'autre, les yeux plissés, en attendant qu'elles se parlent.

« Pourquoi vous ne vous parlez plus ? Vous devez vous parler. On est sœurs. »

Angela ne broncha pas. Elle mangeait lentement et elle les expédia d'un haussement d'épaules, auquel Sara répondit par un grognement.

Margherita s'installa à l'angle d'une table vide et elle engloutit avidement son potage, d'abord en buvant à même son assiette comme si c'était un bol, avec des gargouillis contraires à la discipline et au savoir-vivre, puis à grandes cuillerées, qui finirent trop vite. Sara fixa cette lavasse en quête d'un présage, entre deux halos d'huile qui flottaient en surface et le vague mélange d'herbes. Quand Monica, à côté d'elle, tendit le bras en lui demandant si elle pouvait prendre sa part, alors elle se rendit compte du besoin qu'elle avait de se remplir le ventre et, éloignant de sa main gauche la cuillère ennemie qui planait sur son assiette, de sa main droite elle commença à manger.

4.

Rome, lundi 26 juillet 1943

COMMUNIQUÉ OFFICIEL

Sa Majesté le Roi et Empereur a accepté la démission de la charge de chef du gouvernement, Premier ministre, secrétaire d'État présentée par Son Excellence le chevalier Benito Mussolini, et a nommé chef du gouvernement, Premier ministre, secrétaire d'État Son Excellence le chevalier maréchal d'Italie Pietro Badoglio.

« J'aimerais voir l'amazone, lança Margherita à Sara après le déjeuner. Moi, ça m'intéresse. Je ne suis pas comme Angela. Et puis personne ne viendra contrôler, j'ai même pas peur de finir dans le trou.

— Pourquoi devrais-tu avoir peur ? La directrice a dit que maintenant que le Duce n'est plus là, on mangera moins, encore moins que celles qui se retrouvaient dans le trou au pain et à l'eau », répliqua Sara en se tournant vers la fenêtre derrière elles.

Un rayon de soleil se faufilait entre les grappes de nuages sur la côte, éclairant le monde nappé d'une patine grise de tempête.

Plus de trois années loin de…

Plus de trois années sans nouvelles de…

L'impression d'être parties hier, en rangs dans la foule, le voyage en charrette dont Margherita se souvenait seulement à travers les paroles de ses sœurs. Le premier été à la tour était devenu, dans leur esprit, une journée de soleil infinie. Une ribambelle de sourires, de jeux et d'euphorie. Des assiettes bien remplies. Elles savaient, évidemment, qu'en réalité la nourriture n'avait jamais été très bonne, certainement pas aussi bonne qu'à la maison, toutefois trois ans plus tard elles auraient fait des bonds de joie pour une de ces assiettes de pâtes couvertes de sauce fade et de fromage industriel, dont une bouchée équivalait aux portions qu'on leur servait à présent. Sara posa une main sur la vitre de la salle de classe au premier étage, comme pour caresser le ciel, et elle entendit sa sœur marmonner.

« Je veux une guerre sans la faim, dit Margherita en s'approchant de la fenêtre et en montrant le buste de marbre qui trônait toujours dans la cour, humide de pluie et tacheté de mousse sur le côté gauche, où le soleil peinait certains mois à s'aventurer.

— La guerre, c'est la faim », s'immisça dans leur dos la voix vide et résignée d'Antonia. Exsangue et tremblante, elle tenait debout en appuyant ses épaules contre le mur, comme si elle était sur le point de glisser. « Je ne vous ai pas entendues… »

Antonia perdit l'équilibre, elle fit un pas en avant et s'agrippa d'une main au rebord de la fenêtre. Sara l'aida en la soutenant par l'épaule, et elle continua à la soutenir tandis qu'elle regagnait sa chambre. La peau d'Antonia brûlait. Margherita les suivit, les yeux écarquillés et retenant son souffle, jusqu'à la chambre au bout du couloir, et là enfin Antonia s'allongea, secouée de quintes de toux. Elles l'installèrent dans son lit.

« Elle va mourir ?

— Mais non, Marghe, c'est juste la fièvre. »

Elles descendirent en silence. Le matin la directrice avait couru partout en brandissant tel un crucifix brisé le manuel des directeurs de colonies en répétant qu'elles étaient en sous-effectif, que personne ne lui envoyait le double exemplaire signé par le Commandement provincial de l'autorisation pour organiser le dernier transfert et qu'au moins, en attendant, on pourrait lui donner mandat d'embaucher du personnel local, payé en honoraires évidemment. En Apuania comme dans le reste de l'Italie, il y en avait des femmes et des hommes âgés, inaptes au combat, qui en échange de quelques lires seraient volontiers venus aider à contrôler l'immense pinède, l'état des façades et des grilles, la sécurité de la tour. Il fallait de l'argent, en tout cas, pour encadrer les dernières organisées, même si elles étaient grandes et efficientes, surtout efficientes, car la faim imposait obéissance et discipline, bien plus que les bribes de règlement encore affichées çà et là aux détours des couloirs, les inscriptions désormais dilatées et effacées par l'humidité des jours de tempête. Il n'y avait plus d'encre et de papier pour faire de nouvelles pancartes, elles devaient se débrouiller.

La tâche d'adapter les réserves à la faim des vingt-sept bouches restantes concentrait l'essentiel des efforts. Les heures de travaux domestiques étaient consacrées aux réparations et au rapiéçage. Vêtements et casseroles. Vaisselle et souliers. Tuyaux, chaises, lits, vitres noircies. Et au potager de guerre, rabougri par la sécheresse et l'inexpérience.

Quand les deux sœurs traversèrent le rez-de-chaussée en sens inverse, devant le bureau de la directrice le bruit de la machine à écrire qui imprimait avec force les lettres sur le papier leur fit penser à une petite mitraillette.

Sara prit la main de Margherita, qui la tira par le bras et demanda :

« On va voir l'amazone ?

— On doit faire le jardin. Après.

— Le jardin est vide, on a déjà tout récolté. Allez, qui va surveiller ce qu'on fait ? » insista Margherita.

Incapable de trouver une réponse sensée et convaincante, Sara la poussa vers le fond du couloir à gauche, et l'emmena dans le réfectoire.

Maintenant qu'elles dormaient les vingt-cinq ensemble, âges confondus et manipules restreints en deux rangées de lits, même les rituels du matin n'avaient plus d'horaires fixes. Pas besoin de courir à la salle de bains, il y avait de la place, et sinon on pouvait monter à l'étage au-dessus, qui était vide. On récitait les prières de manière aléatoire, chacune de son côté, car Antonia et la directrice avaient trop d'obligations pour rester là, plantées au centre de la pièce, à déclamer. Certaines ne priaient plus mais si elles parlaient, leurs voix résonnaient toujours trop, parce que l'habitude de crier pour se faire entendre persistait parmi les organisées également, même si dans le réfectoire à présent, entre un plat misérable et l'autre, on aurait perçu la chute d'une épingle.

Le matin suivant, Sara se frottait les yeux comme au sortir d'un sommeil millénaire, sa chemise de nuit flottant autour de son corps d'adolescente affamée. Derrière elle plusieurs remarquèrent la tache, et ce fut une éclosion d'interrogations muettes dans les regards, de gestes curieux et intrigués, de murmures inquiets.

Angela se raidit au bord de son lit et sa pensée courut vers sa maman, vers cette présence ô combien nécessaire par moments, pour se faire expliquer l'incompréhensible, même si en l'occurrence elle avait tout compris. Les yeux et les discours écoutés maintes fois sur comment on devenait grande suffisaient.

« Sara, attends », dit Monica.

La chef d'escouade se retourna, contrariée.

« Commence pas à me casser les pieds !

— Tu as taché ta chemise de nuit.

— Et alors ?

— C'est du sang. Tu sais ce que ça veut dire ? Moi je sais. Mais je te le dirai pas. »

Sara tira un pan de l'étoffe pour essayer de voir, agacée avant tout par les regards pointés sur elle et le silence étrange, effrayé et suspendu, cette peur qui ne concernait qu'elle. Comme si soudain elle était un monstre. Comme si elle avait tué quelqu'un. Puis elle laissa retomber sa chemise de nuit et, sans rien dire, se précipita à la salle de bains. Dès qu'elle sortit de la chambrée les chuchotements fusèrent, chacune commentait avec sa voisine, elles se rassuraient sur la normalité de l'événement, sur le fait que certaines d'entre elles étaient déjà des demoiselles depuis un an et qu'il n'y avait pas de quoi en faire un plat.

Quand Monica pressa Margherita pour l'obliger à se lever et à se joindre à la conversation, la fillette la rembarra.

« Ne me parle pas, fit Margherita en remontant son drap sur sa tête pour ne plus la voir.

— Mais c'est ta sœur !

— Et alors ? marmonna-t-elle la toile collée sur sa bouche, son souffle chaud sortant et rentrant aussitôt par ses narines.

— Maintenant elle peut aller avec les hommes ! Ça t'intéresse pas ?

— Les hommes sont à la guerre.

— Moi, ça m'intéresse.

— C'est pas tes affaires ! »

Alors que Margherita chassait Monica à coups de pieds, Angela s'échappa du cercle d'organisées rassemblées autour de son lit et rejoignit sa sœur aux toilettes.

Quand elle arriva, la porte de la cabine était déjà fermée et un silence vide emplissait l'espace tout à elles. Elle frappa une, deux, trois fois. L'écho sonore de son poing sur le bois.

Derrière la porte, Sara avait retiré sa blouse et fixait la tache. Sa culotte aussi était salie. Une tache large et rouge. Elle s'appuya contre les carreaux blancs et froids du mur, l'odeur du désinfectant était plus légère depuis qu'elles économisaient le détergent. Angela appelait mais elle ne répondit pas. Elle ferma les yeux, elle baissa une main et la passa entre ses jambes, elle tâta pour comprendre, trouvant cette chose humide et visqueuse qui sortait de son corps. Lorsqu'elle rouvrit les yeux sur ses doigts souillés, sa première sensation fut l'envie de courir se laver à grandes eaux, pour tout enlever, purifier, aseptiser.

« Tu peux me répondre ? insista Angela.

— Tout va bien. Laisse-moi.

— Tu perds du sang à cause de moi ? » La voix d'Angela se faussa à peine.

Sara posa sa main propre sur la poignée de la porte puis elle la retira, elle remonta sa culotte et continua à parler la tête contre le chambranle en bois blanc effrité.

« Promis, Angi, ça va. Et c'est pas ta faute.

— Tu sais que je porte malheur.

— C'est pour ça que tu me parles plus ?

— C'est toi qui me parles plus !

— Ah non, c'est toi… tu restes toujours dans ton coin. Tu préférais Rachele et Francesca à Margherita et moi. Depuis qu'elles sont plus là, tu es toujours triste.

— Mais je vous aime !

— Et puis d'abord c'est pas vrai que tu portes malheur. Les écoute pas.

— Alors c'est pas ma faute si tu es devenue une demoiselle ?

— Mais non ! »

Sara éclata de rire. Angela pleurait en cachette. Elle craignait que la porte ne s'ouvre d'un moment à l'autre et, une main sur la poignée, elle était prête à la retenir, juste le temps d'essuyer ses larmes pour ne pas montrer combien elle était désolée.

« Et tu ne vas pas partir ? Parce que quand on devient une demoiselle après il faut se marier.

— Avec qui veux-tu que je me marie ?

— Je sais pas. C'est comme ça, non ? Tu dois faire l'amour avec un homme pour avoir un enfant. Mais d'abord vous devez vous marier. »

Sara ouvrit la porte, découvrant sa sœur cadette avec les yeux brillants et une grimace désespérée. Tout chez Angela révélait qu'elle n'était pas prête à la perdre, jusqu'à la manière dont elle lui sauta au cou et l'étreignit, presque au point de l'étouffer. Sara la repoussa difficilement et lui montra sa main souillée. Elle sourit. Elle rit encore.

« Je ne sais pas si je vais me marier, Angi. Pour le moment, j'ai pas envie. J'ai juste envie de partir d'ici. On peut le faire maintenant, pas vrai ?

— Tu peux tout faire maintenant. Tu es comme elles. »

5.

LA STAMPA

Dimanche 22 août 1943

LE PROBLÈME DE DEMAIN : LA CLASSE DIRIGEANTE

Un des problèmes majeurs qui se présentera, une fois résolu celui immédiat de la guerre [...], concerne indubitablement la formation d'une nouvelle classe de dirigeants de la vie nationale. [...] Par classe dirigeante nous entendons un ensemble d'hommes qui, dans les différents domaines de l'activité nationale, ont acquis autorité et prestige.

Les émissions pour la Sicile

À partir de ce lundi 23 l'émission spéciale quotidienne dédiée à la Sicile, comprenant la lecture en direct des nouvelles et des messages aux proches restés sur l'île, débutera à vingt heures et se terminera à vingt heures trente.

Elles l'avaient vue s'effondrer comme les divas des films d'amour, une plume légère sur le sable. Sara s'était évanouie à midi, alors qu'elles traversaient la grève pour aller se baigner. La directrice n'avait pas appelé le médecin, elle l'avait fait emmener dans la chambre d'Antonia et c'était principalement cela qui les avait inquiétées.

Les rumeurs s'étaient propagées tout de suite, de bouche en bouche. C'était à qui disait qu'elle avait perdu trop de sang, qui affirmait que c'était à cause de la chaleur étouffante, qui accusait Angela.

Tandis que les ventres gargouillaient et que les gorges réclamaient plus d'eau, seule chose abondante, on parlait de malédiction, d'évanouissement pour dénutrition, comme c'était écrit dans le manuel de la GIL au chapitre « Médecins et infirmières ». Angela en lisait un extrait aux organisées rassemblées dans la cour, à l'ombre, tournant le dos au buste de marbre et aux fantômes de leurs corps sains et heureux de faire de la gymnastique pour préparer un défilé. Elle lisait un règlement auquel elle ne croyait plus, en quête d'une réponse que personne ne pouvait lui donner. Elle lisait surtout pour apaiser son angoisse, en attendant le médecin qu'Antonia était partie chercher en ville à la hâte, sur l'unique bicyclette brinquebalante à disposition, abandonnée à l'aube de la villégiature par un jardinier paresseux qui n'était jamais venu la récupérer.

« "Hygiène des enfants. Elle doit être assurée par le personnel de surveillance, sous la responsabilité de la direction et de l'officier de santé."

— Mais justement, il n'y a pas d'officier de santé ici ! Il nous faut un docteur ! » lança Margherita en lui tirant le bras pour l'obliger à s'interrompre.

Angela la chassa comme un moustique importun ; en face d'elle, des yeux assoiffés de réponses.

« Écoute et tais-toi ! siffla Luisa.

— C'est pas à toi de me donner des ordres ! répliqua Margherita en reniflant et en écarquillant les yeux de colère.

— Alors écoute ceux de tes sœurs, d'accord ?

— En tout cas pas les tiens !

— Arrête, Marghe, laisse-moi lire pour voir si on peut aider Sara... », dit Angela, la voix tremblant d'impatience. Elle voulait comprendre.

Sa petite sœur colla une main sur la page, pour obtenir son attention.

« Tu crois que c'est écrit quoi ? Sara s'est évanouie parce qu'elle mange pas assez ! »

Angela resta devant son livre ouvert, fixant Luisa dans les yeux, mais même Luisa n'avait pas la force d'insister ni de décocher une de ses méchancetés. Finalement Margherita retira sa main, poussée par les regards hostiles des autres, et sa sœur continua sa lecture.

« "Les enfants doivent être conduits aux douches et aux lavabos au moins une fois par semaine et le médecin doit toujours assister au déroulement de ces opérations. Il convient de faire en sorte que la capacité des installations soit proportionnelle aux effectifs présents et que la température de l'eau atteigne 37 degrés centigrades. Les enfants, avant de..."

— T'as fini ? la coupa Margherita en se levant.

— Non, j'ai pas fini. Et fais pas cette tête. Je sais. Est-ce qu'on a respecté tout ça ? Non. Le docteur est parti au front. L'eau est froide été comme hiver. J'ai faim. Toi aussi. Sara aussi... Et le règlement ne dit pas comment faire passer la faim. C'est pas écrit là, le règlement ne le sait pas, la directrice ne le sait pas, personne ne le sait ! Si quelqu'un le savait, il ferait aussi passer la guerre, mais la guerre ne passe pas ! »

Les organisées s'approchèrent d'Angela et de Margherita. Elles échangeaient des bouts de syllabes murmurés, des mots tronqués privés de sens, cherchant une idée.

En baissant la voix le plus possible, de peur qu'Antonia montée avec le médecin au chevet de Sara ne l'entende, Luisa dit que tout était la faute de la directrice, la seule à être en bonne santé. Elle mangeait en cachette, selon elle. Elle les nourrissait de moins en moins. Elles étaient moitié moins nombreuses et mangeaient aussi peu que quand elles étaient au complet.

« Depuis que le Duce… enfin, maintenant qu'il n'est plus… tout a empiré.

— Ça avait déjà empiré avant, tu ne te rappelles pas ? dit Angela en roulant le manuel entre ses doigts, telles des griffes prêtes à se planter dans le papier.

— Même au marché noir il n'y a plus rien, ajouta Monica avec son accent des Pouilles qui n'avait pas disparu après trois années de colonie, et avant, trois en Libye.

— En tout cas elles ne semblent pas affamées, dit Margherita. Depuis l'arrivée de Badoglio, elles ne changent pas, elles ne manquent de rien, Badoglio les protège, comme le Duce. Mais nous… »

Angela feuilleta encore le manuel, puis elle le ferma d'un coup et le glissa sous son bras. Elle aurait tant voulu s'éloigner, mais les autres l'encerclaient, la retenant au centre du groupe.

« Bien sûr que si, elles sont affamées, la directrice a maigri. Tu ne vois pas comme elle flotte dans sa robe ? Tous les plis ? objecta Ilaria en mimant le vêtement lâche et gonflé d'air.

— Elle l'a retouchée exprès…, répliqua Luisa.

— C'est vrai, elle a pris l'uniforme d'une surveillante et elle l'a agrandi pour paraître plus maigre, murmura Anita en agitant ses bras très fins, pleine de colère.

— Maintenant elle pourrait au moins donner un peu plus à Sara ! » s'exclama Ilaria.

L'une après l'autre, elles exprimèrent leur opinion : il lui fallait du chocolat, parce que c'est plein d'énergie et ça évite de s'évanouir, seulement ça fond avec la chaleur, ou du beurre, le beurre aussi est plein d'énergie, et puis c'est doux et tellement bon.

Elles rêvaient de poulets rôtis et de jambons, de glaces et de brioches, d'omelettes à la menthe, de tranches de pain si croustillantes qu'on n'arrêtait plus de les mâcher. N'importe quel mets aurait revigoré Sara. Et elles étaient prêtes à n'en accepter qu'une toute petite part.

« Stop, vous me donnez encore plus faim ! lança Angela en essayant de se boucher les oreilles.

— Je pense qu'il faut le faire aujourd'hui », intervint alors Sara en franchissant la porte.

Elles se tournèrent, muettes, et scrutèrent son visage, ses épaules, ses mains. Elle était droite, sérieuse, fière.

« Faire quoi ? demanda Luisa.

— Prendre la clé de la réserve. On est vingt-cinq contre deux. On a juste besoin du paquet que la directrice avait confié à Antonia.

— Oui, le pistolet ! » s'écria Margherita.

Sara courut plaquer sa main sur ses lèvres et, quand sa petite sœur cessa de gesticuler, elle précisa qu'il suffirait de trouver le bon moment pour sortir le pistolet, les convaincre d'ouvrir la réserve et prendre toute la nourriture qu'elles se mettaient de côté.

« J'ai pas envie de prendre des choses dans la réserve, moi », dit Angela en se frayant un chemin entre ses camarades, et Sara découvrit que sa sœur cadette, celle qui parlait peu et qui était toujours sage, pleurait silencieusement, serrant contre elle le règlement comme une poupée fraîchement déballée.

« Je comprends rien, plus rien. Qu'est-ce qu'on doit faire ? »

Le chœur s'éleva, unanime : elles étaient fatiguées de découper, coudre, rapiécer, retoucher. Elles voulaient manger. Maintenant. Et Sara, qui était devenue une demoiselle et qui avait plus de jugement qu'elles toutes réunies, devait le comprendre et les guider à la recherche de l'arme et des biscuits qui leur redonneraient des forces.

En les observant de haut, par une fenêtre entrouverte, la directrice imagina qu'elles préparaient un jeu, et au fil des minutes, notant qu'elles ne bougeaient pas, elle se demanda de quel jeu il pouvait s'agir.

6.

LA STAMPA

Jeudi 9 septembre 1943

LA GUERRE EST FINIE

Badoglio annonce à la Nation que la demande d'armistice a été approuvée par le général Eisenhower.

Ce matin de septembre, après avoir lu le journal, la directrice et Antonia l'enfermèrent dans le secrétaire de l'infirmerie au rez-de-chaussée. En un éclair elles dictèrent des télégrammes, tapèrent des courriers à la machine, décidèrent de débarrasser les derniers étages de la tour. Les organisées formèrent une chaîne le long de la rampe qui se révéla lente et inefficace, alors la directrice ordonna de jeter dans le vide ce qu'il était urgent de rassembler. Chaque fracas de bois et de métal fendait le carrelage et déchirait les tympans. Un paysan venu avec un fourgon à bestiaux emporta un tas de débris, ainsi que des chaises et des tables désormais en surnombre dans le réfectoire, en échange d'un sac de trois kilos de farine.

Au deuxième voyage il prit des bancs, des casseroles, des robinets, des draps et des livres à brûler, à fondre et, surtout, à troquer contre de la nourriture.

Même si tout se déroulait sous leurs yeux, tandis que le soleil réchauffait les os et que leurs cannes à pêche de fortune attrapaient quelques poissons qui s'étaient hasardés près du rivage, les organisées n'en revenaient pas.

Elles avaient cru aux paroles et aux promesses des hiérarques et des préfets donateurs de livres, aux liaisons radio, à la possibilité de rentrer chez elles rapidement, d'une guerre-éclair, d'une joyeuse villégiature et d'un été radieux. Il leur restait à croire à la destruction : récupérer le pistolet, prendre le contrôle de la situation, se libérer des bouches adultes ennuyeuses et inutiles qui avalaient des plats de pâtes au milieu de la nuit, sans qu'elles puissent jamais les surprendre, même postées devant leur chambrée. Elles se relayèrent en rondes nouvelles et insolites de fillettes sans Fillipagani ni règlement, mais ne découvrirent rien. Elles devenaient invisibles, quand elles mangeaient, les truies. Antonia et la directrice étaient des truies désormais, fouissant dans un enclos auquel les organisées n'avaient pas accès. Invisible également leur succulente nourriture, qui disparaissait tel un mirage chaque fois qu'on tentait de s'en emparer.

Quelques jours plus tard, après la camomille et le croûton de pain du petit déjeuner, Sara lança l'idée que pour subtiliser le pistolet, il suffisait de faire semblant de s'évanouir. Elle qui s'était écroulée à terre spontanément, quand son corps l'avait trahie et que ses forces avaient abandonné ses jambes entre deux pas, savait que si c'était arrivé une fois, cela pouvait arriver encore. Ce n'était pas facile de tomber de façon crédible, et la sœur aînée monta avec Margherita au dixième étage dépouillé de vie et de mouvements, l'absence d'angles étant idéale pour s'exercer avec une couverture qui amortissait la chute. Elle s'entraîna plusieurs heures, tandis que le soleil révélait les trous dans les vitres brisées, les amas de poussière soulevés par l'air en tourbillons infinis, et qu'Angela, trois tours de rampe plus bas, tentait de rédiger un nouveau règlement inspiré de celui qu'elle gardait en mémoire.

> Une importance particulière doit être accordée à l'élimination de la poussière qui, diffuse dans l'air, le rend impur et souvent nocif ; éviter le plumeau pour l'époussetage des meubles, et privilégier ~~un chiffon humide ou~~ une éponge.

> Les surveillantes ont la responsabilité cruciale de contrôler une fois par semaine la correspondance des enfants et de superviser celle des accompagnatrices.
> Les susdites correspondances doivent être expédiées exclusivement en Libye et par la « poste ordinaire ».
> La direction doit déposer en mains propres au bureau de poste trois copies des correspondances, récapitulées dans une liste en trois exemplaires :
> – ~~une copie, tamponnée par le bureau de poste, sera transmise au Commandement général ;~~
> – ~~la seconde copie sera délivrée au bureau de poste ;~~

– ~~la troisième copie sera conservée par la direction ;~~
– une copie pour la maman ;
– une copie pour le papa ;
– une pour les frères et sœurs, s'ils sont loin.

Chaque matin l'économe remplit la fiche de prélèvement des vivres selon la prescription journalière du tableau diététique joint et l'état de l'effectif fourni ~~par la directrice~~ par Angela. Sur la base de la susdite fiche la dépensière effectue la remise des vivres en cuisine. À cette remise doit assister ~~la directrice,~~ Angela, pour le contrôle des ~~quantités.~~ gourmands. Si la quantité est dépassée tant pis, les enfants ont toujours faim.

Avec quelques bleus mais rien de cassé, Sara comprit qu'elle arrivait au bout de ses dernières forces et Margherita la rassura : ni Antonia ni la directrice ne pourraient lire dans son jeu. L'idée ne leur viendrait même pas, non parce qu'elles sous-estimaient les organisées, mais parce qu'il était désormais clair que leurs esprits adultes manquaient cruellement d'imagination.

À 16 h 25, après s'être séchée au soleil de la fin d'été, son maillot de bain une pièce plissé sur son corps filiforme, Sara alla demander à Antonia la permission de retourner dans l'eau pour faire pipi. La demoiselle hésita, elle la prit par la main et l'accompagna un peu, mais Sara chancela et tomba. Les autres, suivant le plan, se mirent à crier. Elles aidèrent Antonia à l'allonger sur une serviette, à soulever la civière improvisée, puis elles l'emmenèrent à l'infirmerie.

Là, Antonia ouvrit tiroirs et placards en se lamentant de ne rien connaître aux sels et aux pilules.

« Ne vous inquiétez pas, mademoiselle, dit alors Luisa. Je vais chercher la directrice. »

Les autres filles se pressèrent autour de Sara, tandis qu'Antonia rafraîchissait son front avec un linge humide, l'unique geste possible dans la panique.

En quittant son bureau la directrice ne prit pas la peine de fermer la porte à clé. Elle leur ordonna de s'écarter, de laisser Sara respirer, de sortir de l'infirmerie. Les organisées s'amassèrent dans le couloir.

Seule Angela doutait.

Elle avait proposé de rédiger un nouveau règlement, d'abord, mais ses camarades n'avaient pas voulu. Alors elle était assise dans le réfectoire. Les mains jointes, elle priait Dieu et sa maman, l'amazone et Francesca, pour obtenir de l'aide et de la nourriture, pour mettre fin à la malédiction avant de la voir accomplie. Une prière aux antipodes de celle de Margherita, qui invoquait saint Georges le tueur de dragon, car leur directrice était devenue un dragon, gardienne d'un trésor inaccessible, difforme comme les mystérieuses créatures qu'elle vénérait en parlant du dôme de Carrare.

À pas feutrés la benjamine pénétra dans la pièce la plus redoutée de la tour, où il ne restait pas grand-chose de l'ameublement original. Les documents accumulés étaient emballés dans des sacs déchirés, alignés le long des murs à la place des étagères, les chaises et les tabourets avaient disparu, sauf un, devant la console qui remplaçait le bureau depuis le dernier troc. Les petites mains de Margherita s'aventuraient dans le magma de papiers, dans chaque fente coin enfoncement, d'abord prudentes puis voraces, faisant voler feuilles et courriers, plumes et dossiers. Un flacon d'encre tomba et se brisa. Une flaque bleu nuit se répandit sur le sol, tandis que Margherita fouillait encore et rangeait à la va-vite, sans trouver trace du pistolet. Quand il ne resta que de la poussière sur ses mains et dans ses narines, elle s'ébroua et retourna en courant à l'infirmerie. Les autres dirent, toujours selon le plan, que Sara semblait aller très mal, que la voix d'une sœur pouvait être réconfortante. Luisa et Ilaria entonnèrent tout bas un *Ave Maria* et la directrice les invita à continuer. Margherita joua des coudes pour rejoindre sa sœur immobile sur la civière.

« Si elle n'a pas repris connaissance dans cinq minutes, il faudra aller chercher le médecin, décréta la directrice.

— On l'a empoisonnée elle aussi ? » demanda Margherita, comme convenu, puis elle se pencha pour étreindre le corps évanoui et le serrer contre elle.

Sara était plus douée que n'importe quelle actrice des films lauréats de la Coupe Mussolini à Venise. Les membres inertes, sans vie. La respiration réduite à un filet d'air. Margherita lui susurra la vérité à l'oreille.

« Il n'est pas dans son bureau. Peut-être dans sa chambre. »

En toussant et en s'agitant comme si elle était en train de se noyer, Sara simula un réveil brutal et s'assit en se frottant les yeux. La directrice et la demoiselle lui tendirent trois morceaux de sucre et, sous les regards avides des organisées, elle les suça lentement, pour qu'ils durent le plus longtemps possible.

Cette nuit de pleine lune elles sortirent de leur chambrée. Sara ouvrait la marche avec Margherita, les autres suivaient. Elles avançaient en groupe compact, telle une tortue romaine, pieds nus dans leurs chemises de nuit moites de sueur, les bras nerveux. Elles sentaient déjà la saveur des biscuits et du beurre, chacune imaginait la réserve selon ses goûts, remplie de sacs de pâtes, de riz, de farine, de légumes secs, et qu'importe si elles devaient passer des heures à cuisiner, l'essentiel était de se rassasier.

Monica sortit une dizaine de balais du débarras et les distribua aux premières qui tendirent les bras, puis Sara les guida à travers le couloir, pas à pas, une Fillipagani pointée alternativement sur le sol, les murs, le vide. Devant la chambre de la directrice elles retinrent leur souffle, sans hésitation, mues uniquement par l'inanition, le rejet des ordres auxquels elles avaient dû obéir, les heures passées dans le trou, les amies éloignées parce qu'elles parlaient trop le soir au coucher ou parce qu'elles dormaient à deux dans le même lit pour surmonter la nostalgie, les dîners sautés quand elles étaient punies.

Sara ouvrit la porte : la pièce était gigantesque, un grand espace autour d'un seul lit, la fenêtre au centre du mur, la table de chevet, une chaise et une armoire dans un angle, si haute et étroite qu'elle ressemblait à une gardienne du sommeil. La directrice avait renoncé à tout, mais pas à ses propres meubles. Elles entrèrent une par une, leurs chemises de nuit découpaient la pénombre en reflétant une pâle lueur, comme puisée dans la Fillipagani. Angela s'arrêta sur le seuil, elle mit ses mains sur ses yeux et s'efforça de ne pas regarder, mais bientôt ses doigts s'écartèrent, dévoilant juste le nécessaire, et la terreur l'assaillit. Sara piétinait tel un chien enragé, cessant de penser : l'unique motivation était le besoin de revanche, elles leur prouveraient qu'elles pouvaient faire comme les grands, après tout ce temps dans la tour elles avaient appris, au fil des jours, que vient un moment où on ne peut plus simplement demander et attendre.

Du cumul de mois et de silence émergea une force qui explosa dans la chambre. Ensemble elles s'approchèrent du lit, douze d'un côté, douze de l'autre, et elles commencèrent à fouiller furtivement : la table de chevet, les poches de l'uniforme, le sac à main, pour enfin trouver le trousseau de clés, au fond de l'armoire, dans une boîte avec un chapelet, de la poudre et de l'eau de Cologne. Sara referma la boîte d'un coup sec et la directrice se dressa sur son matelas, elle appuya son dos contre le mur et tenta d'allumer la lumière, mais quatre mains la bloquèrent, pendant que deux autres la tiraient par le bras du côté opposé. Dans le noir elles étaient à nouveau des *petites filles.* Elles peinaient à se distinguer entre elles, agissant à l'instinct, toutes unies, toutes contre.

« Arrêtez ! Que faites-vous, que faites-vous ? Sortez ! Sortez ! » lança la femme en essayant de se libérer des tentacules, mais les autres se tenaient prêtes, et quand les mains ne suffirent plus à la contrôler, elles utilisèrent les balais.

Elles frappèrent sur les jambes, fort.

Elles frappèrent plus haut, encore plus haut.

La directrice pliait les bras pour protéger sa tête, elle cherchait à atteindre quelque chose entre les ressorts du sommier et le matelas. Sara glissa ses doigts à cet endroit et sentit le métal froid du pistolet. En brandissant l'arme, elle dicta leurs conditions : elle avait cinq minutes pour rassembler ses affaires, ensuite elles l'accompagneraient au portail. La femme gémissait et pleurait, mais personne ne se laissa attendrir. Quelle différence avec les larmes qui coulaient chaque nuit dans les chambrées depuis trois ans ? En effet, la directrice semblait finalement adapter sa voix sombre et tonnante au chœur vibrant de luettes qui tourbillonnait, du dix-septième au premier étage, une onde de plaintes désespérées, qui flottait dans la spirale de la rampe, un écho profond qui répétait « Au secours, au secours ! », jusqu'à se réduire à un « hou » prolongé. Le chœur résonnait dans le corps de l'autorité, dans chaque fibre de sa chair, dans sa poitrine, sa gorge. La femme jeta sur son dos une superposition de vêtements, trois jupes, quatre chemises, un pull, de bonnes chaussures, et dans un sac, pêle-mêle, cahiers, montre, colliers de verre multicolores, stylos en argent ; le pistolet entre les mains de Sara suivait ses mouvements. Lorsqu'elles la poussèrent dans le couloir, la directrice fit un écart et se mit à cogner sur la porte et le mur.

Antonia avait dû l'entendre, car elle avait allumé la grande lumière de sa chambre, qui lorsqu'elle ouvrit la porte se déversa dans le couloir, dévoilant les silhouettes petites et frêles de la bande de chemises blanches, Sara avec le pistolet pointé sur le dos de la directrice et les autres autour, en demi-cercle, balai à la main. Antonia les observa sans parler, alors Luisa la poussa, prit la clé sur la porte et l'enferma dans sa chambre en disant qu'elles s'occuperaient d'elle plus tard, elle qui avait été une organisée et qui les avait doublement trahies.

Angela regarda la horde de fillettes s'éloigner en exultant et prononça du bout des lèvres un extrait du nouveau règlement.

« Article 2 *bis*... »

C'était un article pour lequel elle devait encore trouver les mots justes, les mots avec lesquels décrire le sursaut qui, venu du fond de son corps, lui fit tourner la clé dans l'autre sens, libérer Antonia et lui crier de s'enfuir.

Les autres, une fois dans la cour, eurent juste le temps de distinguer, derrière le portail ouvert – la chaîne pendante et l'énorme cadenas abandonné sur le sable –, des volets arrachés, des sommiers et des matelas en attente d'être échangés contre quelques poignées de farine. Antonia sortit en courant de la tour, en chemise de nuit, pieds nus, un tas de draps et de babioles dans les bras. Elle s'approcha de la directrice qui sans se retourner franchit le portail, rejoignit la route goudronnée et avança dans le monde au-delà, sa dernière assistante la suivant comme une ombre.

« Ciao, ciao », fit Sara triomphante en marchant vers le cadenas.

Serrant le pistolet dans sa main gauche, elle leva la main droite en direction des deux femmes désormais microscopiques le long de la côte et lança un « À nous ! ». Sérieuse, elle relâcha son bras droit, ramena sa main sur son front, et à distance Angela eut l'impression que ses doigts serrés formaient une médaille imaginaire.

Dans un élan de joie sauvage, Margherita ramassa le lourd cadenas, tandis que les autres peinaient à croire que la directrice était partie. Angela eut la tentation de partir elle aussi, car les regards étaient à présent fixés sur elle, pour la plupart chargés de reproches muets. Les reproches les plus sévères venaient de Luisa.

Cependant l'envie de s'en aller resta dans sa tête sans atteindre ses jambes, devant ses sœurs qui savouraient la liberté retrouvée : tels des saltimbanques tirant leur dernière révérence, elles éclatèrent de rire. Le vent secouait leurs corps affamés, et une à une les autres les imitèrent, se félicitant de la bonne idée qu'elles avaient eue de s'armer de balais. En riant encore, Sara fit signe à Luisa de lui donner un coup de main et ensemble elles refermèrent le cadenas sur la chaîne dans un claquement qui marquait le début de leur règne et la fin de la discipline de la colonie, plus de règlement pour croire, obéir, combattre, plus de roulements à respecter, de lits à faire, fini le silence aux repas, seulement des fillettes en ébullition.

« Allons-y, dit Luisa en sortant de sa poche le trousseau avec la clé de la réserve, auquel elle ajouta la clé du cadenas.

— Allons-y ! » reprirent les autres en chœur.

Elles couraient en cercle et applaudissaient, transportées. Quand le périmètre de la cour du côté de la plage ne parut plus suffire, elles se livrèrent à une danse autour du bâtiment entier, célébrant l'idée géniale de Sara, criant son prénom comme une nouvelle promesse de bonheur, caressant le pistolet sacré, lévitant à chaque pas comme si elles foulaient la terre pour la première fois. Dans leur ballet effréné elles lançaient vers le ciel des cris privés de sens, des hurlements féroces de louves des Alpes apuanes. Des jeunes louves en meute, dents acérées, sens en éveil pour enfin aller chasser leur pâture, le coin des lèvres retroussé dans un sourire en demi-lune et les yeux enivrés. Elles riaient toutes, sauf Angela.

7.

Au bout de dix minutes la fête était déjà finie. Les ventres vides, trop vides, demandaient de faire vite, de rejoindre la réserve, les doigts et les dents voulaient s'enfoncer, déchirer, broyer, dévorer. Par habitude elles marchaient lentement puis, se rendant compte que personne ne pouvait plus les arrêter, elles jetèrent les balais dont les manches rebondirent bruyamment, et coururent vers le réfectoire.

Quand Luisa arriva devant la porte jaune de la réserve, à travers les fenêtres du couloir l'obscurité du ciel se teintait des lueurs bleutées et orangées de l'aube. Elle inséra la clé, la tourna en hâte, ouvrit : des étagères à droite et à gauche, presque jusqu'au plafond, d'abord les draps et les couvertures lavés, repassés et maintenant élimés, puis le reste.

Mais le reste n'existait pas.

Il avait dû y avoir des stocks de farine et de pommes de terre, de légumes secs et de riz, mais même les sacs avaient disparu, et le royaume d'abondance censé les rassasier occupait un angle au niveau le plus bas de la deuxième étagère à droite. De la farine grappillée par Antonia au porte-à-porte, en ville et en périphérie, une poignée par famille, juste une poignée de poudre blanche, en espérant que ce ne soit pas du marbre.

Dans une boîte en métal qui jadis avait contenu des biscuits, WAMAR MARCHISIO & C. TORINO, un reste de haricots secs éparpillés sur le fond.

« C'est tout, fit Luisa en l'agitant, désolée, après l'avoir ouverte et refermée.

— Il doit y avoir d'autres provisions, là, quelque part, dit Sara.

— Elles les ont sûrement bien cachées pour pas qu'on les vole ! ajouta Monica.

— Il doit au moins y avoir des pâtes. Avant-hier elles ont mis des pâtes dans la soupe, rappela Margherita.

— Elles les avaient peut-être faites, avec de l'eau et de la farine », murmura Angela.

Puis elle se tourna et sortit dans le couloir en pensant que tout avait été inutile, qu'elle leur avait dit de suivre le règlement, que la guerre ne faisait pas d'exception même pour les surveillantes et les directrices, si la nourriture manquait, elle manquait pour tout le monde, et maintenant elles se retrouvaient seules sans personne pour veiller sur elles. Errantes, comme les enfants évoqués par le curé à l'enterrement de Francesca.

Assise dans le couloir, Angela appuya son dos contre le mur et ferma les yeux. Elle tenta de boucher ses oreilles avec ses mains, cependant les voix des autres continuaient à résonner, chargées de désespoir.

« Mais où sont passés les grands sacs ? Je les ai vus une fois ! s'écria Luisa. Il faut chercher mieux que ça. »

Vingt-quatre paires de mains se mirent à explorer, fébriles, chaque mètre carré, en tapant sur le sol et les cloisons, en déplaçant les étagères vides qui vacillaient et menaçaient de leur tomber dessus. Une conserve de tomates aurait suffi, des biscuits moisis ou secs, très secs, comme de la pierre, mais pas la vraie pierre des montagnes apuanes, une pierre qui dans l'eau se serait ramollie. Une ration de lentilles. Elles auraient fait une soupe et l'auraient partagée équitablement, une cuillère à tour de rôle, et peut-être qu'elles auraient trouvé une poignée de riz à ajouter et à mâcher, enfin, pour ne plus avaler que de l'eau.

Ce fut Sara qui découvrit la dalle branlante dans l'angle au fond à gauche, à l'opposé de la porte. Elle était maintenue par le pied d'une étagère. Elle bougeait mais pas moyen de la soulever, alors Luisa s'éclipsa et revint deux minutes après avec une louche en métal au manche incurvé par les centaines de repas servis depuis la création de la colonie. Elle le redressa en faisant levier avec son pied et réussit à le glisser sous la dalle.

Un trou apparut et, à l'intérieur, un sac de toile poussiéreux. Dans le sac, un tas de pièces de cinq centimes. La tête du roi d'un côté, l'inscription « C. 5 » de l'autre, avec un épi de blé et la date de la frappe, 1937. Luisa les compta rapidement et annonça qu'il y avait cent lires. Les cris de surprise attirèrent Angela, qui espérait qu'elles avaient trouvé à manger.

« Qu'est-ce qu'on en fait ? demanda Margherita.

— Avec ça, répondit Sara, on va s'acheter du pain !

— Nous, on veut des pâtes, pas du pain ! lança un groupe de filles.

— Moi je veux du riz ! Et des biscuits ! enchaîna Monica, en dehors du groupe.

— Il faut se mettre d'accord, du pain pour tout le monde ! s'écria Luisa en camouflant le sac entre ses bras. Sinon autant tout laisser là-dessous !

— Et où on va l'acheter, le pain ?

— Au marché noir », dit fièrement Margherita en tendant la main pour attraper le sac. Mais Luisa ne voulait pas le lui donner.

Elles échangèrent un regard de défi.

« Pourquoi c'est toi qui devrais garder l'argent ? intervint Angela. Il faut établir un nouveau règlement.

— Ma sœur a raison ! répliqua aussitôt Margherita. C'est quoi la règle ? Pourquoi toi ? Sara, dis-lui quelque chose !

— Ça ne peut pas être toi parce que t'es une négresse, lâcha Luisa.

— Arrêtez ! cria Sara.

— C'est toi la négresse ! Donne-moi ce sac ! s'exclama Margherita, et en un clin d'œil les deux fillettes roulaient déjà sur le sol en se disputant le sac.

— T'es moche et tu pues ! Tu pues ! » Monica vola au secours de Luisa, elle essaya de s'interposer, mais impossible de les séparer.

Sara s'en mêla et poussa un cri de colère :

« Toi, tu ressembles aux rats qui traînent en ville la nuit !

— Qu'est-ce que tu en sais de ce qui traîne en ville la nuit ? demanda Monica.

— Oui, tiens, qu'est-ce que tu en sais ? Tu y es allée ?

— J'y suis jamais allée… je disais ça… comme ça.

— Non, tu ne disais pas ça comme ça. C'est toi, pas vrai, que les carabiniers ont vue ? la pressa Luisa.

Parce que moi je ne suis jamais sortie de la tour. Mais toi… je l'ai toujours pensé… avec tes histoires de guerrières… Vous êtes une famille d'imbéciles. Comme elle, qui a libéré Antonia ! Qui t'a dit que tu pouvais la libérer ?

— Quoi ? répondit Angela. Que voulais-tu lui faire ? »

Elles empoignèrent Angela et Sara comme elles avaient empoigné la directrice, cinq sur chaque bras cette fois, tandis que Margherita, tenue à l'écart, leur criait de les lâcher. Luisa arracha le pistolet des mains de Sara qui lutta, résista, son doigt pressa la détente une, deux fois, puis Luisa continua en pointant l'arme vers le mur, cinq, dix fois, mais rien ne se passait : elles découvrirent ainsi que le pistolet servait uniquement à impressionner, il n'était pas chargé. Luisa leur ordonna de ne pas pleurnicher, elles étaient toutes grandes maintenant, et comme Margherita n'arrêtait pas de crier, Monica la menaça avec la louche.

Lorsqu'elle vit l'ustensile scintiller au-dessus de sa tête, Margherita finit par se calmer et les laissa emmener Sara. Au moment où Monica assena son coup, elle recula légèrement à quatre pattes et la louche heurta le sol, se déformant encore plus. Margherita sentit le mur dans son dos : acculée, elle ne pouvait aller nulle part.

Les cordes avec lesquelles elles les attachaient venaient du rivage, elles les avaient volées au hangar à bateaux ; on n'y croisait plus personne, les pêcheurs aussi étaient à la guerre, à part quelques-uns, vieux et affaiblis. Luisa s'en était occupée : elle avait traversé la plage avec un panier et un linge blanc pour couvrir le butin. Aucune surveillante ne pouvait les arrêter désormais.

Étendue sur le sol de la pinède, dans la poussière et les aiguilles de pin, Angela tenta d'appeler à l'aide. En se tordant comme un ver, elle leva les yeux vers le ciel bleu, les cimes des arbres et les fillettes qui pointaient leurs têtes tels des chats curieux pour les observer elle et Sara.

« Deux saucissons, dit Luisa avec un ricanement joyeux et sinistre.

— Deux beaux saucissons, lui fit écho Monica. Et toi, si tu ne fais pas ce qu'on te dit, tu vas finir comme elles », ajouta-t-elle en s'adressant à Margherita.

Angela sanglota et grogna à sa petite sœur de s'échapper pour aller chercher de l'aide. Sara n'abandonnait pas : si elles ne trouvaient pas de pain, elles pouvaient rejoindre ensemble les montagnes où Rachele était partie se réfugier. Avec le pistolet de la directrice, elles seraient invincibles. Elles arriveraient sans doute à se procurer des chevaux et des munitions, alors personne ne pourrait les rattraper.

Elles les traînèrent par leur corde, sept filles par corde.

La force de vingt-huit bras pour emmener Sara et Angela dans le trou et fermer la trappe. Là, le silence et l'obscurité.

Un bruissement de pas à l'extérieur.

Angela tremblait. Ses dents claquaient de peur. La colère dans les pieds et les mains entravés, la gorge sèche.

« Si tu t'agites c'est pire, dit Sara. Ça changera rien. Maintenant écoute-moi. On doit trouver un moyen de se détacher.

— Il n'y a aucun moyen. On va mourir, comme les amazones.

— C'est pas vrai. » Dans le noir, la voix faussée de Sara hésitait à aller au bout des mots, accompagnée par le frottement de sa corde contre la pierre.

« L'amazone est morte. Sinon pourquoi son cheval serait revenu seul ? » répliqua la cadette, en essayant de s'asseoir dans une position neutre, ni inconfortable ni douloureuse. Si elle pliait les bras, elle avait mal aux épaules et aux poignets, et si elle les tendait, c'étaient ses jambes qui souffraient.

Sara n'avait pas envie d'écouter l'histoire d'Angela, alors elle lui raconta la sienne.

L'amazone n'était pas morte, elle était partie sur la lune. Les chevaux des amazones ne peuvent pas voler tout là-haut. Elle était partie avec un cheval ailé, un cheval spécial à robe bleue qui vit uniquement dans le ciel infini. Même si elles sont attaquées, écrasées, décimées, brisées, enchaînées, comme dans les mythes de la Grèce antique et des Romains, ou comme dans les récits colportés dans un mélange d'arabe et d'italien peu compréhensible par les vieilles vendeuses de bananes du souk de Tripoli, à quelques mètres de la boutique où on trouve les meilleurs gâteaux casher du monde, ceux que leur papa n'a achetés qu'une seule fois, pour fêter elle ne savait plus quoi, avant la naissance de Margherita, peut-être justement pour la naissance de Margherita… Exactement comme les princesses et les déesses de ces récits soufflés par des voix hâbleuses, sans encre ni papier, les amazones ne meurent jamais.

— Mais nous, on va mourir. Si on ne sort pas de là, on va mourir. Elles vont prendre toute la nourriture et elles nous donneront rien. Même pas de l'eau et du pain, répondit Angela, lasse d'écouter ce flot de paroles privées de sens. Et puis arrête de frotter cette corde, ça sert à rien, ajouta-t-elle, c'est une corde de pêcheur, elle est faite pour résister aux requins, aux baleines, aux rochers, on ne peut pas la couper. »

Angela ferma les yeux et les rouvrit. L'obscurité devenait bleu foncé, un filet de lumière dessinait le contour de la trappe et une bande jaune et gris correspondait à la bouche d'aération.

Elles étaient dans le trou depuis un moment et la chaleur stagnante faisait couler la sueur sur leur front, mouillait leurs aisselles. La soif rendait leur langue râpeuse et bientôt Angela glissa sur le sol, elle joignit ses mains et implora à l'aide, de l'eau, à l'aide, comme dans le désert, et soudain c'était là qu'elle se trouvait. Un sillage d'empreintes de cheval, ou de chameau, signalait un passage. Une silhouette noire s'éloignait à l'horizon, dans les lueurs bleutées de la nuit imminente. Angela aurait voulu l'appeler mais elle n'avait pas de lèvres, et sans bouche sa voix ne pouvait sortir.

Quand elle se réveilla, la nuit avait dû tomber. Sara avait réussi à couper sa corde et à dénouer la sienne. Une respiration régulière scandait à présent son sommeil, mais pour Angela pas question de rester là. Elle se leva en prenant appui sur ses coudes et ses genoux, elle chancela et tâtonna, elle atteignit la trappe et commença à pousser de toutes ses forces. Elle poussa durant quelques minutes, ou peut-être des heures, tandis qu'un vent froid s'engouffrait dans le trou, par l'étroite bouche d'aération, en hauteur, et par les bords de la trappe. Combien elle aurait voulu rapetisser, devenir aussi petite qu'un ver à soie, un vermisseau rampant, pour se glisser dans ces interstices et émerger au milieu des arbres. Elle se serait endormie après avoir rejoint les mûriers qui étaient pleins de feuilles et, devenue ver, elle aurait pu les manger toutes, se remplir le ventre sans limite. Cependant elle continuait à pousser et tirer, sans réussir à faire bouger la trappe.

En l'entendant tomber dans un bruit sourd, Sara se réveilla à son tour et la trouva assise à côté d'elle, en train de pleurer. Elle essaya de la consoler, de la calmer, mais Angela restait indifférente à la douceur et aux espérances. Elle voulait seulement sortir.

« Pourquoi tu n'as pas dit la vérité à Margherita pour les lettres ? cria-t-elle en lui soufflant sur le visage son haleine tiède de recluse. Tu aurais pu lui expliquer qu'ici, personne ne postait les lettres, maintenant elle pense que maman l'a oubliée.

— Parce que tu ne le penses pas, toi ?

— Tu sais ce que je pense : elle est morte », lâcha Angela dans le noir. Pour la première fois elle le croyait, après l'avoir affirmé comme une conjuration, pour s'entendre dire que cela ne pouvait pas être vrai.

« Alors chacune pense ce qu'elle veut, d'accord ? répliqua Sara, obstinée, d'une voix plus assurée et convaincue qu'elle ne l'était en réalité. En tout cas si on sort d'ici, je sais où on peut aller.

— Où ? » susurra Angela avant de pousser un long soupir.

Sara lui raconta sa ruse d'avoir donné à la dame de la maison close un autre nom, que le premier qui lui était venu était « Luisa » mais qu'elle ne voulait pas l'envoyer dans le trou. « De toute façon, elle a toujours été méchante avec toi. Quoi, tu la défends ?

— Il y avait à manger à la maison close ?

— Oui. Du pain, du jambon… »

Leurs ventres s'étaient mis à gargouiller et Sara se tut pour ne pas augmenter la souffrance. Toutes les filles savaient qu'elles étaient prisonnières. La nuit était encore longue, si c'était la nuit, et dans son esprit la fantaisie céda bientôt la place à une série de questions : reviendraient-elles les chercher, leur apporteraient-elles à manger, les laisseraient-elles ici pour toujours ?

8.

LA STAMPA

Lundi 13 septembre 1943

DISPOSITIONS POUR LA POPULATION

Sont ici mentionnées les principales dispositions relatives à l'ordre public qui, aujourd'hui plus que jamais, méritent d'être observées scrupuleusement.
COUVRE-FEU : [...] de 21 heures à 6 heures ;
INTERDICTION DES RÉUNIONS : [...]
INTERDICTION DES REPRÉSENTATIONS PUBLIQUES : [...]

La situation dans un discours d'Hitler

Elles étaient l'Italie de demain. Les fillettes affranchies du règlement, certaines pieds nus, certaines le doigt dans le nez. Luisa se mit en maillot de bain et refusa de porter autre chose. Puis, à la fin de l'après-midi, elle noua sur sa tête un reste de la corde utilisée pour ligoter les traîtresses. Dans la chambre de la directrice étaient éparpillés des objets quotidiens : un tube de rouge à lèvres avait roulé sous l'armoire lors du départ précipité, et Monica l'avait récupéré.

Elles se badigeonnèrent les lèvres mutuellement et, la bouche rouge feu, Luisa les rassembla toutes dans la cour pour leur présenter le nouveau règlement.

La mine renfrognée et la peur au ventre, Margherita assista au premier rassemblement mené par la nouvelle chef.

Monica avait du rouge sur le menton.

Ilaria avait dessiné un énorme *M* sanglant sur son front et, si on ne la regardait pas avec attention, on pouvait croire à une blessure.

Elles formaient une première ligne imaginaire, face à Luisa, comme de nouvelles surveillantes, les seules qui affichaient un air de je-sais-tout. Irene, elle, avait les yeux brouillés de larmes, Martina mâchonnait son pouce en espérant apaiser ses crampes d'estomac. La détresse des regards tristes et incertains, des mains fébriles et des pieds fragiles, révéla combien la révolte avait été inutile.

« Organisées ! s'exclama Luisa, aussitôt interrompue par Irene.

— On n'est plus des organisées.

— Et pourquoi ?

— Y a plus de manipules. On ne peut plus s'appeler comme ça. C'est le nom qu'elles nous avaient donné. Maintenant on doit s'en inventer un autre.

— Pas besoin d'inventer. Utilisons nos prénoms, s'écria Margherita.

— D'accord, acquiesça Luisa. Mais c'est moi la chef !

— Si tu veux. On doit te faire le salut ?

— Inventons un nouveau salut ! lança Monica en sautillant et en tapant des mains.

— Peu importe le salut. Je veux manger ! protesta Ilaria.

— Bonne idée. Et comment tu fais pour manger si on n'a rien ? répliqua Anita.

— Sortons. Allons en ville. Personne nous oblige à rester ici. On arrivera à l'heure du dîner, suggéra Ilaria.

— Mais c'est la guerre partout ! »

Alors elles entendirent le bruit. Un *grrrr* profond et menaçant de moteurs, plein de moteurs ensemble, comme elles n'en avaient jamais entendu. Quelque chose qui arrachait les branches, qui faisait trembler la terre sous leurs pieds et leurs entrailles dans leur ventre.

D'abord déboucha un fourgon au nez arrondi, badigeonné de taches vertes et marron. Le conducteur avait les pommettes hautes et les yeux clairs, et les autres passagers lui ressemblaient tous. Des Allemands.

Les fillettes crièrent et coururent en tous sens, pour trouver une cachette entre les ombres qui annonçaient le soir.

Dans le réfectoire.

Derrière le buste de la cour.

Dans le potager de guerre.

Dans les étages.

À dix elles montèrent la rampe, les jambes trop lourdes pour donner à leurs pas l'impulsion voulue. Anita capitula au deuxième étage, mais Ilaria et Lavinia jouèrent des coudes pour prendre la tête du groupe au sixième étage. Un peu plus bas, découragée et inquiète, Margherita avançait péniblement, dans un tourbillon de pieds et de respirations saccadées, de revendications de victoire pour soi et pour les organisées, avant de se rappeler qu'elles n'étaient plus des organisées, qu'elles n'étaient rien, seulement des fillettes abandonnées qui ne voulaient pas finir entre les mains des soldats.

Puis même Chiara et Lavinia, au dixième étage, tournèrent dans le couloir et dirent qu'elles s'arrêtaient là.

Margherita grimpa encore, entre le dixième et le onzième étage elle était seule en tête. Au douzième étage, quand elle cessa de haleter et reprit son souffle, elle entendit les pas des soldats tout en bas : ils entraient, claquaient les portes, parlaient dans cette langue aux sonorités dures, menaçantes.

Elle monta plus lentement pour ne pas faire de bruit, en évitant par miracle de se cogner la tête contre la structure métallique de la rampe au dernier étage.

Personne n'était venu là depuis plus d'un an. Des toiles d'araignée pendaient dans les coins et une fenêtre était éventrée. La porte d'accès au toit était bloquée par un meuble en bois sombre verni qui, un temps, avait eu trois tiroirs. Elle le poussa, les dents serrées, les pointes de pied plantées dans le sol, tandis que les soldats commençaient à monter et que les cris des fillettes capturées envahissaient la rampe jusqu'à la grande verrière qui, tel un œil impassible, observait le sort des organisées.

Le meuble bougea de deux centimètres, créant un interstice dans lequel elle pouvait glisser ses bras mais pas sa tête. Elle poussa encore. Les pas résonnaient, des claquements de bottes à la place des petits souliers descendant petit-déjeuner, jouer, se baigner ou planter des choux.

On piétinait à présent leurs vacances de guerre.

Ilaria et Lavinia imploraient de l'aide, et les soldats expliquaient dans un italien laborieux qu'elles ne devaient pas avoir peur, qu'ils voulaient juste prendre la tour, que les orphelines seraient mises en sécurité.

Ilaria répliqua qu'elles n'étaient pas orphelines, que son père était inscrit au parti, dans la section de Tripoli, alors un soldat lui rit au nez. Des éclats de rire comme des jets de pierres, qui arrivèrent aux oreilles de Margherita. Elle poussa encore et obtint enfin une fente plus large. Elle se faufila et s'allongea au bord du toit pour scruter d'un côté le coucher de soleil sur la mer et de l'autre les Alpes apuanes mangées par l'obscurité, jusqu'à ce que la tête lui tourne.

Angela et Sara écoutaient dans le noir. Leurs gorges ne brûlaient plus depuis qu'elles avaient trouvé un pot d'eau, tiède désormais, déposé furtivement durant la nuit. Mais plusieurs heures avaient dû passer depuis leur réveil car dehors la lumière faiblissait.

À côté du pot d'eau, un mouchoir contenait quatre biscuits très durs. Elles les avaient sucés longuement puis les avaient grignotés toute la matinée. Le seul bruit, alors, avait été celui de leurs dents sur la pâte pétrifiée, raclant retournant croquant, malgré la douleur dans les gencives, feignant de savourer les miettes mâchées et remâchées.

Ainsi elles étaient éveillées, concentrées comme des castors après l'hibernation, quand à l'extérieur se propagea le chaos. Un vacarme remplit chaque coin de la pinède, autour du trou. Un mélange d'explosions de moteurs, d'ordres hurlés en allemand et, à la fin, le terrible grincement.

« Qu'est-ce que… », bredouilla Angela, mais Sara la fit taire immédiatement, en couvrant sa bouche avec sa main.

Elle avait déjà entendu ce bruit avec le projectionniste. Les images dataient de 1941 et la voix de M. Luce avait vanté leur mérite et leur puissance. Sara s'était exercée si longtemps avec cette pellicule moche et ennuyeuse, faite de boue, de roseaux écrasés et de grincements, qu'elle l'avait gardée en mémoire. Elle savait ce qui se passait dans la pinède et, malgré la terreur, elle aspira tout l'air que son corps pouvait contenir et dit :

« Panzer. »

Angela, qui les avait vus uniquement en photographie et n'avait pas reconnu le grondement, s'agrippa à son bras et tendit l'oreille.

« Peut-être qu'ils nous apportent à manger. »

Elles restèrent à l'affût tandis que les engins défilaient à côté du trou et s'enfonçaient entre les arbres.

« Il faut appeler à l'aide ! Les Allemands vont nous sauver ! » lança Angela en se levant, agitée. Son pied gauche heurta le broc qui se brisa en éclats invisibles, pointus et dangereux, au milieu d'une flaque d'eau. « Tu sais comment on dit "au secours" en allemand ?

— Je ne veux pas de l'aide des Allemands, grogna Sara. Ce sont eux qui ont commencé la guerre.

— Faites-nous sortir ! cria Angela en tapant sur la trappe. On est là ! Au secours ! Au secours ! Au secours ! »

Elle cria et cria encore, alors Sara se boucha les oreilles, espérant ne plus l'entendre, mais dans le trou les sons étaient déformés, monstrueux, et la trappe métallique refoulait les implorations qui continuaient à l'assaillir comme les gerbes d'une cascade.

Margherita avait la chair de poule. Elle courait. À bout de souffle. Ses jambes sur le point de céder, les racines dans la nuit étaient les mains des fantômes, des ennemis, des hommes qu'elle fuyait. Elle chercha la trappe à tâtons, elle mit un temps fou à la trouver. Dans la clarté de la lune encore pleine, à peine entamée, elle vit ses sœurs tressaillir et les supplia de se taire, de sortir, mais les questions s'envolèrent telle une nuée de chauves-souris et Margherita dut les convaincre.

« Les Allemands sont là, le Duce est libéré et ils disent que maintenant c'est eux qui commandent avec les fascistes. Ils ont emmené toutes les autres dans un camion, moi je me suis cachée sur le toit et ils m'ont pas trouvée, ils savent pas combien on est, et le camion est parti. Il reste deux soldats qui montent la garde mais je les ai semés.

— Ils les ont emmenées où ? murmura Sara.

— Je sais pas, en tout cas je veux pas finir dans une autre colonie, répondit Margherita en tendant une main à Angela. Prenons une barque de pêcheur et partons d'ici. Vite ! »

La cadette hésita avant de sortir, tandis que Sara fit confiance à Margherita et découvrit qu'elle avait raison : aucune fillette dehors, à part elles.

« Allez, dépêche-toi ! Courage ! » la pressèrent-elles, et Angela fit un pas.

Elle aurait voulu demander, expliquer, raisonner, mais elles eurent juste le temps d'échanger un regard car au loin retentit un fracas de branches arrachées.

« Tu n'as rien à craindre », lui dit Sara en extirpant de sa poche un objet métallique. Elle lui mit sous le nez le médaillon et l'obligea à le serrer entre ses doigts. Le métal froid qui venait de leur maison la convainquit : Angela referma sa main sur le médaillon et sortit.

Les bottes des soldats étaient de plus en plus proches : Angela traînait Margherita par le bras, Sara marchait devant, d'une foulée très rapide mais encore trop lente pour l'appeler course.

« Tu es sûre qu'ils ne sont que deux ? » demande Sara alors qu'elles contournent le potager en adressant un adieu silencieux au magnolia coupé, dans les hautes herbes qui chatouillent les jambes quand on s'amuse en plein jour et qui semblent à présent vouloir les empêcher d'avancer, avancer encore, à travers la pinède, loin du bruit.

« Sûre sûre.

— Les autres étaient dans le camion ?

— Oui, ils sont partis. »

Un craquement dans leur dos les fait sursauter.

« Filons, dit Sara.

— Où tu vas ? » susurre Angela, et sa sœur ne se retourne pas.

Sara a toujours été comme ça. Elle a toujours eu les meilleures idées. En quelques secondes. Les personnes intelligentes savent prendre des décisions en quelques secondes, ainsi Sara sait et tandis qu'Angela tremble de peur en saisissant la main de Margherita, Sara a déjà leur chemin en tête, un chemin différent, que les plus grands ne trouveront jamais, car ceux qui n'ont pas passé les trois dernières années à jouer, à gambader, à se cacher dans le jardin de la tour ignorent ses secrets.

À gauche, derrière l'abri où le jardinier garait sa camionnette – il l'utilisait parfois pour sillonner la pinède –, il y a des buissons avec des fleurs blanches qui ressemblent à des roses mais qui ne sont pas des roses, un muret de buissons qu'on peut enjamber en baissant la tête sous les branches pour se retrouver dans l'obscurité et l'odeur humide de la mousse, un tunnel d'arbres noirs, et Angela n'a pas peur, elle sait aussi comment arriver à l'arbre où on peut escalader sans être vue depuis la tour : c'était là que Marì l'avait laissée, la fameuse nuit. Leurs pieds foulent les aiguilles de pin sèches qui tapissent le sol, les pas derrière elles se sont tus, ce n'étaient peut-être pas des pas mais le vent qui faisait claquer des portes ou des fenêtres, qui sait.

Mieux vaut ne pas s'y fier, et Sara court devant, ses sœurs derrière. Margherita est fatiguée, elle tombe. Angela hésite : si elle appelle Sara leur silence deviendra inutile, et si elle ne l'appelle pas, dans cette obscurité elles vont finir par se perdre, et c'est vraiment l'affaire d'un instant. Angela se penche et prend à nouveau la main de Margherita, elle l'aide à se relever, et lorsqu'elle cherche Sara entre les arbres, sa sœur a disparu.

Elles reprennent leur fuite.

S'il y a une chose qu'Angela a apprise en élevant les vers à soie et en cueillant la menthe pour la soupe, c'est à s'orienter dans la pinède, et pas besoin de la lumière du soleil, une fois que tu sais faire, tu suis ton instinct comme un chien, et en suivant ton instinct, tu sais qu'il faut continuer encore un peu, puis prendre légèrement à droite, parce que si tu tournes à gauche tu t'éloignes du mur, et à cette pensée précisément, toujours en un instant, un flamboiement illumine la nuit.

Angela parvient à distinguer le contour de chaque arbre, ils sont nombreux, des arbres orange dans la lumière rouge, la brèche ouverte dans le mur d'enceinte, puis l'explosion.

Les Allemands ont dû arriver par là.

Margherita se met à pleurer et Angela n'essaie même pas de la calmer. Elles ne peuvent pas s'approcher du bruit et des flammes, c'est trop dangereux, elles ne peuvent pas s'approcher et se faire tuer, elle et sa petite sœur, et soudain ce qu'elle a observé chez Sara si souvent, le fait de tout comprendre en un instant, elle le vit à son tour. Elle comprend que c'était sa grande sœur, entre les arbres, là, sur la mine. C'était elle et elles ne peuvent plus l'aider, et elle comprend combien elle avait raison, c'est ce qui se passe, à dix ans, quand tu ne veux pas qu'il arrive quelque chose à ta petite sœur, quand tu ne veux pas qu'on la frappe ou qu'on la punisse, que les soldats l'emmènent, qu'on lui montre le corps de Sara, quand tu ne veux plus rien et que tu la portes sur ton dos comme une grenouille, parce qu'elle est toute légère, grande mais légère. À dix ans, avec ta sœur-grenouille sur ton dos qui gémit et sanglote, qui gémit et sanglote encore dans tes oreilles, tu ne peux rien faire d'autre que courir, elle la carapace, toi les pattes, ensemble une tortue. Le monde défile dans la nuit bleu-noir, une robe de bal d'arbres et de sable, en guise de musique le clapotis des vagues. Une farandole pour la fuite, une marche funèbre pour Sara. Elle court, Angela, autant qu'elle peut, puis elle dépose Margherita et lui donne la main. Sans s'arrêter, jusqu'au hangar des pêcheurs, là où finit la pinède et où commence la plage.

La barque est très lourde, elles tirent de toutes leurs forces, terrorisées, incapables de dire un mot, et enfin la coque touche l'eau mais Margherita ne veut pas monter, elle veut attendre Sara, elle n'a pas compris alors Angela la rassure, Sara les rejoindra après, demain, plus tard, avec un autre bateau, et Margherita finit par la croire, elle peine à se hisser à bord, chacune sa rame, elles voguent, fendant la nuit et la mer Tyrrhénienne.

APRÈS LA TOUR, 1943-1947

1.

La rafale de vent souleva un tourbillon de poussière et de feuilles sèches. Elles marchaient depuis longtemps, prêtes à se cacher sur les bords du sentier si elles percevaient le ronflement d'un fourgon ou d'un char, quand les surprit le point du jour, une ligne amarante sur les Alpes apuanes, qui redevenait bleu-noir au-dessus de la mer.

Angela derrière, Margherita un pas devant elle.

Angela muette, Margherita un moulin à paroles.

Elles avaient ramé jusqu'à ce que la douleur gagne leurs bras. Des ampoules sur les doigts, parce qu'elles avaient ramé avec colère. Margherita aussi, toute petite et pleine de colère. Elle avait compris en s'éloignant du rivage qu'elle ne reverrait pas Sara. Tandis qu'elles voguaient leurs yeux couraient là-bas, vers le noir de la pinède, le blanc spectral de la tour, et elles avaient vu des lumières, de minces faisceaux comme ceux des Fillipagani, des soldats marchaient côte à côte et, depuis la mer, on aurait dit les phares d'un véhicule. Elles s'étaient tournées et retournées, puis elles avaient scruté à nouveau la pinède.

La barque tanguait, à chaque coup de rame Angela craignait de chavirer. Elle craignait de ne jamais arriver, sans savoir cependant où elles se dirigeaient. La distance entre elles et la pinède, la tour, Sara, était déjà abyssale. D'un côté des bras de fillettes ramant vers leur futur, de l'autre une masse de chair, de sang et d'os qu'elles appelaient « sœur ».

C'était Angela qui avait décrété qu'elles étaient désormais assez loin pour ne pas être vues, mais une fois sur la grève, frissonnant au souffle du vent glacé descendu des montagnes, elles s'étaient rendu compte que la tour était encore visible. Elle était seulement devenue plus petite.

Ainsi elles marchaient. Margherita parlait tout bas, sur un ton monocorde. C'était à cause de Luisa, elle avait pris les clés et le pouvoir, elle avait laissé Sara proposer la meilleure idée et, jalouse, elle l'avait mise dans le trou. Luisa était sûrement sortie la nuit, c'était clair dès le premier jour de leur villégiature qu'elle aimait commander et n'en faire qu'à sa tête. Elle voulait devenir la nouvelle directrice : personne n'avait donné son accord, elle l'avait décidé seule puis, à l'arrivée des soldats, elle s'était mise à pleurer, à trembler comme un agneau la veille de Pâques, un bébé, une poule mouillée. En plus elle voulait une couronne.

« Une couronne, et puis quoi encore ? », dit Margherita en haussant la voix, et à ce moment-là Angela lui tira le bras, riva sa main sur sa bouche et ses yeux dans les siens, lui intimant l'ordre muet d'arrêter de marmonner. Puis elle se tourna et reprit son pas décidé vers leur destination inconnue.

Margherita continuait.

Elles auraient dû faire demi-tour.

Peut-être qu'il était encore…

Si par hasard Sara se retrouvait entre les mains des soldats…

La lumière rouge ne voulait rien dire, ils pouvaient avoir mis une bombe à cet endroit, c'est vrai, mais peut-être que d'autres soldats dans la pinède…

Angela devait lui répondre.

Pourquoi ne parlait-elle pas ?

Margherita lui coupa la route et Angela ne parvint pas à l'écarter, ses doigts tremblaient, incontrôlables, et les sifflements des mouettes annonçaient le lever du jour.

« Si Sara avait su tenir sa langue, il ne vous serait rien arrivé, dit Margherita d'une voix ternie par la douleur. On aurait pu rester avec elles, toutes les trois, même si cette baleine géante de directrice avait dévoré nos provisions et aurait fini par nous manger aussi. »

Angela fit un pas de côté, Margherita la bloqua avec son pied et la poussa en arrière, les paumes contre ses épaules.

« Tu dis rien ? Tu sais que c'est ta faute ? Tu voulais pas croire aux amazones et elle a essayé de t'expliquer, mais rien à faire, avec ton règlement et ton obsession d'être sage. C'est à cause de toi à la fin. Sara t'a défendue et… c'est ta faute. Tu le sais ? TU LE SAIS ? »

Angela se secoua de la tête aux pieds. Soudain elle aurait voulu le revoir, leur beau reportage, cette fois elle n'aurait eu d'yeux que pour l'amazone. Sara l'avait décrite en long et en large, elle avait déplacé les frontières du royaume des guerrières et du désert, en s'inspirant de la trame des films qu'elles avaient vus au cinéma : des amazones à l'image de Cabiria, des amazones pirates, des amazones qui combattaient les dragons sur leurs chevaux comme saint Georges, des amazones contre les empereurs, des amazones révolutionnaires qu'on ne voyait jamais sur les écrans, des amazones qui tuaient le roi et le Duce pour créer un royaume où les fillettes avaient de beaux vêtements, une nouvelle robe chaque jour, où à l'école elles étudiaient toute l'œuvre de Diodore de Sicile et de plein d'autres romancières dont Sara avait inventé les noms, un royaume où la seule contrainte était de rester avec sa maman si elle était gentille et de partir si elle était méchante comme les surveillantes. Des histoires à la chaîne, qui pouvaient durer dix minutes ou une heure, la voix de Sara les répétait sans cesse mais chaque fois Angela lui tournait le dos, en citant les articles 1 et 25, pages 36 et 12, règles et discipline. Même lorsqu'elle lui avait raconté la dernière, dans le trou, elle ne l'avait écoutée qu'à moitié.

Angela poussa un profond soupir, puis elle releva le menton et redressa les épaules. Sa main glissa sur l'étoffe de son uniforme, avec l'inutile *M* brodé bien en vue. Le *M* qui les avait éloignées de leur maison. Elle toussa et, d'un geste irrépressible, elle enleva son corsage, elle le roula en boule et le jeta le plus loin possible, dans la poussière des sous-bois. Puis, frissonnante, elle courut le ramasser et le remit à l'envers. Pendant ce temps Margherita braillait et s'époumonait en alternant insultes et grossièretés, reproches et lamentations.

La cadette ne semblait pas l'entendre.

Elle continua à marcher d'un pas pressé, autour l'Histoire était prête à se consumer. Il faisait grand jour quand elles arrivèrent devant un panneau indiquant que le centre était à un kilomètre. Angela le suivit, et Margherita ne comprenait pas pourquoi : elles revenaient en arrière, vers la ville où d'habitude elles allaient à la messe. Angela lui fit une dernière fois signe de se taire et, après l'avoir regardée s'éloigner, immobile quelques instants, Margherita avança.

Sara la lui avait décrite comme une petite maison à deux étages avec des fenêtres voilées par des rideaux colorés et un va-et-vient d'hommes dans l'escalier, au milieu de femmes immenses, maquillées et dénudées, au regard paré d'une poudre d'étoiles magique qui hypnotisait les soldats mieux que les armes.

Devant le lupanar, la lumière du matin révéla une maison banale, entourée d'un jardin négligé, et le va-et-vient masculin n'apparaissait que dans les empreintes figées dans la boue séchée depuis plusieurs jours. Toutefois les rideaux bariolés aux fenêtres leur confirmèrent qu'à force de chercher, elle avait trouvé. Un rideau bougea et le visage d'une très jeune femme, aux longs cheveux roux et sans trace de maquillage, croisa le regard d'Angela. Un visage différent de ceux des organisées de la colonie auxquels elle était habituée, et elle comprit malgré tout qu'il devait s'agir d'une des filles décrites par Sara.

Margherita l'avait suivie en cessant de protester, trop fatiguée physiquement et mentalement pour poser d'autres questions. Elle frotta ses yeux ensommeillés et aperçut entre ses doigts légèrement écartés la jeune fille aux cheveux roux qui fuyait à travers champs. Puis elle observa la maison, elle observa Angela et lui demanda si elle était déjà venue là.

La cadette, qui se considérait toujours comme la sœur du milieu, secoua la tête et murmura le prénom de leur aînée, Sara, le seul mot qu'elle avait prononcé depuis des heures, le seul qu'elle prononcerait pendant longtemps. Elles entrèrent, Angela devant et Margherita accrochée à un pan de sa jupe, comme si elle avait à nouveau cinq ans.

Sous leurs yeux une étendue de vêtements jetés sur le sol comme du linge sale, des cartons entassés et éparpillés, des billets jaunes et des feuilles de journaux froissées. Leurs pas résonnèrent sur la portion de parquet encore libre et une dame aussi pimpante que les rideaux apparut dans une sorte de cagibi en criant que l'activité avait cessé. Puis, en distinguant mieux les fillettes, elle sortit de son antre et courut vers elles.

« Ah, te revoilà ! Et elle, qui est-ce ? » Elle indiqua Angela qui, à côté de Margherita, semblait être la plus petite.

« Tu connais Sara ? demanda Margherita. C'est ma sœur. La plus grande. Elle, c'est Angela, et moi je suis Margherita.

— Luisa, plutôt…

— Elle a dit Luisa, mais elle s'appelle Sara.

— Alors Sara, oui, elle était exactement comme toi mais un peu plus grande en y repensant, elle est venue ici… il y a quelque temps… et où est-elle maintenant ?

— Elle est... », murmura la fillette en baissant le regard.

Angela contourna la femme et se précipita à la recherche du salon dont lui avait parlé sa sœur aînée, l'eau à la bouche et l'estomac en alerte, telle une créature qui prenait vie et prétendait être nourrie.

Au fond d'un couloir sombre, lui avait expliqué Sara, une porte avec l'inscription PRIVÉ peinte en jaune sur le bois.

« Mais où vas-tu ? Attends ! » lança la sous-maîtresse et elle la suivit, laissant Margherita à l'entrée.

Après quelques pas, Angela le trouva. Dans le salon il y avait une table, et le divan sur lequel Sara avait dormi présentait plusieurs déchirures d'où s'échappaient des plumes et des lambeaux de tissu doux et blanchâtres. Le rideau bleu ciel pendait d'un côté de la fenêtre, à moitié arraché, mais dans l'air flottait un parfum d'épices. Ça sentait la maison, Tripoli, cette fois où on les avait emmenées au marché. Le temps de humer inhaler déchiffrer les odeurs, et Angela se rendit compte qu'elle ne trouverait rien à manger ici non plus.

« Depuis que *l'autre* est tombé, ici c'est la fin du monde, dit la sous-maîtresse dans son dos. Mes employées sont parties, qui avec les fascistes, qui avec les Allemands. J'ai renvoyé les indécises, elles ne m'attiraient que des ennuis. Rien n'est clair. D'autres malheurs se préparent, alors je descends à Livourne où les Américains ont planté leurs tentes et où il y a du travail à foison. »

Angela se tut. Elle s'assit sur le divan éventré. Elle imagina Sara allongée, pelotonnée comme ce matin-là en Libye sur la plage avant de voir les tortues. Elle caressa le velours gris-bleu, elle releva ses pieds souillés de sable et de terre puis s'étendit en fermant les yeux. Sara à sa place, Sara derrière le projecteur, Sara qui devient une flamme rouge et jaune. Elle entendit la femme tourner les talons et s'en aller.

Angela laissa la tristesse déborder de ses paupières entrouvertes et couler sur le velours, imprégnant les lambeaux d'étoffe, jusqu'à ce que les larmes aussi s'épuisent, comme la nourriture ; et sa main gauche chercha le médaillon de l'amazone caché dans sa bouche pour ne pas le perdre. Même après, elle ne recommença pas à parler.

Au bout de vingt minutes, la sous-maîtresse l'exhorta à la suivre derrière la maison où Margherita attendait, installée dans une Fiat Balilla couleur aubergine, qui ressemblait beaucoup à celle du préfet qu'elles avaient vue un soir de Noël à la colonie. La banquette arrière était chargée d'objets précieux, des candélabres, deux tableaux encadrés et au milieu la petite tête de Margherita. À cette vue, Angela frémit et courut extraire sa sœur du véhicule hostile.

« Mais quoi ? dit la fillette. Je veux partir ! Arrête de me casser les pieds. Laisse-moi !

— Non et non ! » lâcha Angela, tellement brisée par la douleur qu'elle ne pouvait lui expliquer combien les adultes étaient dangereux : tout était allé de travers depuis que Sara n'avait plus mis de colle pour retenir ses dents de lait.

Depuis, elles n'avaient pu éviter de grandir, mais maintenant elles avaient enfin le choix, aucune femme ne parlerait d'elles à une chemise noire, à une directrice, à une surveillante. Elles étaient libres. Sans mère ni maître. Sans ordres ni discipline. Elles n'étaient plus obligées de suivre un règlement pour survivre.

« Tu veux rester ici te faire tuer ? dit Lina. Tu sais ce que font les soldats aux gamines comme toi ? Parce que tu dois bien avoir dix ou onze ans, n'est-ce pas ? Je connais des hommes qui seraient très heureux de t'avoir toute pour eux. Mais je ne suis pas comme ça, moi. Les gamines, je ne les vends pas. »

Les paroles de Lina aidèrent Margherita à se dégager de l'étreinte d'Angela pour remonter dans la voiture, mais Angela continuait à se méfier.

« Très bien, reprit la sous-maîtresse. Comme tu veux. Si tu préfères te faire tuer... Tiens, la clé de la maison. Ça peut servir. »

Elle lui tendit la clé puis recula sa main pour l'obliger à s'approcher. Angela suivit la trajectoire de ses doigts et se retrouva d'un coup la tête en bas : la femme l'avait prise dans ses bras et elle la portait sur son épaule comme une petite chèvre.

« Maintenant tu t'assieds là et tu ne bouges plus ! lui cria-t-elle et Angela céda, aussi parce que Lina avait verrouillé sa portière.

— Tu es riche ? demanda par la vitre baissée Margherita ébahie, tandis que Lina luttait avec la serrure.

— Non, penses-tu. Mais celle-là… eh bien, je savais où ils cachaient les clés. En tout cas, attention, si on nous arrête, dites que vous êtes mes filles. »

Le moteur vrombit. Lina fit une marche arrière brutale et heurta un pot de fleurs en gloussant de sa maladresse, puis elle réussit à manœuvrer avec prudence, contourna la villa et déboucha sur la rue.

« Pourquoi on doit dire qu'on est tes filles ? demanda Margherita dès qu'elles rejoignirent la route principale.

— Pour éviter les ennuis.

— D'accord. Alors on peut aussi t'appeler “maman” ?

— Oui, bien sûr, c'est juste une ruse. »

Elles avaient parcouru trois kilomètres quand Lina aperçut dans le rétroviseur une colonne de fumée s'élever de l'endroit où se trouvait la maison close.

« Je te l'avais dit, glissa-t-elle à Angela, que si tu étais restée tu aurais mal fini.

— C'est quoi cette fumée ? enchaîna Margherita en suivant le regard de la femme.

— Ils ont mis le feu partout.

— Qui ?

— Des gens qu'il vaut mieux ne pas connaître. »

Une main agrippée à la poignée de la portière côté passager et l'autre serrant son genou, Angela fixait le vide pendant que Margherita dormait en boule sur la banquette arrière. Concentrée sur la conduite, Lina tentait de faire parler la fillette à côté d'elle, en vain. Au bout d'une demi-heure la femme renonça, elle allumait une cigarette après l'autre en invoquant tout haut la fortune pour qu'elle les protège jusqu'à destination, pour qu'elle leur évite les barrages et, en cas de contrôle, pour qu'on croie à l'histoire de la mère et de ses filles.

« Au pire, je leur proposerai une petite escapade. Ces gars-là ne disent jamais non. Pas une escapade en voiture… », conclut-elle en riant, mais Angela ne réagissait toujours pas.

Plus elles longeaient la côte vers l'immense pinède de Tombolo, plus la situation semblait suspendue, comme si la Toscane retenait son souffle, et au-delà l'Italie entière, avant de choisir son camp.

Par moments Lina se tournait pour observer sa passagère muette et, vu qu'elle ne répondait pas à ses sollicitations verbales, elle tenta de lui offrir sa cinquième cigarette en lâchant le volant le temps de gratter l'allumette.

« Tiens, après tu te sentiras mieux », assura-t-elle.

Angela saisit la cigarette, hésitante, elle la porta à ses lèvres et la fumée envahit son nez, ses yeux, sa gorge. En toussant doucement elle la lui rendit : si elle avait eu envie de parler, elle lui aurait dit que ce n'était pas la peine de faire tant d'efforts, qu'elle ne se sentait pas mieux, au contraire, qu'elle voulait juste courir auprès de Sara pour lui raconter qu'elle aussi, sans être encore une demoiselle, elle avait fait une chose de dame, elle avait fumé. Sara qui malheureusement n'était pas là, qui ne l'écouterait plus jamais.

Les yeux d'Angela s'éteignirent et retinrent ses émotions derrière un voile de larmes durant le reste du voyage, à l'exception d'une étincelle qui s'échappa, à un croisement, devant le panneau indiquant PISORNO STUDIOS. Angela tressaillit, elle se retourna et se mit à genoux sur son siège, elle baissa complètement sa vitre et se pencha à l'extérieur. Lina s'interrogea sur l'origine de cette agitation et elle réveilla sa petite sœur. Avec l'aide de Margherita et les gestes toujours silencieux d'Angela, elle comprit.

« Tu aimes le cinéma, hein ? Mais on ne fait pas de films pendant la guerre, tu sais.

— On ne doit pas trop dire film, c'est un mot de l'ennemi. Il faut dire pellicule ou pellicule cinématographique, lui rappela Margherita.

— Trésor, *film* est un mot américain, et où crois-tu qu'on va ? Les voilà. Regarde ces tentes ! Si tu savais tout l'argent que je vais gagner ici, et sans rien devoir à l'État. »

Avant de descendre de voiture Lina se mit du rouge à lèvres et, la bouche écarlate, elle leur ordonna de l'attendre pendant qu'elle s'entretenait avec les officiers alliés. Submergées par la douleur, la faim et la fatigue, les sœurs s'endormirent.

Quand Angela rouvrit les yeux, à côté de la Balilla se garait une Jeep verte avec une énorme croix rouge d'où sortirent trois soldats et une religieuse vêtue de blanc qui tenait entre ses mains une miche de pain ; alors les deux fillettes n'hésitèrent pas une seconde à ouvrir les portières, à descendre et à courir pour en accepter une moitié chacune.

Elles mangeaient si peu, depuis si longtemps, que la portion de pain tomba comme une masse de tiédeur et d'abandon dans leur ventre, elle infusa dans leur corps une douceur presque oubliée, et avec l'espoir d'en avoir encore, du pain, Angela et Margherita montèrent dans la Jeep en se donnant la main.

2.

CORRIERE DI ROMA

Mardi 13 juin 1944

LA MOITIÉ DE L'ITALIE LIBÉRÉE PAR LES ALLIÉS

Les troupes de la Ve armée approchent rapidement d'Orbetello, tandis que la menace s'accentue sur Terni et Orvieto.

Le gouvernement de la reconquête nationale

L'effort de guerre – Objectif n° 1 du nouveau gouvernement – Une déclaration de Bonomi.

Quand elles arrivèrent à Rome, Angela avec son visage poupin et son corps qui récupérait gracilement l'énergie perdue, Margherita toujours grande et fine, on les prit d'abord pour des jumelles. Elles avaient désormais l'habitude, après dix mois passés dans la pinède, sous la tente avec les enfants sans nom et sans parents, Angela déclarée muette sur le registre du camp, Margherita et les autres jouant, dessinant, se remplissant de pain et de chocolat tant qu'ils pouvaient, du moment qu'ils ne dérangeaient pas, qu'ils ne créaient pas de problèmes et que personne n'était vraiment obligé de s'occuper d'eux. Il y avait peu de règles et, après les années à la tour, c'était facile de les respecter. Elles vécurent ainsi, en suspension, jusqu'à ce qu'arrive l'ordre de les rassembler avec d'autres exilés du quatrième rivage, vers le sud, dans la moitié libérée de l'Italie.

Le fourgon de la Croix-Rouge les débarqua à l'entrée de Cinecittà, comme les avait débarquées quatre ans plus tôt un autre fourgon au pied de la tour. Leurs corps pressés dans la cohue humaine épuisée, hallucinée, les yeux telles des cavités dont les sentiments ne pouvaient plus sortir. Le silence, autour dessus dessous, entrecoupé de murmures et de pas. Les pieds traînés sur le sol raboteux. L'absence de chaussures, sinon pour quelques chanceux, cassées trouées moisies.

Elles suivirent la foule et furent contraintes de se mettre en file dans la cour. L'un derrière l'autre, crièrent les soldats américains en mâchant les voyelles. Angela attendait son tour, la peau brunie par la crasse, les yeux perdus dans le vide des fantômes et des souvenirs, en imaginant que Sara allait apparaître d'un moment à l'autre, comme elle l'imaginait depuis des mois, pour lui dire qu'il y avait eu une équivoque, elle – sa sœur aînée – existait encore, et à ses côtés leur maman, dont il ne restait que le parfum de savon et de sueur mêlés. Une d'elles *devait* apparaître, car en faisant la queue devant un bureau où deux soldats notaient des noms et distribuaient des cartes, Angela fixait le ciel et priait de tout son cœur pour que quelque chose change. Derrière elle, Margherita l'observait. Elle s'était habituée, pas de nouveauté : ses yeux pointés sur le dos de sa sœur qui à présent était l'aînée, sur les plis de ses vêtements non lavés depuis des semaines, avec ce désir contradictoire de ne plus la voir et de la serrer très fort, dans une étreinte qui ne serait pas une étreinte d'amour, mais de désespoir. Des nuages arrivèrent. Tandis que la file avançait très lentement, quelques gouttes tombaient et s'évaporaient aussitôt, insuffisantes pour mouiller mais suffisantes pour exaspérer Angela, qui se mit à crier. Elle criait sans un mot, en agitant les bras pour inciter à se dépêcher. Puis elle poussa l'homme voûté, qui devait avoir l'âge d'un grand-père, devant elle. Il ne réagit pas. Il se laissa bousculer en se penchant et en se redressant, comme un arbre sous le vent. Une onde d'impatience serpenta de bouche en bouche jusqu'au bureau et, découvrant l'effet de son agacement, Angela cria plus fort, sortit de la file en courant. Elle tenta de monter sur le bureau et les soldats empoignèrent d'instinct leur fusil. Ils regardaient la jeune fille qui grognait devant eux, incapable d'articuler une phrase sensée, guettant des visages qu'elle seule pouvait voir. Ils la prirent par la main, lui chuchotèrent des paroles rassurantes, tandis qu'une infirmière descendue du fourgon interrogeait la foule, dans un italien laborieux, pour savoir si la mère était là. Le père, elle n'y pensait même pas, il était évident que le père d'une si jeune fille se trouvait au combat, d'un côté ou de l'autre de la ligne gothique. L'infirmière donnait de la voix en parcourant la file à pas lents et Margherita la laissa s'époumoner, sans broncher, sous l'amas de nuages ferreux et boursouflés. C'est seulement quand l'infirmière revint en arrière qu'elle serra les doigts autour de son bras et lui répondit. La langue sèche et le ventre vide, comme Angela, elle avait la hargne d'une bête sauvage.

« Je suis sa sœur, dit-elle. Elle fait souvent ça, c'est normal. Ça va passer. »

Alors un orage éclata et la file se dispersa. Margherita courut vers sa sœur sauvage, les soldats fermèrent les registres et s'abritèrent dans le fourgon, les plus courageux restaient et demandaient quand ils auraient leurs cartes de réfugiés, quand se ferait la distribution des vivres.

Les gouttes de pluie avaient criblé de points roses le visage d'Angela et la tempête parut la traverser, lui insuffler un tourbillon de joie. Elle rit et entraîna Margherita dans une farandole à laquelle il manquait beaucoup de fillettes. Elles traversèrent la cour et se retrouvèrent devant un chapiteau vert dressé entre deux studios.

Sur le seuil se tenait un homme en blouse blanche qui parlait anglais. Il fixa leurs pieds nus, noirs et meurtris, d'une couleur qui semblait exister depuis toujours sous leur peau, au point que Margherita s'était convaincue – avec le temps – que ses camarades avaient raison. Elle était sale.

« *Hungry ?* » demanda l'homme en leur tendant une tablette de chocolat.

Le papier blanc avec l'inscription US ARMY se mouilla. Angela fit mine de l'attraper mais le médecin disparut à l'intérieur et, après un instant d'hésitation, sous la pluie battante, elles le suivirent.

Dans la tente tout était propre ordonné sec. Deux infirmières vidaient un sac plein de poupées et de petits trains en bois. Elles se tournèrent pour les regarder, une grimace de compassion contracta leurs visages et se transforma en sourire.

« Venez, venez. Il pleut fort, hein ? dit l'infirmière la plus jeune.

— On veut du chocolat », dit Margherita en traînant sa sœur.

L'autre femme leur fit une caresse fugace à chacune.

« On nous en donne toujours. Je m'appelle Margherita, et elle, c'est Angela.

— Quels jolis prénoms ! Votre maman a vraiment bien choisi, oui. Elle est dans le camp avec vous ?

— Non, elle est pas là. Elle est à la maison. Elle nous attend, depuis quatre ans. Elle nous attend en Libye. »

Les infirmières sourirent et les caressèrent encore, et la plus jeune alla chuchoter quelque chose au médecin. Il répondit tout bas, en anglais, hocha la tête et scruta Angela et Margherita. Celle-ci se montrait sage et tranquille, certaine que c'était le seul moyen d'obtenir, enfin, sa tablette de chocolat.

3.

IL GIORNALE DEL MATTINO

Dimanche 15 avril 1945

LA Vᵉ ARMÉE FRANCHIT LE SILLARO

La catastrophe menace l'Allemagne

Les Américains aux portes de Berlin.

L'ultime salut de Washington à la dépouille du Président

Un bruit régulier, un grincement léger qui, les yeux fermés, pouvait rappeler l'avancée d'un char miniature. Le haut soleil de printemps vivifiait le corps et colorait le visage pâle d'Angela, adossée au tronc d'un pin maritime, tranquille. Les muscles de ses joues et de ses sourcils immobiles, une cascade de boucles noires tout autour telle une auréole sombre. On pouvait croire qu'elle ne les avait pas peignées, en réalité elle venait de les laver. Assise au soleil pour les sécher, pendant que Margherita jouait : c'était elle qui produisait le grincement sur la balançoire en bois et en corde montée depuis quelques jours grâce au don d'une paroisse de l'Appio-Tuscolano pour aider les enfants du camp.

Angela glissa une main dans sa poche, pour s'assurer qu'elle n'avait pas perdu l'objet dont dépendait sa survie : un petit papier cartonné et corné, conservé précieusement avec le médaillon. Il était déjà froissé après le premier mois, et cela faisait onze mois que le fourgon les avait déposées là.

Sur la carte était écrit : CENTRE D'ACCUEIL ET DE TRI DES RÉFUGIÉS DE CINECITTÀ.

Les réfugiés et les sinistrés de la guerre.

D'un côté les Anglais, de l'autre les Italiens. Cinq mille exilés arrivés de toute l'Italie, attendant d'avoir à nouveau une vie.

Les Allemands avaient occupé Cinecittà puis emporté les meilleures machines, avait appris Angela durant ces mois.

Elle ouvrit les yeux et fixa le mur du studio en face, constellé d'impacts de grenade : une nuée de trous épars et profonds. Elle imagina qu'elle avait les mêmes sur le visage, des marques identiques, visibles seulement par les personnes les plus attentives et spéciales.

On les avait regroupés selon leurs liens de parenté – elle et Margherita, sa famille – et installés dès le premier jour dans une salle immense. Elle avait pensé à une tour renversée, une gigantesque grotte horizontale. C'était un studio de tournage monumental, pour filmer en hauteur, avec les fausses maisons des décors qui étaient devenues de vraies maisons.

Le regard d'Angela se promena sur la barrière qui divisait le camp. Elle avait essayé, à Noël, de demander si quelqu'un pouvait lui apprendre à projeter des films, sans donner d'explication : à son âge, c'était normal d'être curieuse. Ainsi elle posait cette question depuis décembre, aux soldats, aux infirmières, aux volontaires, mais il fallait attendre la fin de la guerre pour trouver des pellicules et des projecteurs. « Bientôt », disait l'infirmière qui assistait le docteur durant ses visites.

Dans le hangar surmonté d'un énorme numéro 5, Angela et Margherita avaient dû aménager leur tanière. En glanant çà et là des éléments de décor, les réfugiés s'étaient partagé l'espace. Les fillettes étaient entourées d'un paysage marin, avec la crête blanche des vagues et le ciel bleu, qu'elles contemplaient les yeux mi-clos. Angela pouvait imaginer qu'elle était à la tour, c'était son nouveau rêve, la tour et non plus le quatrième rivage : un jour d'été au début de la guerre, les sifflets aigus des surveillantes hystériques, les jambes des organisées qui couraient partout, car l'ordre et la discipline n'étaient pas encore assimilés. Parfois Angela cherchait Sara, mais c'était la seule qui lui échappait. Il y avait Francesca et Rachele. La Romagnole qui lâchait un « sapristi » tous les trois mots. Puis le cri d'un nourrisson, le blasphème d'un vieux et la tour aussi disparaissait. Alors revenaient les fragments de décor, la couche de paille et de puanteur. Les punaises dévorantes, qui leur imposaient de faire la queue une fois par semaine pour le DDT.

Dès la première désinsectisation à l'arrivée, Angela avait compris que cela ne servait pas à grand-chose : ils étaient trop nombreux, il n'y avait pas d'eau chaude, pas de savon, se laver était une chance et en cas d'envie pressante il fallait courir du studio 5 aux toilettes. Environ deux cents mètres. Là, Angela trouvait toujours le même bourbier que personne ne prenait la peine de nettoyer. Des latrines immondes où elle devait se soulager jusqu'au jour où elle se retrouva sans souliers. Elle décida alors de s'arrêter sur la via Appia, dans les fourrés, comme une bête. Demoiselle aux pieds noirs. Ses pieds nus, libérés du cuir, n'étaient pas ainsi dans ses rêves avec les amazones.

Dans le camp, on ne dormait pas. Trop de vie autour, un amas de vie, les rires et les pleurs, les discussions et les prières, les quintes de toux et les cauchemars, les odeurs. Jamais un parfum, tout ce qui entrait par le nez était généralement des mauvaises odeurs.

Là aussi, comme à la tour, les journées étaient rythmées par des horaires précis, et les jeunes filles comme elles, parce que là on les appelait « jeunes filles », devaient faire la queue avec les autres, munies de leur gamelle et de leur cuillère, pour manger.

Alors qu'elle grognait encore des voyelles longues et traînantes à la place des mots, Angela s'était rebellée pour avoir une deuxième portion. Les soldats faisaient ainsi : ils plongeaient la louche dans la marmite, ils la retournaient dans la gamelle et cela correspondait à une portion. Cependant elle n'avait plus envie de respecter les décisions des grandes personnes, qui l'avaient séparée de sa maman, qui lui avaient pris sa sœur aînée et qui continuaient, malgré la guerre, à lui dire comment elle devait se comporter. Le soldat l'avait insultée, il lui avait donné un coup de pied, mais Angela n'avait plus peur de rien, et le crâne encore rasé, le visage crasseux, sa cuillère entre les dents, elle l'avait regardé droit dans les yeux. Puis elle avait allongé son bras au-dessus de la marmite fumante, elle y avait plongé sa gamelle pour la ressortir pleine et la passer à Margherita en s'empressant de récupérer l'autre gamelle à remplir. Les gens autour les avaient encouragées dans un concert de sifflements et de couverts entrechoqués, et depuis ce jour toutes les gamelles étaient remplies à ras bord. Les nouveaux arrivés ignoraient que c'était grâce à elle.

La faim apaisée mais jamais assouvie, les après-midi restaient interminables. Angela les passait au pied des arbres, à observer les enfants aller et venir en courant. Elle les scrutait longuement, en quête d'une silhouette connue, semblant oublier que le temps s'écoulait pour tout le monde ; inutile de chercher ses camarades de manipule. Elles aussi étaient devenues des jeunes filles.

Parfois elle s'asseyait pour écouter une femme qui, comme elle et Margherita, venait du quatrième rivage, la veuve d'un soldat. Elle prétendait que son destin était une vengeance des esprits.

« Quels esprits ? lui demanda un jour Angela.

— Les esprits des personnes que mon mari a tuées. Il en a tué beaucoup en Libye : pas avec des armes, avec des ordres. Ils ont déplacé des tribus entières sur des terres où il n'y avait rien, et ils les ont laissées mourir de maladies et de faim.

— Des tribus comme celle des amazones ? » continua Angela sur les traces de son passé.

Mais la femme ne connaissait que les récits de son mari : des bergers et des nomades qui se déplaçaient peu, avec des chameaux, des chevaux, leurs familles, leurs troupeaux. Ils avaient pris les armes contre les Italiens puis les avaient rendues.

« Comment étaient-ils habillés ? Les femmes avaient-elles un médaillon sur le front ? »

La veuve du soldat n'aurait su le dire.

Margherita était à présent une grande fille. Les yeux toujours rivés au sol et, dans la gorge, de jour comme de nuit, une complainte sans paroles. Elle s'accrochait à Angela et, malgré les invitations d'un groupe de filles de six ou sept ans, qui jouaient et disparaissaient des heures durant, elle ne la perdait jamais de vue.

« Si je vais jouer et qu'en revenant je ne te trouve pas, alors c'est pire. Pire que si je ne joue pas. »

Angela acquiesçait et serrait sa main dans la sienne. Ainsi elle la regarda s'élever, chercher un peu de fraîcheur dans l'après-midi brûlant sur sa balançoire puissante, miraculeuse.

« Si tu continues, tu vas t'envoler, lui lança-t-elle en riant et en caressant ses cheveux pour s'assurer qu'ils séchaient.

— T'es bête », répondit Margherita, alors elle laissa l'oscillation diminuer, et s'arrêter.

Elle remit les pieds à terre, ses pieds nus sales craquelés, et, sans se préoccuper du va-et-vient d'hommes et de femmes, de soldats jeunes et vieux, d'enfants, elle s'accroupit derrière sa sœur et baissa sa culotte pour faire pipi.

4.

Le médecin américain prenait des notes sur son carnet en écoutant l'histoire que la jeune fille avait désormais presque fini de raconter, du quatrième rivage au départ, aux années à la tour, sans pouvoir s'empêcher d'évoquer la fin de Sara. Angela s'agitait sur sa chaise. C'était pareil à chaque séance : au bout d'une heure, son dos lui faisait mal. Elle demanda un autre biscuit, elle le croqua, elle le mâcha à petites bouchées, pendant que le docteur et son interprète l'observaient patiemment.

« Tu te rappelles encore quelque chose ? dit enfin l'interprète, en traduisant la question à peine posée par le médecin. Tu n'as vraiment aucune idée de ton nom ?

— Matricule 32-80-19, 10e manipule, récita platement Angela. Vous avez cherché mon amie Rachele ? Vous êtes sûrs qu'elle n'est pas dans un autre camp ? »

L'interprète secoua la tête. Elle ressemblait à une surveillante gentille, comme la Romagnole, mais très maigre, avec des yeux de chien et un sourire tendre. Quand le médecin ne pouvait pas la recevoir, il lui arrivait de caresser la tête d'Angela et, s'il la voyait seule, il lui demandait comment elle se sentait, là, dans le camp, puis il lui expliquait que c'était important de résister encore, que la guerre était finie mais pas les problèmes, et que bientôt, très bientôt, toujours trop tard hélas, elle rentrerait chez elle.

« Ça, tu nous l'as déjà dit plein de fois. Malheureusement, on ne peut rien en faire. Essaie de faire un effort parce que cette séance pourrait bien être la dernière.

— Mais je ne me souviens pas ! Je ne me souviens de rien ! Pourquoi vous n'arrivez pas à retrouver nos origines ? Pourquoi c'est si compliqué ? La guerre est finie pourtant !

— La guerre est finie depuis peu. Il faudra du temps pour récupérer les documents. Beaucoup ont été détruits. Fais un effort. Tu comprends ? Y a-t-il quelque chose, n'importe quoi, qui te vient à l'esprit si je te demande quel est ton nom ?

— Sara. Sara le savait. Elle avait toujours les meilleures idées. »

L'interprète acquiesça et traduisit sa réponse.

Margherita non plus ne se rappelait pas leur nom. Elle avait décrit leur vie et leurs journées en détail, mais les informations les plus simples, les informations que voulaient les grands, les Américains et les Anglais, impossible de les retrouver. Elles semblaient à jamais perdues.

Chaque séance, Angela répétait la même histoire, les dernières années de guerre, son histoire et celle de ses sœurs.

Parfois ils semblaient la croire, surtout quand elle parlait des amazones, parce qu'elle savait qu'il existait un moyen de rejoindre les amazones sur la lune.

D'autres fois le médecin posait des questions étranges, comme s'il était un espion, mais Angela n'avait pas de secrets, à part ceux de la tour, qu'elle portait sur ses épaules telle une armoire invisible et très lourde, une armoire que personne ne devait ouvrir, pas même le docteur.

Ils lui tendirent un autre biscuit, elle le prit, elle avala la dernière bouchée et demanda un peu d'eau. Le médecin proposa de faire un *break*. L'interprète sortit une cigarette et des allumettes de son sac à main en cuir bleu, luisant, et dit qu'ils allaient fumer.

« Moi aussi je veux une cigarette, enchaîna Angela. Juste une. Le monsieur du studio 11 m'en a donné une hier.

— *Children shouldn't smoke*, intervint le médecin, et elle comprit sans avoir besoin de traduction.

— Je suis grande », affirma-t-elle en se levant et en s'approchant de l'interprète pour lui montrer à quel point, en moins d'une année, elle avait grandi.

Comme Sara, elle était devenue une demoiselle. Ses seins poussaient. Elle avait fêté ses treize ans. En réfléchissant, elle n'était même plus une demoiselle mais déjà une femme, maintenant qu'en âge elle avait dépassé Sara.

« Alors quand tu seras encore plus grande. »

Angela sourit. Elle arrangea ses boucles et, sans laisser à l'interprète le temps de réagir, elle lui prit des mains sa cigarette et ses allumettes, puis elle courut dehors, dans le magma du camp. Elle passa comme une flèche au milieu d'un groupe d'enfants de cinq ans – qu'ils semblaient petits à côté d'elle, maintenant ! –, elle donna un coup de coude involontaire à deux amoureux en train de s'embrasser et rejoignit les balançoires. Les balançoires aussi paraissaient minuscules. Même Margherita n'y jouait plus. Pour fumer, en revanche, l'endroit était bien. Angela pinça la cigarette entre ses lèvres et, après plusieurs tentatives, elle réussit à l'allumer et aspira une longue bouffée.

Quand l'interprète arriva, elle en était déjà à sa troisième bouffée. La femme lui retira la cigarette sans reproche dans le regard, et elle lui demanda si elle se rappelait avoir fumé avant, chez elle, avec sa mère, ou à la tour.

« Ma mère ne fumait pas », répondit Angela en chassant de son visage les boucles que chaque semaine dans le camp on tentait de lui couper. Impossible. Elle s'échappait en hurlant, refusant de les perdre à nouveau.

« Toi aussi, tu vas partir ?

— Peut-être. Je n'ai plus beaucoup de travail ici. Tu veux me confier quelque chose ? ajouta l'interprète. Quelque chose qui sera notre secret ? »

Angela fixa la femme qui fumait, avec ses yeux gris-vert comme un ciel traversé de nuages au galop.

« La seule chose que je ne t'ai pas racontée, c'est que… Bon, je te le dis si tu me redonnes la cigarette. »

La femme hésita, puis elle la lui tendit :

« Juste une bouffée. »

Angela approcha ses lèvres, elle aspira à fond, et après avoir souri au ciel, à l'interprète, aux empreintes des grenades sur la façade extérieure du studio, elle souffla et raconta.

Elle raconta comment tout était sa faute, même la mort de Sara, même l'arrestation de Marì. Dès leur arrivée à la tour, Angela avait voulu faire comme si elles étaient encore à la maison, alors qu'il était clair qu'elles devaient respecter le règlement et elle, au contraire, ne pensait qu'à retourner auprès de leur maman. Leur maman qui était probablement morte, qui les avait oubliées, qui en tout cas ne voulait plus entendre parler d'elles trois, ou d'elles deux. Sara avait compris tout de suite qu'il était inutile de protester : elle était la plus maligne. Angela, en revanche, s'était obstinée à l'emmener dans la pinède et là, sous les étoiles, un sortilège avait dû opérer. Par une nuit de pleine lune, Sara avait commencé à se rebeller et Marì à comploter. À la fin, elle avait dû choisir, les chemises noires lui avaient dit qu'elle ferait du mal à ses sœurs, ils le lui avaient expliqué en détail, et même en écoutant les expériences terribles des autres réfugiés elle était incapable de répéter leurs paroles, et ce fameux jour, enfermée dans le bureau de la directrice, elle avait pleuré, imploré, puis elle avait choisi de sacrifier Marì. C'était ça son secret, le secret qu'elle aurait tant voulu révéler à Sara, pour lui faire comprendre combien il était nécessaire, vital, indispensable de respecter chaque point du règlement. Ce règlement qui au final n'avait servi à rien, car Francesca était morte et Rachele… Rachele avait disparu dans le néant. Angela avait tenté de protéger ses sœurs et elle avait échoué, la guerre avait gagné, la guerre qui lui avait pris Sara.

« Mais Sara n'est pas morte, dit alors Angela. Margherita se trompe. Vous vous trompez.

— Vraiment ?

— Oui, vous vous trompez, tous. Moi je sais où elle est maintenant. »

Ainsi, après une nouvelle bouffée de cigarette, Angela raconta l'autre histoire.

Tandis qu'elles la croyaient morte, Sara ouvrit les yeux. Elle avait une tresse longue jusqu'aux pieds. Les étoiles du firmament s'éteignirent, loin, derrière la main noire des nuages, et la brise soufflait un parfum d'aventures et de voyages, tout ce que ses sœurs trouveraient en mettant le cap vers leur terre, en s'éloignant du point où le sable se mêlait à la mer. Il était désormais trop tard pour les rejoindre. Si elles l'avaient attendue, les soldats les auraient capturées. C'était une nuit de bataille dans les montagnes, les explosions pouvaient faire croire à un prolongement du concert de cloches qui avait résonné au début de l'après-midi, mais ce n'était pas le cas. Sara se souvint de sa fugue pour aller poster sa lettre. Le grondement chaotique de la guerre s'était déplacé, comme un ouragan, de la mer à la terre ferme.

Du côté de la tour retentirent les cris des soldats. Elle se cacha derrière un pin séculaire au tronc aussi large que le cul de la directrice, aurait dit la Romagnole, et là, elle épia en se retenant de respirer et d'éternuer à cause du froid… un froid soudain, de plein hiver… dans son ventre et ses os. Elle les vit avancer de leurs pas de chasseurs. Ils pointaient une Fillipagani sur les amas de débris qui jonchaient la pinède. Ils s'arrêtèrent et se firent signe de se taire les uns les autres, en alerte. Sara l'entendit comme eux.

Elle arrivait au galop, en effleurant les ronces et les arbustes desséchés par la chaleur étouffante, en contournant les soldats qui évoluaient lentement et difficilement dans le noir, entre ces arbres inconnus, désorientés. Le vent qui se leva à son passage tourbillonna jusqu'au ciel, balayant les nuages, et la lune presque pleine – à un mince croissant près – resplendit à nouveau, illuminant la côte. Ses rayons se reflétaient sur le médaillon que l'amazone portait sur le front et jetaient des lames de lumière tout autour, dans les yeux des Allemands aveuglés.

Enfin, enfin te voilà ! aurait voulu crier Sara.

L'émotion noua sa gorge et elle ne put émettre aucun son. Elle lui sourit et la salua vivement de la main, la même qui avait allumé et éteint mille fois le projecteur pour la voir.

L'amazone lui tendit une main en retour, dans un tintement de bracelets. Un pan de l'étoffe qui enveloppait ses épaules voletait, pourpre et blanc, avec ses fines rayures. Il suffit d'un bond à Sara pour la rejoindre sur la croupe de son cheval.

Elle pointa son regard dans l'obscurité, comme si son esprit parcourait déjà le trajet qui les mènerait loin d'ici. Elle partit au galop sans rien dire, même pas de bien se tenir, tandis que Sara caressait le pelage tiède et soyeux de l'animal magnifique, qui tourna légèrement le museau pour lui souhaiter la bienvenue. Elle s'agrippa à l'amazone qui reprit sa course, entre les troncs et les frondaisons, jusqu'à la tour. Dans l'air flottaient les essences du désert et d'un monde nouveau, un mélange de gingembre et de girofle, une odeur que Sara n'avait jamais sentie auparavant.

Le cheval franchit la grande porte d'entrée et, avec un hennissement fier et puissant, il s'élança dans la rampe, il montait et montait. Ses sabots claquaient sur le sol, des coups profonds et clairs, plus forts que les pas de mille soldats, et d'étage en étage Sara regarda se dérouler le ruban de sa pellicule, chaque moment avec Angela et Margherita, les étreintes et les affronts, les jeux sur la plage, les biscuits volés au goûter. Tout cela défilait le long de la rampe et la saluait, et elle saluait aussi, plus haut, plus haut, jusqu'au dernier étage, tandis que l'amazone serrait ses doigts autour des rênes d'or et d'argent qui lançaient des étincelles dans l'obscurité en croisant les rayons de lune. Sara essaya de les attraper mais, tels des grains de sable, les rênes scintillantes lui échappèrent, laissant ses mains vides.

Au bout de la rampe, elles rejoignirent le toit.

Le cheval déploya ses ailes immenses, plus longues et vigoureuses que celles de Pégase, et elles s'envolèrent ensemble, vers la lune.

Dr. Paul Smith
International Refugee Organization
Camp de réfugiés de Cinecittà, Rome

À l'attention du
Dr. Martin Ross Jr
Commandement général – Siège de Rome
International Refugee Organization

Rapport final de suivi
Sujet n° 47860RT4 : NOM INCONNU, Angela – date de naissance inconnue
Date : 11 janvier 1947

Je vous transmets par la présente la conclusion des entretiens avec le sujet NOM INCONNU Angela, menés dans le cadre de la thérapie expérimentale de Mme le Dr. Karinkic pour l'accompagnement des sujets atteints de mutisme post-traumatique.
Aujourd'hui prend fin la thérapie avec des résultats que nous pouvons qualifier de satisfaisants. Le traitement a duré 24,8 mois et a été réalisé selon les directives internes, circulaire AB567UJ-1946 publiée dans le bulletin du 16 mars,

au rythme de séances bihebdomadaires. Vous trouverez dans un dossier séparé les informations provenant de sa petite sœur, NOM INCONNU Margherita, résidente du même camp, et d'autres sujets ayant séjourné dans des structures de villégiature analogues, durant un ou plusieurs mois. Ce camp compte 112 sujets concernés.
Le sujet NOM INCONNU Angela a entre-temps récupéré également sur le plan physique, en considérant qu'à son arrivée la patiente était peu développée pour son âge avec une poignée de main faible et tremblante, tandis qu'à présent elle répond positivement aux questions et aux sessions de lecture, elle sourit à l'évocation des moments les plus sereins de son expérience à la colonie : les baignades, les clowns, la parade. En effet, depuis deux mois, le sujet a cessé de nier sa présence à la colonie de villégiature, sans toutefois réussir encore à se rappeler son nom de famille, comme sa petite sœur. C'est du reste le problème que nous rencontrons avec la plupart des sujets mineurs non accompagnés affluant dans les camps de réfugiés établis en Italie, en France, en Allemagne, en Pologne et en Autriche.
Je vous joins le tableau récapitulatif de l'âge, des conditions physiques et psychiques du sujet incluant une comparaison en pourcentages avec des sujets du même âge, ainsi que l'évolution des paramètres de corpulence. Tous les sujets de référence ont été suivis par moi-même et mon collègue le Dr. Mathieu Laurent dans ce camp et dans d'autres camps.
Nous recommandons d'appliquer une thérapie analogue pour les autres sujets suivis dans les camps sous votre juridiction, en procédant au recueil des informations à travers des entretiens ludiques avec les sujets les plus enclins au récit. Cet aspect est fondamental pour le déblocage psychologique et le rétablissement de la communication verbale. La thérapie pourrait ne pas fonctionner avec des sujets présentant une perte auditive liée aux bombardements.

Addendum au Rapport final de suivi
Sujet n° 47860RT4 : NOM INCONNU, Angela – date de naissance inconnue
Date : 10 juin 1947

Informations à ajouter au dossier n°47860RT4 pour clôture du suivi :

Avec le concours de notre collègue Mme le Dr. Schultz de l'UNRRA, il a été possible de remonter aux documents et aux registres encore intacts du Comité fédéral GIL de Toscane et d'identifier les sujets NOM INCONNU Angela et NOM INCONNU Margherita comme CASSIERI Angela et CASSIERI Margherita. Arrivées de Libye le 8 juin 1940, recherchées et jamais retrouvées à partir de l'été 1941 par leur mère à qui avait été communiquée l'adresse d'une colonie de villégiature de Bordighera, où ses filles devaient initialement séjourner. Elles étaient accompagnées de leur sœur aînée, CASSIERI Sara, décédée à une date inconnue, probablement en septembre 1943.
Les sujets quittent aujourd'hui le camp de réfugiés pour être rendus à leur génitrice.

Elle aussi désormais était devenue une vision nocturne, une image plate en noir et blanc lors d'une projection cinématographique, l'héroïne d'un album illustré. Les épaules, les hanches et le profil sans dimensions, seulement la certitude plate du papier, de l'écran, de l'imagination. Difficile de croire qu'elle existait encore. Elles avaient cessé de l'appeler par son nom depuis si longtemps qu'elles peinaient à le prononcer à haute voix.

On pouvait bien vivre sans, en restant au centre du désert invisible où elles se trouvaient toutes les deux, Angela et Margherita, depuis le jour où elles étaient montées à bord du paquebot. Un désert où, malgré le flux constant de femmes grandes, belles et fortes, comme l'unique qui leur avait manqué, elles s'étaient toujours senties mutilées, contournées, ployées, souvent même brisées. Elles l'avaient cherchée dans chaque étreinte, chaque sourire. Elles avaient espéré qu'une autre comble l'absence, mais aucune n'avait pu la remplacer : discordants les parfums et les voix, différentes les courbes des lèvres, pour rappeler, chaque fois, qu'il était impossible qu'une inconnue prenne sa place.

Tout ce qu'on imagine en attendant un miracle, si longuement qu'on s'habitue à l'attente au point de perdre l'espoir de la voir apaisée, ne pourra jamais se comparer aux rêves dans lesquels on puise le courage de survivre. Alors, bien que l'ayant imaginée souriante, avec le rouge à lèvres éclatant des actrices de cinéma et de Lina, des talons hauts mais pas trop, une jupe longue comme il faut, juste sous le genou, elles doivent accepter la femme qu'elles aperçoivent, une parmi tant d'autres, immobiles derrière la grille. Elle porte leur nom, CASSIERI, écrit ou plutôt peint sur une feuille, avec de la peinture bleue probablement obtenue au prix d'un ultime, extrême sacrifice, en errant seule dans une ville hostile.

C'est sûrement elle, même si elle porte un manteau noir de deuil et de guerre, des chaussures trouées. À côté des studios, elle ressemble aux poupées sur les photographies publicitaires. Grande comme un pouce, peut-être moins, une figurine crayonnée au coin d'une feuille. Ce nom qui les unit, leur nom de filles, son nom d'épouse : le voilà, le vrai rêve. Pourtant réalité.

Angela et Margherita accélèrent, quelques mètres les séparent maintenant de la grille, le camp derrière elles et devant les doigts qui serrent le papier où se détache leur nom.

Pas à pas, plus nette l'image, plus courte la distance. Angela craint que ce soit un effet de lumière ou une erreur de l'administration. Ils se trompent souvent, les grands, avec leurs formulaires et leurs règlements qui changent tout le temps de forme, de longueur et de langue. En anglais ou en italien, vainqueurs ou vaincus, ils ont dû leur attribuer une autre famille, et s'il s'agit d'une erreur Angela et Margherita connaissent le sentiment d'échec qui les guette, comme le jour où les parents de Clara se sont présentés à la tour et qu'avec Sara, elles avaient eu un espoir. Chacune anticipe en silence la déception qui de la gorge descendra dans le ventre et éclatera telle une bulle de savon, alors le désir de retrouver la femme qu'elles cherchaient n'aura plus de sens. Il faudra la considérer comme morte, se faire une raison. Tant d'années ont passé, la guerre a interrompu toutes les existences, le docteur leur répétait qu'elles n'étaient pas seules dans ce malheur, le cœur déchiré, oublié dans la poitrine.

Jusque-là, c'était ainsi.

C'est pourquoi elles pensaient la retrouver uniquement dans le monde des amazones, de l'imagination et des rêves les yeux ouverts, le monde où à présent vit et rayonne aussi Sara.

Margherita observe la dame avec son papier : le côté gauche est découpé de travers et son manteau est décousu sur les bords.

La dame agite les bras en sautillant, deux pas devant les autres immobiles à l'entrée. Le regard de Margherita se perd, elle voudrait avoir le temps de les étudier, ces femmes, une par une, parce qu'elle est une jeune fille qui ne se souvient pas ; partie à cinq ans, elle en a douze maintenant et elle se rend compte que toutes ces femmes pourraient être celle qu'elles attendaient.

Elles se ressemblent toutes, cinquante *génitrices,* disait le document, cinquante étrangères.

Soudain Angela la voit, telle qu'elle l'avait vue le matin, du pont du paquebot, elle paraît inchangée et pourtant si décharnée, fixant le ciel avec des yeux incertains. Le soleil brille, il n'y a pas un nuage, mais les cendres, la fumée et les uniformes semblent avoir infusé dans son corps et absorbé la couleur de ses pupilles, le blanc aussi.

Puis elle les reconnaît, et elle tressaille, de joie et de douleur, en découvrant ses filles qui ne sont que deux. Elle a douté également de l'administration et des règlements, des documents signalant que Sara était morte, disparue. Elle se dit enfin que les plus petites sont encore là et elle sourit, et deux fossettes apparaissent aux coins de sa bouche. Pas besoin d'autres indices ni de la pancarte pour la distinguer, même Margherita se rend. C'est elle. Elles l'ont retrouvée.

Les deux sœurs se rapprochent l'une de l'autre. Elles se donnent la main.

« Et si elle ne se souvient plus de nous ? demande la benjamine, traversée par une ultime hésitation.

— C'est impossible, répond Angela.

— Si elle ne veut pas de moi ?

— Elle veut de toi, elle voudra toujours de toi », murmure la cadette tandis qu'elles continuent à marcher sans réussir à accélérer leur pas déjà rapide, et au-delà des studios, au-delà du camp, la femme agite les bras plus fort pour les saluer.

Derrière une colonne elles devinent l'uniforme d'un soldat et elles savent qu'il contrôle l'accès, qu'on ne peut pas entrer et sortir comme on veut.

Encore un pas et celle qu'elles attendaient les appelle. Leurs prénoms sur ses lèvres. Leurs prénoms dans les vibrations de sa voix, doux et berçants, à nouveau chargés d'un sens qu'elles croyaient perdu. Maintenant qu'elles l'entendent, elles voudraient lui raconter sept années en un instant, mais les mots se bloquent avant de devenir sons et envoient une décharge électrique dans leurs bras, une accélération dans leurs jambes, un élan de coureur dans leurs pieds.

Une onde tout aussi puissante secoue la femme qu'elles n'osent pas encore nommer. Angela dit à Margherita qu'il ne lui arrivera rien, qu'elle doit lui faire confiance, et en se baissant pour passer sous la mitraillette du soldat elles déjouent ensemble le dernier obstacle. L'espace qui les sépare disparaît : hier, le port et le départ. La bande des années et des kilomètres s'enroule, les tours s'écroulent, les directrices s'évaporent, chassées par le vent, le trou s'ouvre et un sourire radieux l'avale, les goélands volent au large le bec vide, les tortues se cachent dans leur carapace, et deux sœurs retrouvent l'étreinte de savon et de sueur, les bras enveloppants d'où elles sont parties.

Note de l'auteure et remerciements

Durant la rédaction de ce roman, j'ai consulté de nombreux documents afin que la fiction respecte la réalité historique et ceux qui l'avaient vécue, mais tout n'a pas été conservé tel quel : contrairement à ce que prétend le maître d'école, les tortues sortent généralement de leurs œufs au crépuscule. En outre, *La Fille du corsaire* a été diffusé en Italie à la fin de l'année 1940 et n'était en théorie pas disponible au moment où les organisées le voient ; comme *Les Fiancés*, disponible fin 1941 et projeté aux organisées en mars 1941. Enfin, pour répondre aux exigences de la narration, j'ai avancé de quelques mois le débarquement des troupes américaines en Toscane. Le véritable débarquement a eu lieu en juillet 1944. Si malgré les recherches et les révisions soignées il subsistait des erreurs, que vous voudrez bien me signaler, je vous remercie par avance.

Ce livre est né d'une série de coïncidences. Par hasard, un jour d'août 2018, j'ai pu visiter la colonie de vacances de mon enfance.

Une autre coïncidence m'a amenée en 2014 à l'AIRL (Association des Italiens rapatriés de Libye), que je remercie pour son aide dans la première phase de mes recherches. Là, j'ai découvert les rééditions de la revue *Quatrième Rivage* : six numéros publiés au cours de l'année 1942, joints à la revue officielle de la Jeunesse italienne du Licteur, qui m'ont catapultée dans la vie quotidienne de ces vacances de guerre. L'édition de 1995 a été dirigée par Ernesto Susigan, qui a passé au crible des années d'archives pour reconstruire avec précision la mémoire documentaire de l'expérience des enfants du quatrième rivage. Il avait cinq ans lorsque, quelques jours avant le 10 juin 1940, il quitta le village Battisti, voyagea sur un paquebot en route vers l'Italie, séjourna longuement dans la grande colonie de Bordighera puis dans une colonie de montagne, et connut des hauts et des bas avant de revoir sa mère seulement sept ans plus tard. Dans ses pérégrinations, il passa également par le camp de réfugiés de Cinecittà.

Ernesto Susigan lui-même s'est révélé être une personne disponible et généreuse, qui a écouté la fiction que j'avais écrite en me donnant accès aux nombreux matériaux qu'il a recueillis, comme le *Règlement des colonies pour les enfants de Libye et d'Afrique orientale* dont sont extraits les articles du règlement cité. Seuls ceux avec un numéro *bis* sont de mon invention.

Après une première rencontre fortuite et fascinante en 2013, qui a été l'étincelle de ce roman, c'est seulement au moment de sa finalisation que je suis allée séjourner à la tour Fiat de Marina di Massa. Dans l'après-guerre elle est restée une colonie estivale pour les enfants des employés de la Fiat, avant d'être vendue à une société hôtelière. C'est aujourd'hui un village de vacances qui, à part l'architecture, n'a évidemment plus rien de commun avec le type de structure décrit ici. C'est un lieu évocateur et chargé d'histoire, situé sur une portion de côte pleine de ces anciennes colonies de villégiature.

L'histoire vraie des enfants du quatrième rivage est racontée dans deux documentaires de l'Institut Luce Cinecittà : *Vacanze di guerra* (Vacances de guerre) d'Alessandro Rossetto et *Profughi a Cinecittà* (Réfugiés à Cinecittà) de Marco Bertozzi et Noa Steimatsky. Pour ceux qui veulent en savoir plus, d'autres témoignages se trouvent dans *I bimbi libici* (Les enfants libyens) de Francesco Prestopino, Edizioni La Vita Felice et *I tredicimila ragazzi italo-libici dimenticati dalla storia* (Les treize mille enfants italo-libyens oubliés par l'histoire) de Grazia Arnese Grimaldi, Marco Sabatelli Editore. En 2019, le Réseau des Instituts historiques de l'Émilie-Romagne a publié *Colonie per l'infanzia nel ventennio fascista* (Colonies pour l'enfance dans les années fascistes), sous la direction de Roberta Mira et Simona Salustri, Longo Editore. De là proviennent les citations de *Hiérarchie* et du *Règlement des colonies estivales* de 1938.

Merci à Laura Ceccacci pour son enthousiasme dès le premier instant, et à la merveilleuse équipe de son agence littéraire ;

à toute l'équipe des Éditions Rizzoli qui a tant cru à cette histoire ;

à Katel Le Fur, Claire Do Sêrro et aux Éditions Robert Laffont de faire résonner *L'Adieu au rivage* en France, et à Lise Caillat de lui avoir donné voix ;

à Rosalba Campra, pour ses conseils.

Merci à Lucio, toujours ;

à Milvia et Pippo, à Alessia et Andrea, à Maria, Enrico et Libero, à Laura et Luca, à la Divina, à Caterina, à Mariarosa et Tonino, à Nicoletta pour la toute première lecture.

Enfin merci à Catherine Lecuillier Silva et à Julio Silva, à qui j'aurais tant voulu faire lire cette histoire.

Table

Ce livre existe grâce au travail de toute une équipe.

Communication : Caroline Babulle, Sandrine Perrier-Replein, Typhaine Maison, Adélaïde Yvert.

Coordination éditoriale et administrative : Céline Poiteaux, Martine Rivierre.

Studio : Pascaline Bressan, Barbara Cassouto-Lhenry, Joël Renaudat.

Fabrication : Muriel Le Ménez, Céline Ducournau, Bernadette Cristini, Phousa Chantharath, Isabelle Goulhot, Émilie Lapan (Canada).

Correction : Emmanuelle Coppeaux, Valérie Gautheron.

Commercial, relation libraires et marketing : Laetitia Beauvillain, Alexandra Profizi, Élise Iwasinta, Morgane Rissel, Aurélie Scart, Clément Vekeman.

Cessions de droits : Isabelle Votier, Benita Edzard, Lucile Besse, Sonia Guerreiro.

Gestion : Sophie Veisseyre, Chloé Hocquet, Isabelle Déxès, Camille Douin.

Services auteurs : Viviane Ouadenni, Jean-François Rechtman, Catherine Reimbold.

Ressources humaines : Mylène Bourreau.

Juridique : Laëtitia Doré, Anaïs Rebouh, Valérie Robe, Jean-Benoît Vassogne, Julia Crosnier.

Diffusion : Aurélia Spalacci (directrice des ventes), Nadine Eugénie, Céline Pitt, Arnaud Weill, Hervé Adamczyk, Annie Bourgade, Éric Charpentier, Gilles Couillard, Sandrine Ducrocq, Élisabeth Ehlinger, Guillaume Loras, Jean-Philippe Pilloux, Philippe Maulnier, Gilles Torché, Élisabeth Gastaldo, Jean-Pierre Stephany (Belgique), Olivier Béguin (Suisse), Jean Bouchard et Marie-Ève Provost (Canada), Emmanuelle Cadot, Virginie Godet et Caroline Pan.

Ainsi qu'à toutes les équipes d'Interforum et d'Editis qui participent à la création, la diffusion et la distribution de ce livre.

Canoros Vehit Canentes

pca
cmb
édition pré-presse
livres numériques

44400 Rezé

Imprimé en France par CPI
en mars 2022

N° d'édition : 63602/01
N° d'impression : 167956